GERT WEIHSMANN

Pistentod in Lech

SNOWDOWN IN LECH Eine Wintersaison voller Erwartungen und Superlative beginnt in den österreichischen Alpen. Nach einem schneearmen Beginn türmt sich das ersehnte Weiß meterhoch am Arlberg. Bei einem Lawinenabgang am Langen Zug kommen ein hochkarätiger Stammgast und der Hotelier Florian Moospichler ums Leben. Ein kurz vor dem Unglück geschossenes Foto zeigt eine Drohne über der Steilpiste: Wurde die Lawine etwa mutwillig abgesprengt? Während Lech die gediegensten Hotelgäste Europas hofiert, scheinen Ischgls boomende Aprés-Ski-Lokale zahlungskräftigere Touristen eher abzuschrecken. Um das Image des Tiroler Wintersportorts als kulinarischen Hotspot aufzupolieren, lädt der dortige Tourismusverband den berühmten Londoner Restaurantkritiker Andrew Stajner ins Paznauntal ein. Doch die Tourismusexperten haben nicht mit den guten Verbindungen von Stayner zu Harald Selikovsky gerechnet, jenem pensionierten Ermittler, der im Seniorenheim ›Hoher Ausblick‹ mit einem Fall konfrontiert wird, der alles sein kann: Zufall, höhere Naturgewalt oder doch ein Verbrechen …

Gert Weihsmann, 1961 in Villach geboren, lebt seit mehr als 30 Jahren in Wien. Nach zwei Jahrzehnten erfolgreicher On-Trade-Manager-Tätigkeit ist der Autor noch immer bestens mit dem österreichischen Tourismus in all seinen Facetten vertraut. Nach »Ischgler Schnee« und »Wiener Lied« zeigt uns der Autor im dritten Teil der »Harald-Selikovsky«-Reihe, mit welcher Vehemenz um die hochkarätigen Wintersportgäste aus ganz Europa gerungen wird – zu einem immer höher werdenden Preis.

GERT WEIHSMANN

Pistentod in Lech

KRIMINALROMAN

GMEINER

Personen und Handlung sind frei erfunden.
Ähnlichkeiten mit lebenden oder toten Personen
sind rein zufällig und nicht beabsichtigt.

Immer informiert

Spannung pur – mit unserem Newsletter informieren wir Sie
regelmäßig über Wissenswertes aus unserer Bücherwelt.

Gefällt mir!

Facebook: @Gmeiner.Verlag
Instagram: @gmeinerverlag

Besuchen Sie uns im Internet:
www.gmeiner-verlag.de

© 2024 – Gmeiner-Verlag GmbH
Im Ehnried 5, 88605 Meßkirch
Telefon 0 75 75 / 20 95 - 0
info@gmeiner-verlag.de
Alle Rechte vorbehalten
1. Auflage 2024

Lektorat: Claudia Senghaas, Kirchardt
Herstellung: Mirjam Hecht
Umschlaggestaltung: U.O.R.G. Lutz Eberle, Stuttgart
unter Verwendung eines Fotos von: © Tino rischawy / unsplash
Druck: GGP Media GmbH, Pößneck
Printed in Germany
ISBN 978-3-8392-0722-2

»Dies ist eine fiktive Geschichte in einer realen Umgebung. Aus Respekt vor den Überlebenden wurden die Namen geringfügig geändert.

Aus Respekt vor den Toten wurde der Rest der Geschichte genau so erzählt, wie sie sich ereignet haben könnte.«

(Nach »Fargo«, Ethan & Joel Cohen, 1996)

*

»Diese ganze Landschaft ist nirgendwo.«

(Fernando Pessoa, Das Buch der Unruhe)

INHALT

MINUS EINS
(PROLOG)

Ein Beach Club auf Ibiza, Ende Oktober, kurz vor Saisonschluss.

Noch immer brannte die Sonne von einem strahlend blauen Himmel herab, eine leichte Brise strich über die Bootsanlegeplätze vor dem Strandklub hinweg, und unter mächtigen Markisen saß eine Gruppe von Gastronomen, hier auf den Balearen genauso wie im heimatlichen Tirol zu Hause. Es war nicht nur ein Business-Meeting, sondern vor allem eine Krisensitzung, die besonders die kommende Wintersaison betraf.

»Die Nacht in Ischgl ist tot«, befand Jens Vau und knöpfte sein eng tailliertes weißes Hemd noch ein paar Zentimeter weiter auf.

Mit seinen dunkel gefärbten und bis zur Schulter reichenden Haaren wirkte er wie eine schmierige Ausgabe des jungen Alain Delon: auf der einen Seite von Alkohol und Luxusdrogen entstellt, andererseits kaum von Abnützung durch ehrliche Arbeit gezeichnet, obwohl Vau Fliesenleger gewesen war, worauf ihn allerdings niemand ansprechen durfte – es sei denn, man stand auf eine Kickboxattacke aus kurzer Distanz.

Jens Vau griff nach der Jeroboam-Flasche Rosé-Champagner, befüllte die Burgundergläser mit dem französischen Schaumwein und wiederholte seine Standardaussage, »die Nacht in Ischgl ist tot.«

»Welche Nacht?«, fragte seine ehemalige Frau Maddie, deren Familie in Ischgl zwei Hotels und hier auf Ibiza diesen Beachclub besaß. Alle drei Unternehmen waren tief in die roten Zahlen gerutscht und wurden nur durch obskure Investoren am Leben gehalten. Was niemanden von den Familienmitgliedern davon abhielt, Luxusautos wie Hemden zu wechseln, teure Colliers und Armbanduhren quer über den alten Kontinent einzusacken und Rosé-Champagner anstelle von Leitungswasser zu schlürfen.

»Umsatzrückgänge im *Pasha*, im *Blue Coyote* und vor allem im *Double-Zero-Hotel*«, führte der eingeflogene Buchhalter namens Bernd aus, der seit zwei Jahrzehnten mit mindestens einem Fuß im Kriminal stand, weil von den Tagesabrechnungen bis zur Schlussbilanz alles so kosmetisch zurechtgerückt war, dass die Finanzbehörden möglichst wenig einnahmen und die skeptischen Investoren aus Südosteuropa zufriedengestellt waren.

»Das sind doch unsere Betriebe«, rief Maddie erschrocken, strich ihren *Versace*-Badeanzug zurecht und überlegte, ob sie nicht gleich zu einer letzten Shoppingtour nach Barcelona aufbrechen sollte.

»Ganz recht«, pflichtete ihr Cousin mit den hohlen Wangen und den gierigen Blicken bei, ein ehemaliger Weinvertreter, der eher das Kunsthotel als Maddies Schwester geheiratet hatte und jetzt trotzdem beides besaß, bis auf Widerruf jedenfalls, wie alles hier auf Widerruf existierte. Solange man das Finanzamt auf Distanz halten konnte. Und Opa Adler, das langmähnige Familienoberhaupt mit den krausen Visionen, an seinem Ischgl des 21. Jahrhunderts feilte.

Die tiefere Wahrheit dagegen lautete: Das Geschäftsmodell der Familie Adler war schon seit Jahren mehr als infrage gestellt. Nicht zuletzt durch niveaulos gewordene

Après-Ski-Horden, die höchstens ein paar Becher Bier und Dutzende Jägermeisterminiaturen inhalierten, anschließend den halben Ort vollkotzten und danach bewusstlos in ihren Reisebussen zurück nach Ostmähren oder Südbayern gekarrt wurden.

»Richtig trostlos ist das«, ereiferte sich Maddie und trank den Burgunderkelch mit dem Rosé-Champagner aus, »bei solchen Aussichten schmeckt sogar dieser Sprudel nach –, wie heißt dieses Unwort mit den fünf Buchstaben?«

»Armut«, antworteten Jens Vau, der Buchhalter, der Tourismusobmann und der Bürgermeister von Ischgl wie aus einem Mund. Der Tourismusobmann war ein blonder, leicht versoffener Schönling, der die letzten beiden Saisonen im Koksrausch verbracht hatte. Er spielte gerade Bauernschnapsen mit sich selbst und bevorzugte einen polnischen Prestigewodka anstelle des femininen Champagners. In den letzten zwei Stunden hatte er eine Magnumflasche im Alleingang absolviert und peilte nun die Drei-Liter-Version mit der persönlichen Widmung eines bekannten Influencers als neues Tagesziel an. Die beigestellten Energydrinks im überdimensionierten Eiskühler hatte er bis jetzt geflissentlich ignoriert.

»Armut«, wiederholte der Bürgermeister von Ischgl, der drei Meter neben dem Tagungstisch auf dem Boden lag und mit dem Hausmops spielte. Das Tier ignorierte den Bezirkspolitiker genauso beharrlich wie die übrigen Meetingteilnehmer. Nur wenn der Bürgermeister versehentlich in den Napf mit dem Trockenfutter griff, schnappte Petzi nach der Politikerpranke. Der vierbeinige Liebling der Adler-Familie war ein dänischer Mops aus königlicher Zucht, ungefähr 10.000 Euro wert und mit einem Stammbaum ausgestattet, der weit hinauf ins 13. Jahrhundert reichte: als Ischgl urkundlich noch gar nicht erwähnt war und sich im Paznauntal eher Bären als Menschen herumtrieben. Den Bürgermeister und den koksenden Tourismusobmann hatten die Ischgler Gastronomen nur eingeflogen, um hemmungslosen Lobbyismus für die nächsten Gemeinderats- und Tourismusverbandssitzungen zu betreiben.

»Der Après-Ski gehört heruntergefahren, dessen Sperrstunde wieder auf 19.30 Uhr vorverlegt, danach gepflegtes Abendessen, etwas hochkarätiger Wein, anschließend Tabledance, Nachtklubatmosphäre mit Dancehall, geilen DJs und Gogos für alle Geschmäcker«, skizzierte Jens Vau seine Visionen für die *Ischgler Nächte 3.0* und knöpfte sich das eng taillierte Hemd ganz auf. »Für die Rückkehr ins profitable Nachtgeschäft benötigen wir allerdings zahlungskräftige Touristen und nicht das Gesindel, das wir im Augenblick eher widerwillig bedienen.«

»Die Inflation«, begann der mit dem Mops spielende Bürgermeister zu wimmern, »die hohen Energiekosten und die fehlenden Sparreserven. Die Leute sind an der Grenze ihrer Belastbarkeit angekommen.«

»Ich rede nicht von Leuten«, fiel ihm Jens Vau ins Wort und versuchte, die Erinnerung an seine Zeit als Fliesenleger aus dem Stammhirn zu scheuchen, »ich rede von edlen Gästen, vom alten Geld, das sich seit Jahrhunderten von selbst vermehrt, ich rede von …«

»… nicht von Lech, bitte schön«, wagte der blondmähnige Tourismusobmann einzuwenden, »das ist eine ganz andere Liga.«

»Ich meine sehr wohl die Gäste vom Arlberg, die distinguierten Milliardäre, die sich gefälligst zu uns verirren sollten und nicht in dieses Hochtal bei den Gsibergern drüben. Unsere irrwitzigen Investitionen in das neue

Thermalbad und die riesige Parkgarage haben sich bislang auch nicht rentiert, wir brauchen weder warmes Heilwasser geschweige denn noch mehr Beton, wir benötigen die Geldbündel der Hocharistokratie, der solventen Industriekapitäne oder wenigstens der 100 wichtigsten CEOs in der Europäischen Gemeinschaft zusammen.«

»Du wirst dieses Publikum nie vom Arlberg herunterbekommen«, maulte der Bürgermeister und wurde dafür von Jens Vau mit einem Gummiknochen beworfen, auf den sich umgehend der überfressene Mops stürzte.

»Wenn es doch wahr ist«, fügte der Bezirkspolitiker beleidigt hinzu und sah zur Bootsanlegestelle hinaus, wo gerade die Jacht eines mittleren Oligarchen anlegte.

»Da scheinen sogar noch Gäste zu kommen«, flüsterte er kleinlaut vor sich hin, ein willfähriger Spielball der mächtigen Hotelierfamilien in Ischgl.

»Du lenkst vom Thema ab«, antwortete Jens Vau verärgert und wandte sich seiner Ehefrau, dem Schwager sowie dem Obmann vom Touristenverband zu, »die Stoßrichtung ist klar. Weg mit dem Après-Ski, Wiedereinführung des Nachtlebens, Ausbau der Spitzengastronomie und vor allem her mit den illustren Gästen aus Lech. Gerne auch aus Sankt Moritz oder Gstaad, aus dem Tessin und den Südtiroler Spitzenadressen. Ischgl muss wieder zu dem werden, was es früher gewesen ist.«

»Eine Drogenhölle«, lallte der Tourismusobmann und zwinkerte mit den weihnachtlich entzündeten Augen.

»Unsere *Schatzi-Bar* ist doch auch Après-Ski«, wandte der hohlwangige Schwager ein und schabte mit seinen langen Fingernägeln an der Tischplatte herum.

»Ausnahmen wird es immer geben«, beruhigte Jens das angeheiratete Familienmitglied und holte ein zerknittertes Foto aus seinem Portemonnaie. »Wisst ihr noch, wer dieser Typ ist?«

Er legte die Aufnahme auf die Tischplatte, drehte sie mit spitzen Fingern im Kreis herum und warf sie dann wie zuvor den Gummiknochen zum Ischgler Bürgermeister hinüber, der neben dem adeligen Mops einzuschlafen drohte, das müde Haupt in den Hundenapf mit dem Trockenfutter gebettet.

»Das ist der Kerl, der vor zwei Jahren mit 370.000 Euro aus dem *Pasha Club* getürmt ist«, ereiferte sich der Buchhalter, »20 teure Cognacflaschen hat er auch noch mitgenommen und sie auf seiner Osttiroler Schutzhütte als *Asbach Uralt* verscherbelt.«

»Genau deswegen schuldet uns dieser Kerl noch etwas«, lächelte Jens und zog sich das eng taillierte Hemd ganz aus. In einem anderen Leben wäre er gerne Pornodarsteller geworden, der als Fliesenleger verkleidet Dutzende Frauen flachlegen würde, was gutes Geld und jede Menge Fun eingebracht hätte, in seiner etwas derangierten Vorstellung vom Glück wenigstens.

»Der ist doch längst in ein sicheres Drittland geflohen«, mutmaßte der Buchhalter und zählte die Verfehlungen des ehemaligen Hoteldirektors auf: »Höhere sechsstellige Beträge veruntreut, teuerste Flaschen gestohlen, das digitale Boniersystem sabotiert und obendrein zwei rumänische Tänzerinnen geschwängert. Sonst noch etwas?«

»Ach ja, einen unserer geleasten Maseratis hat er sich auch noch geschnappt, dieser Halunke und Sprengmeister.«

»Genau deswegen brauchen wir ihn«, lächelte Jens und schenkte noch etwas Rosé-Champagner nach, diesmal nur für sich selbst. »Wovor haben die Touristen im Winter am meisten Angst?«

»Dass es keinen Schnee gibt«, murmelte der Tourismusobmann ausweichend, weil er das Gefühl hatte, sich damit aufs Glatteis böser Unterstellungen zu begeben.

»Dafür hat jemand Schneekanonen erfunden oder wenigstens finanziert«, lächelte Jens und schaute von sich selbst überzeugt in die versammelte Runde.

»Wir alle waren das«, seufzte der Bürgermeister. »Mehr als eine Million Euro pro Monat kostet der Spaß, den sämtliche Gemeindebürger zusammen bezahlen.«

»Wovor haben die Leute so richtig Angst?«, wiederholte Jens seine Frage und ignorierte den volkswirtschaftlichen Hinweis des Gemeindeoberhauptes.

»Dass es zu viel Schnee gibt«, antwortete Maddie, »dass die Gäste eingeschneit werden und nicht wieder rauskommen aus Ischgl, dass sie ihren Flug nach Irgendwohin nicht erwischen und ein paar Nächte extra zahlen müssen. Dass eine Lawine abgeht wie damals in Galtür drüben, dass …«

»Ganz genau«, pflichtete ihr Jens Vau bei, »eine Lawine macht Angst. Unser Gebirgstsunami, der alles mit sich reißt. Sehr gut analysiert«, grinste der verhinderte Pornodarsteller über das ganze Gesicht, »eine Lawine hier, eine dort, versperrte Fluchtwege und verwehte Gebirgsstraßen, dazu jede Menge Shitstorm von überall her – wenn es um die eigene Sicherheit geht, versteht niemand mehr Spaß. Dann wollen alle nur noch weg. Runter vom Berg und herüber zu uns. Genau wie wir es gewollt haben. Ohne dafür auch nur einen Finger zu krümmen.«

»Das Problem ist nur: Wann fällt heutzutage noch so viel Schnee?«, wandte der Obmann des Tourismusverbands ein. Der Bürgermeister von Ischgl kaute an einem Stück Hundetrockenfutter herum und überlegte, ob er etwas möglichst Bedeutendes hinzufügen sollte. Das Stück Trockenfutter schmeckte gar nicht so schlecht, wie ein dehydrierter Keks aus Leberstücken oder anderen Innereien. Irgendwie nach Tiroler Gröstl, nur jeder Feuchtigkeit beraubt, etwas hart und doch irgendwie sexy: molekularküchenfähig.

»Man braucht nicht mehr als einen halben Meter Neuschnee. An den richtigen Stellen. Und ein Sprengmeister weiß, wo man sie findet.«

»Aber wo ist dieser Kerl?«, fragte Maddie irritiert. »Er kann sich doch nicht in Luft aufgelöst haben.«

»In San Luca, Kalabrien, einer Mafiahochburg. Er hat sich dort eine kleine Wohnung gekauft und versucht, inkognito über die Runden zu kommen. Über ein paar gute Freunde im Darknet habe ich ihn aufspüren lassen. Ich weiß, wo er steckt, und da ich ihn in der Hand habe, wird er wohl machen, was wir von ihm verlangen. Das klingt nach einem Plan, oder?«

Maddie drückte ihrem Mann ein Küsschen an die rechte Wange und empfahl sich für den Rest des Tages nach Barcelona. Spätestens gegen Mitternacht würde sie mit dem geleasten Privatjet zurück sein, in Begleitung neu erworbener Schmuckstücke von den Nobeljuwelieren in Kataloniens teuerster Ecke.

Der Tourismusobmann verschwand auf eine weiße Sperrlinie im Herren-WC und der Schwager versuchte, den mittleren Oligarchen am Nebentisch um 50.000 Euro zu erleichtern. Ein Spiel, das mühelos aufging. Geld spielte hier im *Tikko-Beach-Club* keine Rolle: Es war nicht einmal zu sehen, alles wurde diskret von den schwarzen Kreditkarten betuchter Gäste abgebucht, allenfalls lag hinterher ein sattes Trinkgeld in bar auf dem Tisch. Neben den geleerten Maremma-Großflaschen. Und einer riesigen Seafood-Platte, die keiner der Gäste auch nur angerührt hatte.

Der Bürgermeister von Ischgl schlief auf dem Boden, mit dem Luxusmops in den Armen. Jens Vau strich zufrieden über seinen nackten Oberkörper und war von sich selbst begeistert. Er hatte einen Plan für die nächste Wintersaison. Alles in Ischgl würde auf den Kopf gestellt werden, und es würde so einfach aussehen, so selbstverständlich, wie harmlose Würfel, die aus einem Pokerbecher geschüttelt wurden und quer über die Tischfläche rollten. Wie in einem gewöhnlichen Glücksspiel. Mit einem etwas außergewöhnlichen Einsatz. Auf Gedeih und Verderb, auf Leben und Tod. Ökonomisch ausgedrückt: auf Sein – und auf Haben.

1
NULL - ERDGESCHOSS

Moospichler senior beugte sich aus dem geöffneten Fenster, wandte den hageren Oberkörper nach links und versuchte, hinauf zur Rüfikopfspitze zu sehen, hielt mitten in der Bewegung inne und begann die kalte Luft in der Nasenhöhle und im halb geöffneten Mund wahrzunehmen: Überall in seinem Kopf roch und schmeckte er Schnee. Noch schien die Sonne von einem fast wolkenlosen Himmel auf Lech herab, aber die Wettervorhersagen kündigten einen Temperatursturz samt Schneestürmen und orkanartigen Böen an. Der Flughafen Zürich-Kloten stand bereits vor der Schließung, und die Anreise einer Familie des europäischen Hochadels würde sich um einige Stunden verzögern. Der Privatjet der royalen Entourage war zwar wohlbehalten gelandet, aber die Straßen Richtung Österreich schienen aufgrund starker Schneeverwehungen kaum passierbar geworden zu sein. Auch die Luft in Lech roch Moospichler senior zufolge bereits eindeutig nach Schnee.

Noch war der Rüfikopf in gleißendes Sonnenlicht getaucht, und auf dem Langen Zug waren Dutzende Skiläufer unterwegs, um den Nervenkitzel einer der steilsten Skiabfahrten der Welt zu genießen: maximales Gefälle 80 Prozent – auf einer Länge von weit weniger als einem Kilometer war ein Höhenunterschied von 400 Metern zu überwinden. Schon bei idealen Verhältnissen eine Herausforderung, erst recht nach schweren Schneefällen und bei akuter Lawinengefahr. Der kurze Verbindungslift zur steilen Rinne des Langen Zugs blieb dann zwar geschlossen, aber viele Skienthusiasten stapften mit den Brettern auf den Schultern die Trasse des Schafalpliftes hinauf und fuhren wenig später im hüfthohen Tiefschnee die steile Rinne hinab, allen Warnungen von einheimischen Liftwarten oder Skiführern zum Trotz. Ab und an wurde durch die Unvorsichtigkeit der Skitouristen eine Lawine ausgelöst, die gar nicht so selten auch den einen oder anderen Freizeitsportler erfasste, mit in die Tiefe riss und in ihren Schnee- und Eismassen begrub – mitunter zu lange, um noch gerettet zu werden. Oft wurden die Lawinenopfer erst nach einigen Tagen von den Einsatzkräften der örtlichen Polizei und der Freiwilligen Feuerwehr aus den zusammengepressten Schneemassen geborgen, mit erfrorenen Gliedmaßen, jeder Menge Eis in den Atemwegen und starr aufgerissenen Blicken aus längst gebrochenen Augen.

Wenn man die Schneeverhältnisse und die hohe Lawinengefahr unterschätzte, konnte es lebensgefährlich sein, sich in der idyllischen Bergwelt zu bewegen. Einige Touristen verließen Lech tatsächlich in einem Sarg, der vom Arlberg nach Zürich oder Friedrichshafen transportiert wurde, um später von einer Frachtmaschine in die Niederlande, nach Belgien oder einem anderen Herkunftsland des Verunglückten geflogen zu werden. Seit Jahrzehnten gab es dieses Wechselspiel aus sanftem Wintertourismus und tödlichen Einzelschicksalen, und manchmal fielen den Lawinen sogar Einheimische zum Opfer, Leute, die sich in der Gegend wie in ihrer Anoraktasche ausgekannt hatten: Der Scholz, der Scheider, die Schafl-Familie oder ein anderer Spross der vielen Walsertaler von Lech lagen dann aufgebahrt in der Steinkirche, wurden nach der Einsegnung zwischen meterhohen Schneehaufen in der betonharten Wintererde begraben und nach und nach aus dem kollektiven Gedächtnis des Ortes gestrichen. Wie ein Unwetter, das weitergezogen war oder ein Sturm, der sich gelegt hatte.

Hohe Kumuluswolken strichen langsam über die Bergkämme von Oberlech und kündigten das nächste Tiefdruckgebiet an, das bald über den berühmten Wintersportort hereinbrechen würde: Lech, weit über Österreichs Grenzen hinaus für seine hochkarätigen Wintergäste bekannt und im Sommer bei Literaten, Künstlern und Philosophen beliebt, ein Ort ruhigen Konsumierens auf höchstem Niveau, ein beschaulicher Gegenpol zu den lauten Après-Ski-Hochburgen von Stanton upon Arlberg, Sölden und Ischgl.

»Adam von Seelbach wird in einer Stunde erscheinen. Sein Konvoi befindet sich bereits in Liechtenstein unweit der österreichischen Grenze.«

Die Stimme des ältesten Sohnes, Florian Moospichler, Mitte 40, Spitzenhotelier und nach der Matura mehrsprachig in Zürich, Marseille und Cambridge bei London erwachsen geworden. Dasselbe Gesicht wie der Senior, nur ohne Falten und Leberflecken, mitten im Leben stehend, verheiratet, Vater von drei prächtigen Kindern – alles in seinem Leben war gediegen, ohne Makel und Fehl, ohne die kleinste Entgleisung.

Moospichler senior schloss seufzend das Fenster, drehte sich um und lächelte milde. Seit ein paar Jahren war er nur noch für das Frischgebäck und die Blumendekoration zuständig, die letzten beiden Aufgabenbereiche, die ihm geblieben waren, genau dieselben, die zwei Jahrzehnte zuvor seine Mutter bis zu ihrem Tod ausgeübt hatte, hier im *Hotel Alpenpost*, gleich am Anfang der Hauptstraße, eines der ersten Häuser, wenn man von Zürs herkommend zunächst das Biomassewerk und dann das Ortsschild passierte. Das Jourgebäck und die Schnittblumen würden Moospichler senior bleiben, bis auch er eines Tages zusammensacken und irgendwo in diesem Fünf-Sterne-Superior-Hotel sterben würde, auf dem Perserteppich in der Lobby, gleich neben dem Kaminfeuer, am Rande des Speisesaales oder in einem Korridor zwischen dem Alpen-Spa und den Suiten. Irgendwo in den vertrauten Räumlichkeiten würde es mit ihm zu Ende gehen, aber noch war er hier, lächelte altersweise seinem Sohn entgegen und freute sich wie ein Kind – oder der Greis, der er war – auf das Eintreffen der hochadeligen Familie Seelbach aus den Niederlanden oder aus Belgien, er wusste es selbst nicht genau, brachte mittlerweile die Namen und Ehrenbezeichnungen durcheinander und verstand die Welt immer weniger, die sich fernab der vertrauten Beschaulichkeit ereignete, jenseits der Arlberger Walsergemeinden, seinem Stück Heimat.

Als Moospichler senior das *Alpenpost-Hotel* von seinen Eltern übernommen hatte, war es ein besseres Schutzhaus gewesen, ohne Indoor-Pool, ohne Ayurveda-Spa-Anlage, ohne Magnum-Weinkeller. In den ersten Nachkriegsjahren kamen die Gäste noch mit Rucksäcken und Tourenskiern nach Lech, verbrachten ein paar stille Tage in der Wintereinsamkeit und labten sich abends am Raclette-Fondue, an der berühmten Klein-Walser-Taler-Käsesuppe und an anderen lokalen Spezialitäten, die längst von der Speisekarte gestrichen und durch französische, asiatische oder vegane Gerichte ersetzt worden waren. Die Welt hatte Lech genauso erobert wie alle übrigen Orte hier oben am Arlberg oder drüben in Tirol oder in der gar nicht so weit entfernten Schweiz.

»Es riecht tatsächlich nach Schnee«, murmelte Moos-pichler senior und deutete auf die Wolkenbank hinüber, die über Oberlech hereinzubrechen begann, die ersten Schnee-flocken tanzten bereits vor den Fenstern und im Wetterbe-richt wurde vor Schneeverwehungen, Glatteis und mögli-chen Straßensperren gewarnt.

»Ein paar Tage Schneefall wird unserem Tourismus gut-tun«, antwortete sein Sohn, »im Dezember hat es ja kaum geschneit, Weihnachten und Silvester haben wir großteils bei Kunstschnee, wenn auch bei strahlendem Wetter ver-bracht, wir brauchen den Schneefall dringend, der Arl-berg ist bekannt für seine Schneesicherheit. Anderthalb oder zwei Meter vom weißen Gold bringen uns wieder viele Übernachtungen zu Höchstpreisen und hochsolvente Gäste, die es sich an nichts fehlen lassen, allen voran«, fuhr Moospichler junior fort, »die Familie Seelbach aus den Nie-derlanden, die uns schon zum fünfzehnten Male beehrt. In einer halben Stunde wird der Konvoi vorfahren und die adeligen Familienmitglieder werden mitsamt ihrer Entou-rage das gesamte oberste Stockwerk beziehen. Das alte Geld, wie du weißt, Papa, das alte Geld besucht uns wie-der. Jenes Vermögen, das niemals ausgehen, sondern von Generation zu Generation weitergegeben und vermehrt wird, komme und koste, was es auch wolle.«

»Du wirst wieder den Bergführer für Adam von Seel-bach spielen«, lächelte Moospichler senior und klopfte sei-nem Sohn auf die Schulter, »aber wenn es wirklich so viel schneit, wird die Lawinengefahr immens hoch sein.«

»Sobald die Niederschläge aufgehört haben, können die Wechten auf den Bergkämmen weggesprengt werden«, beruhigte der junge Moospichler, »dann ist die Gefahr vor-über und die tief verschneiten Pisten stehen für gführige

Schwünge hochkarätiger Touristen bereit. Wir werden uns die Winterpracht nicht entgehen lassen, seine Exzellenz Adam von Seelbach, dessen heranwachsenden Söhne und nicht zuletzt: ich.«

Das Selbstbewusstsein stand dem jungen Moospichler ausgezeichnet, passte zu seinem durchtrainierten Körper, den hochwertigen Kleidungsstücken aus Vorarlberger Loden und dem fetten Chronografen auf dem behaarten linken Handgelenk. In wenigen Minuten würden Dutzende Sicherheitsbeamte den Eingang des *Alpenpost-Hotels* sichern, und die hochadeligen Familienmitglieder der Seelbachs würden unbehelligt von der Regenbogenpresse bei einsetzendem Schneefall über den rotgoldenen Teppich die Stufen hinauf zum Eingang des *Alpenpost-Hotels* schreiten.

*

Andrew Stayner betrat die Lobby des *TR-Hotels* in Ischgl. Vor nicht einmal zehn Minuten war er in einem schweren Mercedes durch das High-Energy-Skiresort kutschiert worden, von der Fimbabahn ausgehend, am *M-Hotel* und der sogenannten *Post* (ein Vier-Stern-Superior-Etablissement und kein Postamt) vorbei, zu einer Art Heustadel namens *Silvretta* samt eingebautem Après-Ski und anderen architektonischen Knieschüssen der Postmoderne hinüber. Auch wenn die Seitenfenster der Limousine angelaufen und vom einsetzenden Schneefall benetzt waren, bestand kein Zweifel, dass das traurige, hochalpine Etwas dahinter schon bessere Saisonen erlebt hatte. Vom einstigen Glamour der »Relax-If-You-Can«-Gesellschaft war wenig übrig geblieben – außer angestaubte Champagnergroßflaschen, überhöhte Preise und Kellner, die es vor allem auf die Barschaft der einfallenden Gäste abgesehen hatten.

Andrew brauchte nicht einmal eine Viertelstunde, um das Desaster dieser hochalpinen Eskalation mit jeder Faser seines sarkastischen Verstands wahrzunehmen: Das Geschäftsmodell dieses Ortes bestand darin, die meist internationalen Touristen innerhalb kürzester Zeit mit größtmöglicher Vehemenz auszunehmen und das Ganze mit einem Fuck-You in Tiroler Mundart zu krönen. Der Preis für ein Glas Champagner an der Hotelbar konkurrierte mühelos mit dem *Dorchester* in London, und das sogenannte Degustationsmenü des Hauses, in einer sogenannten Stube mit Hunderten ausgestopften Opfern örtlicher Wilderei serviert, kostete kaum weniger als das »Signature Menü« im Pariser *Le Cinq*, jener drei-Michelin-Sterne-Hütte, die von Andrew vor geraumer Zeit in rüdesten Worten journalistisch hingerichtet worden war – was zu gegenseitigem Ruhm geführt hatte: Foodiejünger aus der ganzen Welt hatten unmittelbar nach der Kritik ihr nächstes Dinner im kulinarisch wertlosen Tanzsaal des versnobten Hotels gebucht, und Andrew sah sich in diversen Talk-Shows im angloamerikanischen Raum wieder, wahlweise als Moderator, Stargast oder das Arschloch von nebenan, das mit seinem schwarzen Humor britischer Prägung brillierte – wenigstens den Londoner Medien zufolge.

Nicht zuletzt aufgrund dieser bereits Jahre währenden Entrüstung hatte der Paznauntaler Tourismusverband beim *Guardian*, der journalistischen Wahlheimat von Andrew Stayner, angeklopft und den Gastronomiekritiker zu einem »culinary trip« eingeladen beziehungsweise angebaggert beziehungsweise genötigt. Eigentlich hatte Andrew in weniger als zwei Zeilen absagen wollen, aber da die Trüffelweltmeisterschaft in Alba wegen schwerwiegender Streitigkeiten zwischen dem »Consorzio dei Tartufi« und dem Rest der Welt abgesagt worden war, die Vertikalverkostung von Mouton-Rothschild-Weinen in Qatar alles andere als politisch unverdächtig einzustufen und Redzepis Projekt einer veganen Pop-Up-Burgerbude in der nördlichen Mongolei mangels Flugverbindungen auf unbestimmte Zeit eingestampft worden war, hatte Andrew Stayner dem Lobbyvorstoß des Tiroler Tourismusverbands nachgegeben und widerstrebend eingewilligt, diesen Wintersportort an der Schweizer Grenze zu besuchen. Nach Andrews Zustimmung begann das Reiseprozedere eines prominenten Influencers: mit dem Ausdrucken der elektronischen Business-Class-Tickets, dem Packen zweier Koffer mit Maßanzügen, Seidenkrawatten und taillierten Hemden aus der Savile-Road und dem Besteigen einer Bentleylimousine nach London-Heathrow. Kurz nach 8 Uhr morgens war Andrew am Flughafenterminal abgesetzt worden, hatte alle Fast-Lanes innerhalb von zehn Minuten absolviert und in der ersten Reihe einer österreichischen Airline Platz genommen, um über Frankfurt und München Richtung Innsbruck zu hoppen, einem Flughafen, der zu den zehn gefährlichsten dieses Planeten gehörte, mit einer Landebahn ausgestattet, die nur mit einer besonderen Fluglizenz (wahrscheinlich für Waghalsigkeit und allgemeinen Lebensüberdruss) angeflogen werden durfte.

Nach seiner Ankunft in Innsbruck-Kranebitten war Andrew Stayner von einem Chauffeur in einem fetten Mercedes nach Ischgl ins *TR-Hotel* gebracht worden, und nun stand er hier in der Lobby dieses 5-Sterne-Superior-Hotels, das von einer Skipiste, zwei Après-Ski-Lokalen und Legionen betrunkener Osteuropäer wie von feindlichen Armeen umzingelt war. Die Atmosphäre auf der Dorfstraße draußen erinnerte jedenfalls an einen entgleisten Karneval, eine unangemeldete Demonstration britischer Horrorclowns oder an die Prozession von Hooligans kurz vor dem Anpfiff des Champion-League-Finales.

In der weitläufigen Hotelbar standen ein paar ältere Typen aus Deutschland, der Schweiz und Norditalien herum, anscheinend befreundete Mittelstandsunternehmer, die sich für ein paar Tage von ihren traurigen Familien losgelogen hatten und in diesem Skiresort die Kuh fliegen ließen, worunter die angegrauten Mittfünfziger das Herumhopsen in spärlicher Bekleidung auf den Holztischen diverser Unterhaltungslokale verstanden, unter der Aufsicht von rumänischen Tänzerinnen und Champagnerflaschen in der Größe mittlerer Nordseestrandhütten.

»23 Hauben innerhalb von 200 Yards«, hatte Andrew in der offiziellen Einladung des Tourismusverbands gelesen. »Hauben, was für verdammte Hauben?«, hatte sich der Gastronomiekritiker aus London gefragt, weil innerhalb seines Wirkungsbereiches nur die Sterne des französischen Reifenproduzenten und das 100-Punkte-Weinbewertungsprogramm des bereits angejahrten amerikanischen Rechtsanwalts existierten, zwei der unnötigsten, überschätztesten wie gleichermaßen angesehensten Rankinglisten der Welt, wenigstens unter jenen Normalsterblichen, die sowohl die angeführten Restaurants als auch die gelisteten Weine niemals zu Gesicht bekommen würden – es sei denn, sie gewännen bei irgendeiner Lotterie den verdammten Hauptpreis.

Hauben, Gabeln und anderer Awardplunder markierten wohl die Insignien der hiesigen Gastronomiekritiker, die entweder alle miteinander verwandt waren oder wenigstens unter jener Decke steckten, in der Gratisinserate, Geld-scheine oder Voucherbündel gegen das eine oder andere freundliche Wort getauscht wurden. Wie Murmeln unter Grundschülern vielleicht. Oder diese Panini-Fußballbil-der, die fein säuberlich in irgendwelche Alben geklebt wer-den mussten.

Andrew Stayner holte einen Zettel aus seiner Sakkota-sche und überflog das kulinarische Rahmenprogramm der kommenden Tage: Fast alle Restaurants trugen den Namen »Stube« entweder auf Hochdeutsch oder im lokalen Dia-lekt, plus dem Hotelnamen oder dem Namen des Küchen-chefs oder des Wappentiers einer alpinen Sage. Andrew seufzte. Statt Seeigel, handgetauchten irischen Jakobs-muscheln und Wagyu-Beef würde er in den kommenden 120 Stunden eher Murmeltiere, Gamsböcke und Mufflone vertilgen, das Ganze an schweren Soßen verabreicht, für die wohl ein paar 100 Liter Billigportwein, Dutzende Kilo Alpenbutter und einige Salutschüsse *Fernet Branca* her-halten mussten.

»Fine Dining auf Gipfelniveau«, prahlte die Webseite des *TR-Hotels*, und gleich darunter war folgendes State-ment zu lesen: »Mit dem Erfolgsgericht Paznauner Schafl mit Paprikapüree hat unser Küchenchef dem Lamm jenen Stellenwert zurückgegeben, den es verdient.«

Was genau genommen nichts bedeutete, und wenn, dann wenig Aufregendes. Schafbraten, Paprikapüree, und der eine Michelin-Stern, der vor gefühlten 30 Jahren verliehen worden war – Andrew Stayner konnte sich nicht erinnern, das letzte Mal bei einem Ein-Michelin-Sterner getafelt zu haben, vielleicht anlässlich eines Kindergeburtstages, einer Taufe, oder einer Beerdigung in den englischen Midlands, wenn es hochkam.

In einem anderen Lokal schaffte laut digitaler Kurz-
information ein Typ an, der wie ein Skirennläufer aussah
und nicht viel älter als ein Vierteljahrhundert sein konnte:
anscheinend der Shootingstar unter den hiesigen Küchenchefs, der Sohn eines Hoteliers und Betreibers von bereits
zwei Spitzenlokalen, eines Fine-Dining-Tempels und einer
Spielwiese für Aspiring Socials, also für Leute, die noch
nicht so recht wussten, wo es langging auf der Erfolgslei-
ter zu Ruhm, Kohle und anderen Heldentaten. »Weltoffen,
frech und nicht alltäglich, mit einer kräftigen Prise Kreativität«, versprach der digitale Werbetext, der Andrew vom
baldigen Rückflug nach London träumen ließ, und wenn
es auf einem Super-Economy-Sitz einer Ryanair-Maschine
war. Klogang, Handgepäck und schwarzer Tee im Papp-
becher exklusive, um nicht einmal 25 Pfund nach Luton
oder einem anderen trostlosen Flughafen in Mittelengland,
der sich dennoch selbstbewusst zum Großraum der britischen Hauptstadt zählte.

»Verzeihen Sie, mein Name ist Zangerl Beate, zweite
Vorsitzende des Paznauner Tourismusverbandes, und Sie
müssten Herr Stayner sein, Andrew Stayner, darf ich Andy
zu Ihnen sagen? Hier in Tirol sind wir mit jedem per Du.«

Eine junge Frau im alpinen Outfit, wahrscheinlich einer
Tiroler Tracht, lange Haare, gut geschminkt, sympathi-
sches Lächeln, makellose Zähne und Traumfigur. Wie eine
Sagengestalt aus einem billigen Landkrimi. Andrew Stayner löste seinen Blick von der oberflächlichen Onlinerecherche und fühlte, wie er nach Luft schnappte, dabei aber
nur Glühwein-Aromen, zweimal *Chanel N°5* und die Aus-
dünstungen eines mittelräudigen Rauhaardackels erwischte.
Beinahe widerwillig nickte er mit dem Kopf, strich eine
grauschwarze Locke aus dem Gesicht und zwang sich zu

einem Lächeln der billigsten Art. Als ob er sich gemeinen Idioten, minderjährigen Psychopathen oder dem britischen König näherte – oder einer alpinen Prinzessin wie dieser Erscheinung, kaum ein Yard von seinen Atemzügen entfernt.

»Sehr angenehm«, antwortete der Starkritiker unter den Tausenden Food-and-Beverage-Journalisten, »freut mich sehr, dass Sie mich auf der Stelle erkannt haben.«

»Ist doch sonst niemand hier«, lautete die schnippische Antwort.

Und dann lachten sie beide, so laut und unbeherrscht wie zwei Oberstufenschüler eines Provinzgymnasiums, die sich erst 25 Jahre später wieder über den Weg laufen würden, und wenn es in einem Irrenhaus war.

»Champagner?«, fragte die blonde Prinzessin des örtlichen Tourismusverbands.

»Champagner«, bekräftigte Andrew und dachte, dass die Bezeichnung für gehobenen französischen Sprudel genau dieselbe universelle Bedeutung hatte, wie »Fuck You« oder »Leck mich am Arsch«.

*

Die Seniorenresidenz *Hoher Ausblick* lag im oberen Inntal, ziemlich genau über Telfs, einer unbedeutenden Kleinstadt, die für drei Dinge bekannt war: für ein Maschinenbauunternehmen, das inzwischen von Hongkong-Chinesen aufgekauft und stillgelegt worden war, ein verwaistes Bordell, das einem unter mysteriösen Umständen verstorbenen Italiener gehört hatte – und für ein Luxushotel, das vor einigen Jahren vom Innenministerium ersteigert und zu einer Seniorenresidenz für ehemalige höhere Kriminalbeamte,

Richter und Staatsanwälte umgebaut worden war – der neuen Wohnadresse von Harald Selikovsky, der vor mehreren Jahren in Pension gegangen war und nach dem Unfalltod seines langjährigen Ehemanns Dominique die Einsamkeit in der Wiener Eigentumswohnung nicht mehr ertragen hatte. Mit dem Erlös der verkauften Immobilie hatte er sich eine Suite im ehemaligen 5-Sterne-Superior-Hotel geleistet, war in diese 65 Quadratmeter hochalpiner Innenarchitektur gezogen und verbrachte seine Tage mit ausgedehnten Spaziergängen, gelegentlichen Fahrten ins nahe Innsbruck oder dinierte mit alten Bekannten und Freunden in einem der weitläufigen Speisesäle des ehemaligen Grandhotels, das den Charme der Nordtiroler Spitzenhotellerie genauso perfekt wie den bürgerlichen Lebensüberdruss in Thomas Manns Zauberbergidylle widerspiegelte – mitten im 21. Jahrhundert eine Reminiszenz an das bourgeoise 19. Jahrhundert, als die Speisen überladen, die Weine gediegen und die Spirituosenauswahl in der Lobby Bar beeindruckend gewesen sein mussten. Eine Art unsterbliches Biedermeier, das nur widerwillig den neuen Zeiten weichen wollte, schon gar nicht hier, in diesem mercedessternförmigen Hotelgebäude mitten in einem dichten Hochwald gelegen, direkt vor der atemberaubenden Kulisse des felsigen Karwendelgebirges.

Die Seniorenresidenz lag weit genug von Wien entfernt, um Haralds Begehren nach jüngeren Männern in engen Grenzen zu halten – und in einem ähnlichen Respektabstand zur ursprünglichen Heimat des Kommissars der heruntergekommenen Bezirksstadt Landeck, in der man nur auf den nächsten Zug nach Zürich oder Paris warten oder sich von der Roppener Brücke in den Inn stürzen konnte. Der örtliche Friedhof war voller Leichen, die es zu Leibzeiten nicht geschafft hatten, diesem erbärmlichen Flecken zu entfliehen – der Alkohol, der Krebs oder die verschiedenen Formen des Freitods hatte die Unglücklichen vor der Zeit in die feuchtkalte Erde geholt, wo sie einige Jahre dahin rotten durften, bevor ihre Gräber aufgelassen und für die nächsten Unglücklichen freigemacht wurden, gerade so weit, dass ein durchschnittlicher Eichensarg mit eisernen Haltegriffen und Stellschrauben hineinpasste – nicht für die vom Pfarrer während der Einsegnung angekündigte Ewigkeit bestimmt, sondern für eine Verweildauer von maximal zehn Jahren – sofern das Grab solange von den wenigen Hinterbliebenen bezahlt werden würde.

Zwei- oder dreimal im Jahr bekam Harald von seiner ehemaligen Gattin Elke und deren Lebensabschnittspartnerin Marianne Kugler Besuch, dann saßen sie zu dritt auf der Terrasse dieser Zauberbergidylle, tranken dünnen Kaffee, zerstückelten trockenen Streuselkuchen und genehmigten sich hinterher das eine oder andere Gläschen Sekt, nicht ohne die Vergangenheit hochleben zu lassen: Mariannes toten Sohn Alexander, einen begabten jungen Komponisten, dessen besten Freund Josua Silbermayr, der seit einigen Jahren als Profifußballer bei verschiedenen spanischen Spitzenklubs spielte, und besonders Elkes und Haralds gemeinsamen Sohn Simon, der inzwischen Operndirektor in Dresden geworden war und ab und zu mit den Wiener Philharmonikern im Goldenen Musikvereinssaal konzertierte – immer mit einem Auszug aus Alexander Kuglers Totenmesse als allerletzte Zugabe, eine Referenz an jene, die vorausgegangen waren und nie mehr zurückkommen würden.

Binnen weniger Stunden flossen die gemeinsamen Erinnerungen wie ein langweiliger Samstagnachmittagsspielfilm an Harald vorüber, manchmal wurde eine Träne verdrückt, dann lachten Elke oder Marianne hell auf, und zuletzt verabschiedete man sich unten im fußballfeldgroßen Eingangsbereich voller Holzschnitzfiguren und Bleikristallluster, bevor die beiden Besucherinnen den Lift in die Tiefgarage nehmen und die Seniorenresidenz hinter sich lassen würden.

»Ich habe mir nie vorstellen können, dass du in einem Altersheim leben würdest«, hatte Elke gelächelt. »Dein Leben war ein Auf und Ab, voller Erfolge, Niederlagen und Eskapaden ...«

»... also muss es wenigstens am Ende gemächlich zugehen«, hatte Harald hinzugefügt, »lassen wir die Vergangenheit, wie sie ist: ein kurzer Film aus zusammengeschnittenen Sequenzen ohne jede Bedeutung. Es sei denn, wir geben diesen kurzen Szenen den tieferen Sinn unserer eigenen Existenz, von der wir glauben, dass sie ist, ohne jemals erfassen zu können, worin sie tatsächlich besteht.«

»Das klingt, als wären wir alle alt geworden«, hatte Marianne Kugler gelächelt und den Arm ihrer Lebensabschnittspartnerin Elke gedrückt, »oder wenn schon nicht alt, dann vielleicht weise. Und nicht so verloren wie diese laute Gesellschaft da draußen.«

Dann kam der Lift, und die beiden Frauen betraten die hell erleuchtete Kabine, winkten Harald noch einmal aufmunternd zu und würden sich in wenigen Minuten von dieser Residenz, diesem Park und den gemeinsamen Erinnerungen entfernen.

Vor vier Wochen waren die beiden das letzte Mal hier gewesen, hatten Milchkaffee getrunken und Streuselkuchen gegessen, mitten im milden Licht einer sogar Mitte Dezember noch einigermaßen warmen Sonne. »So lange ist das gar nicht her«, murmelte Harald mehr zu sich als den wenigen anderen Gästen in der Lobby Bar, während er auf den einsetzenden Schneefall starrte, der sachte und lautlos aus einem bedeckten Himmel fiel, als wollte er weder die Lebendigen stören noch all die Toten, die irgendwo da draußen in ihren gefrorenen Gräbern der Ewigkeit preisgegeben waren.

2
MEZZANIN

»Der Typ sieht gefährlich aus«, flüsterte Markus Siebharter, der seit drei Jahrzehnten im Ischgler *TR-Hotel* für die
Küche verantwortlich war, »er hat Christian Le Squer vom
Le Cinq im Pariser *Four Seasons Hotel* wie einen rosti-
gen Kleinwagen auseinandergenommen. Das durchsichtige Canapéröllchen auf einem Löffel hat ihn angeblich
an ein Barbiepuppen-Silikonimplantat erinnert, die Taube
im zweiten Hauptgang war seiner Meinung nach so hell-
rosa gebraten, dass sie nach ein paar Stromstößen locker
vom Teller abheben hätte können – und jetzt sitzt Andrew
Stayner leibhaftig in unserer Stube, stochert an meinem
Paznauner Schafl herum und überlegt sich garantiert die
schauerlichsten Metaphern für seinen nächsten Verriss. Wir
hätten ihn erst gar nicht einladen sollen, Christian hat drei
Michelin-Sterne, wir nur einen, und der wurde schon vor
mehr als einem Vierteljahrhundert vergeben.«

»Mr. Stayner ist vor allem ein Künstler«, fügte Alwin,
der Chefsommelier, beinahe ehrfürchtig hinzu, »das sieht
man schon an seinen lockigen Haaren, dem angegrauten
Goatie und den drei Warzen, auf den ersten Blick liebens-
würdig, sensibel und zuvorkommend, aber das kann auch
eine raffinierte Tarnung sein. Außerdem stiert er ständig
den Klavierflügel in der Lobby dort drüben an.«

»Er soll auch ein Barpianist oder Jazzmusiker sein«,
nickte Markus Siebharter und fixierte Andrew Stayner am

Einzeltisch, als könnte er mit seinem Röntgenblick das Stammhirn des Foodkritikers nach bösen Kritiken und übler Nachrede scannen, »seine Eltern waren beide Schauspieler, er stammt aus vermögenden Verhältnissen, gehört der gehobenen Londoner Gesellschaft an, er ist Jude, aber auch Atheist …«

»… und er hat dein Paznauner Schafl ganz aufgegessen, mit einer Laugensemmel den Jus aufgesogen und alles offensichtlich mit höchster Begeisterung hinuntergeschluckt.«

»Vielleicht auch nur, damit wir uns sicher fühlen«, murmelte Markus Siebharter und warf einen prüfenden Blick auf den Servierpass seiner Lohberger Küche hinüber, »ich fürchte, es war keine gute Idee, diesen Kerl nach Ischgl eingeladen zu haben. Auch wenn es ihm schmeckt: Andrew Stayner patrouilliert doch nur in England, Schottland, Wales und in einigen Pariser Bezirken herum, ich glaube, er war noch nie in Österreich, vielleicht vor Jahren das eine oder andere Mal in der Schweiz, in Sankt Moritz oder Gstaad, wo ja auch ähnlich wie in der französischen Metropole gekocht wird. Dieselben Starköche, dieselben Souschefs, nur eben alles in der Wintersaison.«

»Andrew Stayner tritt auch in Kochsendungen und ganz massiv in Talkshows auf. Seine *Kitchen Madness*-Folgen müssen eine gewaltige Reichweite aufweisen«, flüsterte Alwin, der Chefsommelier, mit noch größerer Ehrfurcht in seiner Stimme, bevor er den Vorhang vor seine neugierigen Blicke fallen ließ, die schwarze Kellnerfliege unter dem spitzen Kinn zurechtrückte und noch einmal durch das pomadisierte Haar strich, bevor er sich wieder hinaus auf das aalglatte Parkett der Paznauner Gourmetstube wagte.

*

In Lech hatte es zu schneien begonnen, so dicht wie seit Jahren nicht mehr. Binnen einer Stunde war ein guter Meter Neuschnee zustande gekommen, und den Prognosen zufolge würde der Wintersturm noch mindestens zwei Tage anhalten, mit starken Schneeverwehungen und entsprechend hoher Lawinengefahr. Moospichler junior kam von der jüngsten Sitzung der Lawinenkommission zurück ins Hotel, den Kragen seines Lodenmantels hochgeschlagen, voller Schneeflocken auf der Schulter und den beiden Ärmeln. Das frisch gefallene Weiß unter den maßgefertigten Bergschuhen seines Halbbruders Matthias Scholz hatte geknirscht wie sonst nur frisch gestochener Spargel. Die Temperatur lag bei etwa minus vier Grad, aber im scharfen Nordwestwind fühlte sich die Winterluft um einige Grade kälter an, als sie in Wirklichkeit war.

Mittlerweile hatte die Polizeiinspektion Lech alle Straßen in den Wintersportort gesperrt – der Ort war sowohl von Warth her als auch von Zürs und von Langen aus nicht mehr zu erreichen. Da nicht einmal mehr die Fahrzeuge der Straßenmeisterei die völlig verwehten Straßen passieren konnten, blieb den Einheimischen wie den eingeschneiten Touristen nichts anderes übrig als abzuwarten, sich bei ausgezeichneter regionaler Küche oder in den großzügig ausgestatteten Spa-Bereichen bei Laune zu halten oder einfach so lange zu schlafen, bis sich der Sturm gelegt haben würde und der Himmel sich wieder strahlend blau über den tief verschneiten Bergen erhob, eine Winterkulisse, wie sie schöner kaum erlebt werden konnte.

»Dieser Bordeaux ist ausgezeichnet«, lächelte Adam von Seelbach, ein weitschichtiger Verwandter des niederländischen Königs. Er war ungefähr im selben Alter wie Moospichler junior, hatte dichtes blondes Haar, war mindestens ein Meter 90 groß, etwas stämmig und erinnerte an einen konservativen Politiker oder einen erfolgreichen Industriellen: offen, weltgewandt, aber bestimmt in seinen Vorsätzen, Prinzipien und Aussagen, ein durchaus charismatischer Mann, mit dem man meistens gut auskommen konnte, den man aber keinesfalls zum Feind haben wollte.

»Komm, Florian, setz dich eine Minute zu uns und trink ein Gläschen mit mir.«

Der langjährige Stammgast machte eine Handbewegung, und sofort rückten ein paar jüngere Familienmitglieder zur Seite. Moospichler junior setzte sich lächelnd, griff nach dem Rotweinkelch, der ihm hingehalten wurde, und stieß mit Seelbach auf das neue Jahr, das Königreich der Niederlande und die Gesundheit beider Familien an, die der Moospichler und der Seelbachs, die in Wirklichkeit ganz anders hießen, weil Adam nie unter seinem wirklichen Namen zu verreisen pflegte, sondern stets mit einem Aliasnamen die ansehnlichen Hotelrechnungen unterschrieb.

»Auf uns alle, wie immer wir heißen mögen«, wiederholte Moospichler junior und nickte zum dichten Schneefall hinter dem Fenster über der königlichen Tafel hinaus, »in zwei oder drei Tagen werden wir beide wieder am Langen Zug sein. Unmittelbar nach den Schneefällen. Kurz bevor die Lawinen gesprengt werden müssen.«

»Die steilste präparierte Piste der Welt«, strahlte Adam von Seelbach, stand auf und wiederholte seinen Trinkspruch in niederländischer Sprache, »*Op het welzijn van het gezin Seelbach en Moospichler en op de steilste skipiste ter wereld.*«

»Darauf trinken wir«, lächelte Moospichler junior und konnte es kaum erwarten, in wenigen Tagen mit seinem hochkarätigen Gast bei strahlendem Wetter mit der allers-

ten Rüfikopfseilbahn hinauf Richtung Valluga zu schweben, vor dem Panoramarestaurant neben der Bergstation
die Skier anzuschnallen und bis zum Schafalplift zu wedeln,
um nach kurzem Aufstieg (der kurze Schlepper würde noch
nicht im Betrieb genommen sein) vor der anspruchsvolls-
ten Piste Europas zu stehen: mehr als 80-Prozent-Gefälle,
tief verschneit, unberührt – exklusiv für Moospichler junior
und dem geheimnisvollen Gast aus den Niederlanden bereit.

*

Andrew stapfte durch den kniehohen Schnee und kam sich
alles andere als ein Wintersporttourist vor, eher wie der
kleine Prinz, der sich im Planeten geirrt hatte. Anstelle
einer verwelkten Rose im Weltraum gab es in Ischgl ungefähr 100 freie Varianten eines Heustadels, die sich alle als
Hotels ausgaben, wie gewerbsmäßige Hochstapler, die in
einem Seidenanzug von der Stange bei ahnungslosen Investoren Eindruck schinden wollten.

Die Variationen vom Käsespätzle, der Freifang vom Silvretta Bachsaibling, das Paznauner Schafl und das Pre-
dessert, das wie ein Schneeball ausgesehen hatte und an
jene Süßware erinnerte, die ein norditalienischer Scho-
koladenkonzern vor ein paar Jahren wegen Salmonellen-
gefahr zurückgerufen hatte, blitzten wie Schnappschüsse
aus einem bescheidenen Kochbuch in Andrews perfek-
tem Kurzzeitgedächtnis auf. Dieser Markus Siebharter verstand sein Handwerk einigermaßen, er hatte bei einigen
Küchenstars in Deutschland und vor allem der Schweiz
gelernt – seine Gerichte waren ausbalanciert, ziemlich berechenbar und auf den porzellanweißen Tellern so hübsch
zurecht arrangiert wie aufwendig gestaltetes Spielzeug, da

ein Krönchen kunstvoll geschnitztes Gemüse, hier ein Tupfer Gelee im passenden Rotton, dort ein Jus, der so dick war, dass er ohne Weiteres aufs Brot geschmiert werden konnte.

Die Kreationen des Doyen unter den Ischgler Küchenchefs waren instagramable und konnten mit gutem Gewissen verspeist werden – aber Freude oder gar Begeisterung riefen die Gerichte kaum hervor, nicht bei Andrew Stayner zumindest, der gerade ein Après-Ski-Lokal passierte, in dem es wie auf der berühmten Radierung »Gin Lane« von William Hogarth zuging, in der alle vom Kleinkind bis zum Greis auf offener Straße verrotteten, wenn auch ohne Skischuhe, verrutschte Sturzhelme und aufgeschlitzte Daunenjacken wie in diesem apokalyptischen Getümmel vor Andrew Stayners ungläubigen Augen.

Dutzende Osteuropäer lagen wie übereinander gestapelte Bierkisten vor dem Eingang des sogenannten *Kuhstalls*, aus dem das Blöken zahlreicher betrunkener Kälber im kaum fortpflanzungsfähigen Alter zu hören war, begleitet vom dumpfen Dröhnen schlecht eingestellter Subwoofer und dem Gekreisch eines von sich selbst überwältigten DJs. Es war eine Art Weltuntergang dritter Klasse, der sich hier anscheinend jeden Nachmittag bis tief in die Nacht wiederholte, eine unaufhörliche Abfolge des Immergleichen unter dem Ehrenschutz internationaler Braukonzerne und diverser Wodkamarken, wenn man den Leuchtschildern und aufgestellten Kühlschränken Glauben schenken durfte – die Holzwände, die Kleidung des Barpersonal, jedes Glas, jeder verdammte Gegenstand in diesem Lokal war wie ein Stück Weidevieh mit einem bunten Logo gebrandet – und damit von der Marketingabteilung eines Getränkekonzerns und nicht von den smarten Betreibern der Ischgler Saufställe bezahlt.

Die Eigentümer dieser Tourismuseinrichtungen, egal ob Hotel, Cocktailbar, Restaurants oder diese Suffhütten allgemeiner Selbsterniedrigung, waren todsicher clevere Geschäftsleute, die sich ihre Rummelplätze weitestgehend von einer Industrie finanzieren ließen, die jeden Boden unter den Füßen verloren hatte und nur nach höheren Marktanteilen und fetteren Margen gierte wie ein saudi-arabischer Prinz nach einem noch attraktiveren Ölpreis. Dieselbe Gier hatte Andrew auch im Finanzdistrikt der Londoner Innenstadt kennengelernt, wo langweilige Drei-Michelin-Sterne-Lokale als Untermieter versnobter Luxushotels nur darauf warteten, ganze Kohorten solventer Gourmands nach allen Regeln des Turbokapitalismus ausnehmen zu können, eine hohle Küche für hohle Menschen mit extrem hohem Spesenbudget, Angeberweine und Champagnerflaschen in Bling-Bling-Ausführung inbegriffen, ein Fest der Sinnlosigkeit, das niemanden außer schmallippige Controller erfreute: »Kaum 2.000 Pfund Umsatz pro Gast gestern Abend, schwache Sommelierleistung, verdammt noch mal.« Und Hunderte andere Fuck Yous wie diese.

Nach der gut fünfstündigen Geiselnahme in der Gourmetstube des *TR-Hotels* hatte sich Andrew Stayner nur kurz die Beine vertreten wollen, aber der schwarze Humor des britischen Gastronomiekritikers gepaart mit der hämischen Gier, nach einem belanglosen Degustationsmenü einen verbrannten Schwarzwälder Flammkuchen oder Rässkäs-Spätzle als übelriechenden gelben Gatsch von einem Pappteller zu löffeln, trieb Andrew Stayner in die Eingeweide dieses brüllenden Rindviehs inklusive seiner noch lauter grölenden Gäste.

Auf der Getränkekarte standen Drinks, die Schimpfnamen oder sexistische Bezeichnungen aus der untersten Schublade trugen, was sogar Andrew auffiel, der seine drei Jahre Deutschunterricht in einem überteuerten britischen Internat verbüßt hatte, und die dazu passenden Gerichte, die an Geilheit und Fettgehalt kaum zu überbieten waren. Andrew Stayner tippte einmal links oben und einmal rechts unten auf die zerfledderte Karte und bekam binnen 30 Sekunden – der Service hier war schneller als jede Polizeieingreiftruppe der Welt und sah so aus, als wäre es von einem Söldnerbüro in Moskau rekrutiert worden – ein dickflüssiges rotes Getränk mit Eiswürfeln in einer Art Zahnputzbecher aus Steingut und ein Stück Pizza auf einer fetttriefenden Seite von *La Gazzetta dello Sport* serviert.

Eingepfercht zwischen saufenden Polen und einem indischen Taxifahrer aus Southampton, der so sternhagelvoll war, dass er nur noch seinen Heimatdialekt aus der Panschab-Region vor sich her lallen konnte, biss Andrew in ein Stück dampfender Pappe, goss etwas vom Sloe Gin mit Preiselbeersaft dazu – und plötzlich hatte er mitten in diesem verdammten Après-Ski-Getümmel bei 120 Dezibel Alpentechno und einer vor Alkohol und sexistischen Flüchen geschwängerten Luft eine Art Déjà-vu: die Pappmaschee-Pizza, der picksüße Longdrink und die Richtung Siedepunkt köchelnde Stimmung erinnerten Andrew an den ersten Pubbesuch seines Lebens ohne elterliche Aufsicht. Nicht im heimatlichen Londoner Nobelbezirk Kensington, sondern weit draußen an der damals noch unsanierten Canary Wharf, einer Gegend für Dockarbeiter und Lastkraftwagenfahrer, für billiges Gastronomiepersonal und Reinigungskräfte, mindestens die Hälfte davon aus Indien, Bangladesch oder einer anderen ärmlichen Region des britischen Commonwealth.

Andrews erstes Pub hieß *Blue Ox, The Black Bull* oder *Wild Cow* und war so etwas wie die Cockney-Variante dieses Après-Ski-Lokals namens *Kuhstall*. Hier wie dort waren die Drinks zwielichtig, das Essen unter jeder Kritik und die Leute ohne einwandfreien Leumund – ein perfekter Gegenort zur gehobenen bürgerlichen Langeweile in Kensington, Mayfair oder Chelsea, wo jede Uhr auf dem Handgelenk der betuchten Einwohner teurer als der größte Sattelschlepper in der Canary Wharf war. Niemand in dieser Halbwelt wollte einen Michelin-Stern ergattern oder den Ministerpräsidenten bewirten, man fütterte und füllte die ganz gewöhnlichen Leute von Montag bis Samstag so recht und schlecht ab und schlenderte am Sonntag in ein baufälliges Fußballstadion, um ein Spiel der dritten oder vierten Division zu begrölen – das war auch der einzige Unterschied zu dem pausenlos randalierenden Après-Ski in diesem Wintersportort: Fucking Soccer spielte im alpinen Raum keine Rolle. Außerdem hatte ein Lokal wie dieser *Kuhstall* nur an 150 Wintertagen geöffnet. Die restlichen sieben Monate lang blieb das Lokal wie beinahe der gesamte übrige Ort geschlossen. Ein inspirierendes Part-Time-Modell, wie Andrew Stayner befand: fünfeinhalb Monate Dauerfeuer und über ein halbes Jahr heilige Ruhe. Oder zumindest eine Art Waffenstillstand.

Das bestellte Pizzastück war dafür ohne Makel: Der Teig schmeckte selbstgemacht, das Olivenöl war brauchbar, der Mozzarella ebenfalls bei einem vertrauenswürdigen Händler erstanden, die Tomatenstücke mitten im Januar zwar aus der Dose, dafür hatte sich sogar frisches Basilikum auf die Schnitte verirrt wie ein sommerlicher Halbschuhtourist im tiefsten Winter da draußen. Alles war einigermaßen frisch, wohlschmeckend und wollte vor allem eines nicht: irgendwen irgendwie überzeugen. Weder eine inspirierende Kreation noch von herausragender Qualität war und blieb diese Pizzaschnitte einfach nur das, was sie sein sollte: ein verdammtes Stück Hefeteig, mit ein paar halbwegs guten Zutaten in einen überhitzten Elektroofen geschoben, danach ein paar Basilikumstreusel drüber gestreut – das war's. Möglichst schnell ein paar Zentimeter davon tief in den Mund geschoben – *fucking awesome. Much better than any boring 3-Michelin-Star-creation. Soul food. That is what we are all longing for.*

Wegen Epiphanien wie dieser war Andrew nach seinem Studium der Politikwissenschaft Restaurantkritiker und damit natürlicher Feind hochdekorierter Küchenchefs geworden. Nicht Alan Ducasse oder Hélène Darroze sollten recht behalten, ganz im Gegenteil. Die einzige Person, die kulinarische Street Credibility besaß, war die eigene Oma. Deine und meine Grandma. Die Großmutter von uns allen. Sogar jeder blasierte Drei-Michelin-Guru war zu Beginn seiner Kochambitionen bei der eigenen Familie in die Lehre gegangen, hatte in den Kochtöpfen seiner Herkunft gerührt, hatte Gerüche, Aromen, Zutaten und den Umgang damit kennengelernt – das Fundament für alle zukünftigen Herausforderungen in einer Drei-Sterne-Anstalt: den eigenen Ursprung, die Familientradition, der Sonntagsbraten, das Vieh auf den Weiden da draußen, die Barsche im nahen See, die handgetauchten Jakobsmuscheln aus der Bay nebenan. Je nachdem, wo man aufwuchs, konnte man in der Küche nur zu dem werden, was man schon immer gewesen war: weil die runzlige Oma recht behielt. Und nicht der überdrehte Autor Dutzender Kochbücher, die zwar schön anzuschauen waren, aber garantiert keine nachkochbaren Rezepte enthielten –

weil die richtigen Tricks und Kunstgriffe ohnehin nie verraten wurden: die entscheidenden Handgriffe, das Wissen um die Grundprodukte – all das, was Großmama im sprichwörtlichen kleinen Finger aufbewahrt hatte. In ihrem limbischen System. Weniger geschwollen ausgedrückt: in ihrer Erinnerung. Ihrem Wesen. In Ihrer Wahrhaftigkeit.

Es fehlte nicht viel und Andrew Stayner hätte laut »Halleluja!« ausgerufen, was im 120-Dezibel-Trubel um ihn völlig untergegangen wäre und ohnehin zu jedem zweiten Après-Ski-Song gepasst hätte. In den Alpen verfluchte man beim Saufen gerne jene Überich-Repräsentanten, die man sonntags und feiertags hochleben ließ: den Heiland, den Landesfürsten, den Bundeskanzler, die Ehefrau, die eigenen Kinder, den Hund. Das halb volle Bierglas vor der offenen Kinnlade lud zu herzhaften Flüchen ein, hier im Après-Ski oder woanders beim Stammtisch. Andrew Stayner kam sich wie ein Sportreporter vor, der aus irgendeinem Tiroler Seitental die kulinarische Sensation in die Welt hinausposaunen wollte: »Das alte Pub in der Canary Wharf, die bescheidene Pizzeria in Neapel und die eigene Oma sind überall – sogar hier. An diesem zugeschneiten und vollgekotzten Ende der Welt.«

*

Kurz nach den Weihnachtsferien hatte Matthias Hörzer seinen Patenonkel in der Seniorenresidenz *Hoher Ausblick* besucht. Erst unmittelbar vor dem Eintreffen in der Tiefgarage des riesigen Seniorenheims hatte er Harald von seinem Besuch informiert und war binnen Minuten in Begleitung einer sehr hübschen jungen Frau in der riesigen Lobby erschienen: die dunkelblonden Haare streng gescheitelt, in

Skipullover und schwarzen Jeans, beinahe wie damals, als er mit Haralds Sohn Simon bei der Uraufführung von Alexander Kuglers »Missa Pro Defunctis« in dieser kleinen Kapelle auf dem Semmering aufgetreten war, kurz vor dem Zugriff auf Alexanders Totschläger, Haralds Halbbruder Theo, der sich später mithilfe von teuren Rechtsanwälten und politischen Interventionen aus der kurzen Untersuchungshaft herausverhandelt hatte und inzwischen wieder in Polen untergetaucht war, wohlhabend und empathiefrei, wie es wohl seinem Charakter entsprach.

»Das ist Andrea«, stellte Matthias seine Verlobte vor, »und das ist mein Patenonkel Harald, er hat viele Morde aufgeklärt, darunter auch einen ganz besonderen, einen, der mit meinem großen Hobby zu tun hat.«

»Dem Klavier«, lächelte Andrea und drückte Harald Selikovsky die Hand, eine bezaubernde junge Frau aus der Nähe von Innsbruck, wohl ein Grund, warum die beiden hier bei Harald aufgekreuzt waren, »ohne Partituren und Klavierauszüge kann Matthias keinen Tag überleben«, lächelte die angehende Ärztin, die bereits ihren Turnus absolviert hatte und demnächst eine Praxis am Wiener Stadtrand eröffnen wollte.

»Ich werde nur ein bescheidener Jurist werden«, lächelte Matthias, »für ein Musikstudium hat weder mein Talent noch mein Fleiß ausgereicht, und Leidenschaft allein ist zu wenig, wenn man Großes erreichen möchte. Eine schöne Wohnung, ein alter *Bösendorfer* Flügel, meine Frau Andrea und vielleicht zwei oder drei süße Kinder reichen völlig, um mich in den glücklichsten Menschen dieser Welt zu verwandeln.«

»Dann darf man euch beiden gratulieren«, antwortete Harald, rührte in seinem Milchkaffee herum und warf einen

Blick auf die Streuselkuchen vor ihm, drei Stück Mehlspeisen, an denen seine Besucher und er in rhythmischen Abständen herumstochern würden. Von den Nachbartischen lächelten die anderen Heiminsassen herüber, das junge, adrette Paar wurde allgemein bewundert und im Vorübergehen mit zahlreichen Komplimenten bedacht.

»Musst du jeden Tag dieses Bröselzeug essen?«, fragte Matthias lächelnd und hustete am zuletzt eingenommenen Bissen herum.

»Ich weiß, das Zeug ist verdammt trocken, aber der frisch gezogene Apfelstrudel ist meistens sofort aus, und Streuselkuchen gibt es halt immer«, antwortete Harald, rückte seine Nickelbrille zurecht und sah sich selbst im Wandspiegel an, ein hagerer, älter gewordener Herr, der erfolgreich sein Berufsleben, zwei Ehen und zuletzt eine Krebserkrankung überstanden hatte, »die Atmosphäre hier erinnert an ein …«

»… Grand Hotel«, fiel ihm Andrea ins Wort, »das war doch früher einmal das *Interalpen-Resort*, das einem Schweizer Baumaschinenunternehmen gehört hat.«

»Das seinerseits von Chinesen übernommen wurde, die daraufhin das Hotel stillgelegt haben. Schlussendlich hat es der Bund aus der Konkursmasse ersteigert und daraus eine Seniorenresidenz für höhere Beamte gemacht, und nun bin ich hier«, nickte Harald und wischte sich etwas Feuchtigkeit aus den Augen, »ich habe genügend alte Bekannte um mich, wenn ich sonst kaum einen Menschen mehr kenne. Ich fühle mich wohl hier, habe eine schöne ehemalige Suite im sechsten Stockwerk, mit Kachelofen und Balkon, sehe auf den Bergwald und das Inntal hinunter, es ist ruhig hier, gediegen und ein bisschen monoton. Wenn man möchte, kann man die ganze Weltliteratur noch einmal lesen.«

»Und das Klavier da«, fragte Matthias und deutete zu einem schwarzen Flügel zwischen den Kaffeetischen und den hohen Wandtüren hinüber, »ist es gestimmt?«

»Ich denke schon. Einmal in der Woche kommt jemand vom Klavierhaus Kamran in Innsbruck vorbei, klimpert stundenlang an den Tasten herum und spannt die entsprechenden Saiten nach. An jedem dritten Donnerstag im Monat gibt der Nachwuchs der Musikschule Telfs ein kleines Konzert, und natürlich spielt auch der eine oder andere ehemalige Kollege etwas Mozart, Chopin oder Schubert. Das Klavier wird auf jeden Fall gestimmt sein«, bekräftigte Harald Selikovsky und sah sein Patenkind erwartungsvoll an.

Matthias war noch immer eher der schüchterne Junge als ein erwachsen gewordener Mann, über ein Meter 80 groß und zierlich gebaut, mit ebenmäßigen Gesichtszügen und dichtem dunkelblonden Haar, das beinahe wie Seide bis zu den Schultern herabfiel. Ein bisschen Mädchen, ein bisschen Prinz, ein bisschen von allem, was die Menschen betören konnte, so ein …

»… Dazwischenmensch«, lächelte Andrea, »aber genau deswegen mag ich ihn so«, fügte sie noch hinzu, während Matthias vor dem Flügel Platz nahm, die schwarz lackierte Klaviaturabdeckung hochklappte und lächelnd zu seinem Patenonkel und seiner Frau herübersah.

»Chopin oder Kugler?«

»Erst Frederic Chopin, dann Erik Satie und dann Alexander Kugler. Wäre das zu viel verlangt, Matthias?«

»Überhaupt nicht«, lächelte der junge Mann, strich sich eine Haarsträhne aus der glatten Stirn, legte die schmalen Hände sanft auf die Tasten und begann die Stücke wiederzugeben.

Chopins *Nocturne, Opus 9*, den wunderbaren ersten Satz. Erik Saties *Gymnopédie Nummer eins* und zuletzt das Crescendo aus Alexanders *Totenmesse*, das den letzten Kampf eines Menschen auf Erden beschrieb, unbarmherzig dem Ende ausgeliefert und doch in jeder Tonfolge um noch ein paar Atemzüge, um den letzten Rest Leben kämpfend, flehend, bettelnd, bevor die Kraft alles Gegenwärtigen zusammenbrach und sich aus dem Tonschwall der letzten Atemzüge ein paar dünne Klänge durch den Raum stahlen und die Stille immer mächtiger wurde und das Schweigen überhandnahm. Und alles geschehen, vollbracht und zu Ende gelebt war.

Fünf Sekunden Stille vielleicht. In denen alles möglich war, alles passieren konnte. Oder auch gar nichts geschah. Ein paar Leute applaudierten im Hintergrund, jemand rief mit zittriger Stimme »Bravo«, und Matthias schloss mit seinen schlanken Händen die Abdeckplatte und ließ den Flügel so unberührt wie vorher zurück – nicht ohne den Raum mit so viel Klang, Schmerz und noch größerer Leidenschaft und Wehmut erfüllt zu haben.

»Du bist großartig«, lächelte Harald und nahm Matthias zum Abschied noch einmal in den Arm.

»Nein, dein Sohn ist wunderbar: Simon Selikovsky, der neue Generalintendant der Semperoper in Dresden.«

»Sei nicht so bescheiden«, tadelte Harald sein Patenkind lächelnd, »du spielst wie ein großer Pianist, zumindest für mich, und für Andrea wohl auch. Wohin fahrt ihr beiden jetzt eigentlich?«

»Zu meinen Eltern nach Hause«, antwortete die junge Ärztin, drückte noch einmal Harald die Hand und betrat den geräumigen Lift in die Tiefgarage hinunter.

»Und ich in ein paar Tagen nach Lech«, ergänzte Matthias, »leider macht sich Andrea nicht so viel aus Skifahren, ich dagegen liebe es, im Tiefschnee Spuren in die steilsten Hänge zu zeichnen, egal ob auf dem Snowboard, auf Skiern, dem Zipfel-Bob oder einfach nur auf dem Hintern. Ich liebe den Schnee, den Winter, die kalte Jahreszeit und das Prasseln des Kaminfeuers abends in einem schönen Hotel, ich liebe den Arlberg! Ich bin ja in Wien aufgewachsen und muss mindestens 20 Jahre unberührte Natur nachholen.«

Matthias drückte Harald ein Küsschen auf die Wange, zwinkerte noch einmal mit den graublauen Augen und gesellte sich zu seiner Frau in den Lift. Das junge Paar, von oben mit Spots vorteilhaft ausgeleuchtet, sah zwischen den Natursteinwänden und einer alten Fotografie der Silvrettahöhe einfach perfekt aus: die ganze Zukunft vor sich, eine junge Ärztin und ein vielversprechender Anwalt, ein Paar, das sich liebte und bald gut verdiente und mehrere Kinder wollte – konnte sich ein Vater, eine Mutter, der Staat und alle anderen Leute, die die beiden kannten, ein besseres Paar vorstellen als Andrea und Matthias?

Die pneumatischen Türen des Aufzugs schlossen sich mit einem leisen Klicken, und die elektronische Anzeige neben dem Aufzug zeigte Harald den Weg der beiden nach unten, ihrem Mittelklassewagen, ihrer gemeinsamen Zukunft, ihren Millionen Fragen und ein paar Antworten entgegen, diesem Leben, das so unergründlich war wie der Schnee, der draußen noch immer so leise wie beharrlich herabfiel und alles gleichermaßen bedeckte, jedes Stück Leben und jeden Toten und jedes andere Geheimnis dazwischen.

3
ERSTER STOCK

Der Küchenchef des *ISKATE-Hotels* hieß Benny und sah wie ein österreichischer Skirennläufer oder ein Formel-1-Fahrer aus: jung, durchtrainiert, mit militärisch kurzem Haarschnitt – vor anderthalb Jahrzehnten hätte ihn ein Quentin Tarantino garantiert für eine Rolle in *Inglorious Basterds* gecastet. Mit damals 21 Jahren hätte Benny vielleicht sogar einem Christoph Waltz die Show gestohlen, zumindest aber Till Schweiger. Die deutschen Namen zogen an Andrew Stayner wie seltsame Rauchzeichen vorüber, während er im *StüWWa* Platz nahm, der sogenannten Stube auf Deutsch, im Gegensatz zur *Hütta*, die nebenan dem Vieh vorbehalten war, also dem *Stall* – der aber längst zu einem begehbaren Weinkeller umgebaut worden war.

Der junge Oberkellner schien eine Art Hobbylinguist zu sein und klärte Andrew bereitwillig über die einzelnen Gebäudebezeichnungen im Walserdeutschen auf, einem Dialekt, den noch maximal ein paar 100 Einzelgänger in den Westalpen oberhalb von 1.200 Metern Seehöhe beherrschten. Das Servierpersonal in dieser *StüWWa* schien hart an der Minderjährigkeitsgrenze angesiedelt zu sein, vom stimmbrüchigen Wasserträger angefangen über die pubertierenden Commis bis zum Oberkellner, der auch erst ein schwaches Vierteljahrhundert auf der Welt war.

Im Unterschied zur übertrieben dekorierten *Paznauner Stubn*, die es mit jedem Ballsaal eines Fünf-Sterne-

Hotels in London-Mayfair aufnehmen konnte, war die *StüWWa* viel kleiner, dazu ohne jeden Schnörkel und radikal reduziert eingerichtet, die wuchtigen Holztische waren mit nur zusammengerollten Servietten und einer Art Taufkerze versehen. Hier ging es weniger opulent als vor allem aufs Wesentliche zusammengestrichen zu: beinahe spartanisch, auf jeden Fall meilenweit entfernt von jenem alpinen Hurra-die-Gams-Plunder, dem Andrew letzte Nacht im Après-Ski-Lokal begegnet war – und der ihn bis in seinen Albtraum verfolgt hatte: ausgestopfte Tiere, vollgedröhntes Barpersonal und jede Menge Randalierer auf Acid hatten Andrew und seine Familie in einer Waldhütte festgehalten und mit zahlreichen Gag-Getränken terrorisiert: eine hochprozentige Gruppenvergewaltigung der widerlichsten Art. Unter der Aufsicht eines riesigen Elchkopfs und des Gekreuzigten im sogenannten Herrgottswinkel hatten ein paar Horrorclowns furchterregende Holzmasken und zottelige Felle getragen und die festgehaltene britische Familie mit allerlei Schabernack der unfeinsten Art bis zur Weißglut traktiert.

Wenigstens waren diese Pseudoerlebnisse nur Einzelheiten eines fiebrigen Traumes gewesen, der tiefenpsychologische Bewältigungsversuch von Andrew Stayners ersten Abend in einer original österreichischen Après-Ski-Hütte. Hier oben im ersten Stock des *ISKATE-Hotels* an der Dorfstraße war es ruhig, nicht einmal Musik drang von irgendwoher, nur ein Wasserhahn in der Ecke tropfte beharrlich in die andächtige Stille hinein. Wahrscheinlich war die *StüWWa* neben der Dorfkirche das einzige Gebäude in Ischgl, das nicht von einem DJ oder einer Dauerplaylist mit den 100.000 beliebtesten Hüttensongs beschallt wurde.

Wie unerfahren die Servierkräfte auch schienen, sogar der letzte Wasserträger wusste Bescheid: Der schräge ältere Herr mit den gelockten Haaren, dem angegrauten Goatie und dem seltsamen Seidenanzug war ein einflussreicher Foodblogger, Gastrokritiker oder Halbgott des britischen Fernsehens, auf jeden Fall prominent genug, um wie ein russischer Oligarch oder ein anderer Despot aus den Weltnachrichten behandelt zu werden. Entsprechend relaxed kamen die Fragen in einem Englisch daher, das Andrew nicht einmal in der Gaeltacht nördlich von Galway kennengelernt hatte, es schwebte irgendwo im Mittelalter herum und war mit Auszuckern aus der Rappersprache durchsetzt, das Ganze von einem Bürschchen vorgetragen, das vor ein paar Jahren noch Windeln angehabt haben musste. Grotesk, und doch irgendwie rührend.

An den Wänden war neben uraltem Latschenholz eine Art Fotosammlung alter Schwarz-Weiß-Aufnahmen von Ischgl zu sehen, allesamt im Winter geschossen, weil es hier – touristisch gesehen – keine andere Jahreszeit gab. In einer mehrstöckigen Vitrine wurden drei Weine bestrahlt: der Hauschampagner, ein österreichischer Blaufränkischer aus dem frühen 20. Jahrhundert – »unsere älteste Weinflasche, Jahrgang 1935, Preis auf Anfrage« in fünf Sprachen – und ein biederer Chablis, allerdings mit den Unterschriften von mehreren Drei-Michelin-Stern-Küchenchefs versehen.

Benjamin »Benny« P. hatte nicht nur im benachbarten Ausland, sondern auch in Frankreich, dem Baskenland und natürlich in Dänemark sein postmodernes Handwerk erlernt, und nun verwirklichte er seine Vision einer so alpinen wie zeitgemäßen Küche, die vor allem aus der Ziffer »3« bestand: drei Zutaten auf dreierlei Weise zubereitet und auf einem Teller mit drei(ßig) Zentimetern Durchmesser serviert. Vor allem war wenig auf den riesigen Porzellanflächen zu sehen. Andrew Stayner wollte schon ein Fernglas ordern, um die winzigen Splitter Fleisch oder Fisch oder Gemüse zu erspähen, was ungefähr so mühsam schien wie einen Schneehasen in einem Tiefschneehang auszumachen – und dieses verdammte weiße Vieh rührte sich wenigstens ab und zu von der zugeschneiten Stelle. Hier auf dem dreidimensionalen Stillleben tat sich nichts. Oder sehr wenig. Nachdem Andrew Stayner seine Lesebrille aufgesetzt hatte, konnte er ein paar Brösel, etwas goldenen Staub und rotes Gelee erkennen, in der Mitte des Tellers wie die Flagge eines unbekannten Landes so genau drapiert, dass man glauben könnte, die Farbflächen bewegten sich in der ausgestoßenen Atemluft.

Das Einzige, was hier in Strömen verabreicht wurde, war Wein. In riesigen Glaskelchen serviert, in denen auch der Inhalt einer Magnumflasche locker hineingepasst hatte. Noch bevor Andrew mit der Vorspeisenvariation durch war, hatte er einen gewaltig in der Krone. Der österreichische Riesling hatte die Wucht einer Nassschneelawine, die alles, was sich ihr widersetzen wollte, mit sich riss, so unbarmherzig wie tödlich. Auf der Flasche war ein Flügelaltar abgebildet, ein barockes Inferno aus Farben und Formen – ein Weißwein wie aus der Hölle. 15,5 Prozent Alkohol. Etwas Restzucker. Mit einer beeindruckend hohen Säure versehen.

»Very mineralic«, hatte der Zahnspangen-Sommelier augenzwinkernd geflüstert, »von diesem Wein haben wir dieses Jahr ganze zwölf Flaschen bekommen.«

Andrew nickte, weil er einem Kind den angebrochenen Abend nicht verderben wollte. Den blutjungen Sommelier auf ein Gläschen Wachauer Riesling einzuladen, könnte womöglich drei Jahre Haft wegen Anstiftung zu kindlichem Alkoholmissbrauch einbringen. Ob man hier in Österreich schon mit 15 oder 16 Jahren als Sommelier arbeiten durfte? Gab es dann auch 70-jährige Tänzerinnen in den Tabledance Bars? Oder Skilehrer, die noch gar nicht im Stimmbruch waren?

Durch ein winziges Seitenfenster konnte Andrew eine Art Schützenpanzer im dichten Schneefall ausmachen. Ein massives Kriegsgerät in Schockorange, das in tiefster Dunkelheit die Pisten präparierte. Im Hintergrund leuchtete ein Suchscheinwerfer von einem riesigen Masten einen halben Quadratkilometer Skipiste aus, gesäumt von einem Wald, dessen Bäume Mühe zu haben schienen, sich in diesem Steilgelände zu halten.

»Tomorrow everything will end«, übersetzte der minderjährige Sommelier die deutsche Bezeichnung des nächsten Weins, eine autochthone österreichische Rebsorte, von der maximal vier Leute auf diesem Planeten gehört hatten: der Winzer, der Weinbeauftragte der burgenländischen Landesregierung, dieser Barely-legal-Sommelier und David Schildknecht, Robert Parkers rechte Kritikerhand, zuständig für Ost- und Mitteleuropa. Gegenden, die der greise Weinpapst mit dem Merlotfimmel persönlich gar nicht mehr heimsuchen wollte.

»Das klingt beinahe so, als würde die Apokalypse bevorstehen«, murmelte Andrew Stayner, worauf der Zahnspangen-Weinexperte erwiderte: »I am so sorry, Sir, we do not run that stuff.«

Einen Wein mit dem Namen Apokalypse. Andrew war beruhigt. Löffelte seine Topinambur-Maroni-Schaumschuppe aus einem Kelch, den er als Brite für einen Quaich gehalten hätte.

»Was war eigentlich die dritte Zutat in dieser Topinambur-Maroni-Creme?«

»Alpine Murmel«, lautete die kryptische Antwort.

Andrew erstarrte. Ein Eichkätzchen, ein überfahrener Dachs, ein Murmeltier oder ein Einhorn? In dieser fremden Region namens Ischgl schien alles möglich zu sein. Früher oder später würde er mit Sicherheit eingelagertes Heu oder die Klöten irgendwelcher Stallbewohner in sich hineinstopfen müssen. Andrew hoffte, diese Ingredienzen wenigstens nicht im Nachtisch vorzufinden oder in den Petite Fours. Man konnte nie wissen. Oberhalb von 1.200 Metern, hatte ihm einmal ein weiser japanischer Michelin-Stern-Koch in Kyoto erklärt, oberhalb von 1.200 Metern ist alles möglich. Im Guten wie im Schlechten. Real oder fiktiv. *Alpine Murmel*. Andrew war sich sicher, so etwas noch nie in seine Mundhöhle geschoben zu haben – was sich auch immer hinter dieser Bezeichnung verbarg: eine dem Teufel persönlich abgerissene Hufe, möglicherweise.

Das Regionale hatte Andrew Stayner eisern im Griff. Die Gämse war in ihrem eigenen »Brunzlach« (wenigstens in Anführungszeichen) gebeizt worden und wurde an Distelöltropfen und einem Jus aus niederen Kriechtieren serviert. Andrew verzichtete, nach den Zutaten dieser Soße zu fragen. Das Heublumensoufflé roch wie eines dieser Kurmittel in altehrwürdigen britischen Thermalbädern in Cornwall, zum Händereinigen nach dem Fischgang wurde frisch gefallener Schnee serviert, zusammen mit einem Schnaps aus einer kunstvoll geblasenen Flasche, die es mit jedem Prestigecognac aufnehmen konnte. Das Dessert hieß »Kindergeburtstag« und war eine Dekonstruktion aller Lieblingsspeisen von Grundschülern, inklusive einem hohlen Milchzahn aus – Milch. Sah genauso aus wie vor zehn Minuten aus einem weinenden Kindermund gerissen. Andrew Stayner benötigte zwei rauchige Single Malts und einen Absinth ohne alles, um dieses verdammte Ding runterzukriegen. Von den übrigen Tischen waren unterdrückte Schreie zu hören, wie immer, wenn junge Starköche Szenen des eigenen Familienlebens in ihre 15-Gänge-Menüs einbauten. Eine soziale Miniatur, in der die aufstrebenden Köche alle Funktionen einnehmen mussten: die des Vaters, des Nachwuchses, der Ehefrau und der Oma. In den letzten beiden Jahrzehnten waren die europäischen Küchenchefs deutlich jünger geworden: Mit 35 war man schon beinahe zu alt, um noch wie ein Idiot in der Küche zu stehen, als Aufsteiger durfte man höchstens 25 Jahre alt sein, besser war 21 oder 19 oder überhaupt erst gerade dem Erziehungsheim entwischt (Gutpunkte für den Underdogstatus samt Minderjährigkeitsbonus und einer Extraportion Ahnungslosigkeit). Andrew schauderte, was ihn demnächst erwarten würde: zwölfjährige Gardemangers, geringfügig ältere Küchenchefs mit einer pickelüberzogenen Mannschaft von tätowierten Mangafiguren, eine achtjährige Konditorin aus Hongkong, ein neunjähriger Zuckerbäcker aus Prag, Grundschüler, die Weinexperten, Käsesommeliers und Zigarrenkenner waren.

»I am Benny. Did you like the menu so far?«

Andrew schreckte aus seiner Horrorvision hoch und starrte diesen Formel-1-Fahrer an. Oder einen durchtrainierten Skirennläufer, der dieses Jahr auf der Kitzbüheler Streif zuschlagen würde. Die nächste österreichische Medaillenhoffnung. Oder doch nur ein Nachwuchsschauspieler. Der verkappte Sportler vor Andrews Einzeltisch war jedenfalls Benny P., Österreichs jüngster Koch des Jahres, seit Menschengedenken. Vier Hauben, vier Gabeln, vier weiß-der-Teufel-was. Michelin-Stern keinen, weil die französische Reifenfirma seit Jahren einen großen Bogen um Österreich machte. Die vereinte Seilschaft aus österreichischen Fressjournalisten hatte die ungebetene Konkurrenz schon nach wenigen Jahren vertrieben. Zurück blieb ein Termitenhaufen voller Schädlinge, die einander selbst ruinierten.

Wer aus diesem Spiel regionaler Eitelkeiten ausbrechen wollte, war aufgefordert, die Flucht zu ergreifen. Ein paar kochende Nachwuchskünstler hatten tatsächlich andere Länder aufgesucht, meist hochkarätige Ferienregionen im Mittelmeerraum. Der in der Heimat verbliebene Rest klopfte sich vor laufenden Kameras auf die Schulter und wünschte die vertraute Konkurrenz doch nur zum Teufel. Das »Daube de Boeuf« vom K. sah aus, als wäre es schon dreimal verdaut worden. Die Froschschenkel im S. waren zäher als jedes Präservativ. Und was sollen die vier Gabeln vom R. – hat er in den letzten zehn Jahren jemals etwas anderes als Soßen aus dem Kanister verwendet?

Andrew Stayner kannte diesen Rap gut. Das Hohelied der Missgunst, des Neids und der ständigen Widerrede. In allen Gastroküchen dieser Welt gleichermaßen zu Hause.

*

Über Nacht hatte der dichte Schneefall nachgelassen. Nach Tagesanbruch brach die Sonne zwischen den letzten Wolkenfeldern hindurch, und ihr gleißendes Licht ergoss sich auf die tief verschneiten Hänge von Lech. Auf den Straßen frästen die Einsatzfahrzeuge erste Fahrstreifen durch das meterhoch gefallene Weiß und dahinter war das Rasseln von Schneeketten eintreffender Lastwägen zu hören.

Moospichler junior trat vor das Hotel, atmete die scharfe, klare Alpenluft ein und wandte sich nach rechts, um ein paar erste Blicke auf die steilen Hänge des Langen Zugs zu werfen, die noch vollends im Schatten lagen, von mindestens zwei Meter Pulverschnee bedeckt – ideal für eine erste Skitour zusammen mit Adam Seelbach, einem der reichsten niederländischen Agrarökonomen.

Kurz vor 8 Uhr betraten die beiden die Talstation der Rüfikopfbahn, die Skier auf den dicken Daunenjacken geschultert, mit Sturzhelm, Skibrille, eng anliegender Jethose und den massiven Skischuhen von Scholz, einem der vielen Verwandten des jungen Moospichlers. Als Mitglied der Lawinenkommission und ausgebildeter Bergführer durfte er – mit seinem hochkarätigen Gast im Schlepptau – als einer der ersten Passagiere die Rüfikopfgondel besteigen, die innerhalb von sechs Minuten die Bergstation erreichte. Die Eingangstüren des Bergrestaurants waren zugeschneit und die höchsten Schneeverwehungen reichten weit über das Flachdach des Gastronomiebetriebes hinaus, kurvten sich zu einer beeindruckenden Welle aus erstarrtem Neuschnee empor, von orkanartigen Böen zu einer Skulptur aus gefrorenem Wasser kunstvoll zusammengepresst, als ob die Natur selbst Bildhauer gespielt hätte.

Moospichler half seinem adeligen Gast beim Anlegen der Skier und überprüfte, ob sie beide die Lawinenschnur eingesteckt, den Airbag umgeschnallt und vor allem den Peilsender aktiviert hatten. Der örtliche Lawinendienst hatte vor wenigen Minuten Warnstufe 4 gemeldet, die zweithöchste aller Alarmstufen. Es war kalt, aber windstill, und die Sonne schien auf die steilen, noch unpräparierten Pisten herab – in wenigen Minuten müssten die ersten Sprengungen durchgeführt werden, kurz nachdem Moospichler junior mit seinem vermögenden Gast die noch unpräparierte steilste Skipiste der Alpen absolviert haben würde.

»Stürzen verboten«, lächelte Moospichler junior, nachdem er mit Adam Seelbach die verwehte Trasse des Schafalpliftes hochgestapft war und oben an der Bergkuppe erneut die Ski angeschnallt hatte: Ein Klick, und der Peilsender war scharf gestellt. Der niederländische Milliardär nickte seinem Bergführer und Freund lächelnd zu. Beide waren den Langen Zug schon Dutzende Male abgefahren, sogar bei Nebel und miesesten Schneeverhältnissen, bei aperen Pisten in schneearmen Wintern ebenso wie manchmal bei strömendem Regen.

»Es wird nichts passieren«, nickte Seelbach und fuhr als Erster in das mehr als 80 Prozent steile Gelände ein. Die Piste vor ihnen war blütenweiß und meterhoch von pulvrigem Neuschnee bedeckt. Moospichler juniors Aufgabe bestand darin, während der ersten Abfahrt die aktuelle Beschaffenheit der Steilpiste abzuschätzen, die einzelnen fixen Sprengplätze scharf zu stellen, noch einmal mit der Bergwacht und der örtlichen Polizeistation Rücksprache zu halten und dann auf die Knöpfe seines mobilen Sprengmelders zu drücken.

Nach einigen dumpfen Donnerschlägen würden ein paar harmlose Lawinen den Langen Zug kontrolliert entlangrutschen und im flacheren Gelände auslaufen, bevor die Pistengeräte mit dem Präparieren der Steilpiste begännen.

In der Rüfikopfgondel war noch ein anderer Passagier gewesen, ein angehender junger Rechtsanwalt aus Wien, der eine andere Abfahrt als den Langen Zug wählen wollte. Da Moospichler junior den jungen Mann öfters in Privatskikursen zu einem hervorragenden Skifahrer und Tourengeher herangezogen hatte, nahm er den aufstrebenden

Rechtsanwalt gerne mit, nicht ohne ihm einzuschärfen, unter keinen Umständen Seelbach und ihm in die Tiefe des Langen Zuges zu folgen.

»Keine Sorge«, hatte der junge Mann gelächelt, die Ski- brille heruntergezogen und den Helm zurechtgerückt, »ich nehme die normale 218er Abfahrt ins Tal. Auf der anderen Seite in Oberlech sind bereits die ersten Pistengeräte zu sehen. Vielen Dank, dass ihr mich mit nach oben genom- men habt, sogar noch vor dem offiziellen Betriebsbeginn.«

»Alles gut«, hatte Moospichler junior gelächelt.

Auch außerhalb der Wintersaison dachte er oft an den jungen Juristen, der als unbeholfenes Kind nach Lech gekommen war und in zwei Jahrzehnten das Skifahren bis zur Perfektion erlernt hatte.

»Was für ein netter junger Mann«, lächelte Moospichler junior und verfolgte Adam Seelbachs elegante Schwünge auf der tiefverschneiten Piste des Langen Zugs hinunter. Einige energische Stöße mit den Skistöcken, dann setzte sich auch er in Bewegung, sah zu, wie die Skispitzen über die letzte Kuppe nach unten in die Tiefe abglitten und begann seine Schwünge zu setzen, ein paar Meter weiter rechts, wo bereits die ersten Sonnenstrahlen über die Steil- piste strichen.

Wenige Sekunden später war hinter ihm ein Grollen zu hören, das sich in das Knirschen der Schwünge mischte, ein Grollen, das lauter wurde und immer näherkam, bis Moos- pichler junior mitten in einem Rechtsschwung erschrak. Eine riesige Lawine war einige Meter hinter ihm abge- gangen, er versuchte, die Skier im Tiefschnee geradezu- stellen und schneller zu werden, begann mit den Armen zu rudern und verlor beinahe das Gleichgewicht, rief den Namen seines Gastes in die steile Rinne hinunter, längst hatte er Seelbach aus den Augen verloren, roch die Kälte, den Druck, den tödlichen Atem der Lawine dicht hinter ihm, fühlte etwas an den Skienden rütteln, schrie noch einmal auf, stürzte – und ein eisiger Sog aus Schneebrocken, Latschenresten und mitgerissenen Steinen stob über seinen Körper hinweg, ein letzter Schlag, und alles wurde finster und still und kalt und gefühllos, um und in ihm, der mit dem Schnee und dem Eis eins geworden war – das nächstes Opfer des Langen Zugs über Lech.

*

Harald beugte sich über das Soffritto und beobachtete, wie die fein geschnittenen Zwiebelstücke im heißen Olivenöl glasig wurden. Er gab ein paar feinblättrige Knoblauchscheiben dazu und erhöhte die Temperatur, griff nach dem Schälchen Carnaroli-Reis und kippte den Inhalt langsam in die Topfmitte. Begann in ruhigen Bewegungen die Reiskörner zu bewegen, goss ein halbes Glas Weißwein dazu (die andere Hälfte genehmigte er sich selbst) und wartete, bis der Alkohol verdampft war und die köchelnde Rinderbrühe mit einer Schöpfkelle aus einem zweiten Cassoulet zum Reis gekippt werden konnte.

In der riesigen Lohberger-Küche der Seniorenresidenz waren weitere Pensionisten zu sehen, ehemalige Richter und Staatsanwälte, der eine oder andere pensionierte Kripobeamte, lauter distinguierte Kollegen, die sich im Alter dem Kochen verschrieben hatten. Eine ruhige, kontemplative Tätigkeit wie Lesen, Golfen oder Schach spielen, was sie alle ebenfalls taten, in der hauseigenen Bibliothek, im Putting-Green auf Stockwerk Minus 2 neben den Kühlräumen oder in einer der Suiten, die jeder Kollege allein bewohnte. Eine behagliche, der Welt entsagende Atmosphäre mitten im Hochwald, der das ehemalige Luxushotel umgab, ein stiller Gegenentwurf zur entgleisenden Gesellschaft da draußen.

Harald nickte zu einem pensionierten Richter hinüber, der für sein vorzügliches Ossobuco bekannt war, wofür er auch den einen oder anderen Schöpfer Rindsfond aus Harald dampfendem Stahltopf stibitzte, mit weisem, aber immer noch spitzbübischem Lächeln, das so viele seiner Schiedssprüche begleitet hatte, zuerst im Bezirksgericht Landeck, dann im Landesgericht Innsbruck und viel später im Verwaltungsgerichtshof in Wien.

»Die Burgi macht uns noch ein Lebkuchensoufflé, dann ist der Abend kulinarisch gerettet. Einen guten weißen Friulano zu deinem Gericht, lieber Harald, einen kräftigen Barolo zu meinem Ossobuco – oder sollten wir lieber den Amarone von Quintarelli auswählen, ich habe noch zwei oder drei Flaschen davon in meinem Privatdepot liegen, das ist die Frage des Nachmittags: Barolo oder Amarone, was meinst du, Harald, Verona oder Alba, herzogliche Weine sind sie ja beide.«

»Wir könnten Andrew befragen«, antwortete Harald und trank noch einen Schluck Friulano Bianco, den er zuvor zum Aufgießen seines Risottogerichtes verwendet hatte, »oder wir suchen uns einen kräftigen Weißwein aus, einen Paraschos aus San Floriano del Collio zum Beispiel, aber Obacht: dieser Wein ist orange. 100 Prozent biologisch angebaut und spontan mit Demeter Hefen vergoren. Nichts für zarte Gaumen und biedere Kleingeister.«

»Beim Wein bin ich zu jeder Schandtat bereit«, grinste der ehemalige Richter des Verwaltungsgerichtshofs. »Hast du schon von diesem Lawinenunglück in Lech gehört? Ein einheimischer Hotelier und ein niederländischer Milliardär werden noch immer unter den Schneemassen vermutet. Die Abendnachrichten werden voll davon sein.«

Richter Alfons genehmigte sich ein Achtel vom friaulischen Wein und leerte das Glas in kleinen, blubbernden Schlucken. Harald starrte zu einem Fernsehgerät über den Dunstabzügen hinauf, wo früher Tischbestellungen und georderte Markenweine über den Bildschirm flimmerten. Jetzt waren auf dem Flatscreen Mitglieder einer Bergemannschaft zu sehen, die im Scheinwerferlicht mit Holzstangen nach den Opfern suchten, während ein paar Lawinenhunde bellend zwischen ihnen herumsprangen. Noch bevor Harald realisiert hatte, wo sich das Unglück zugetragen hatte, piepste das Smartphone neben dem Topf mit dem immer noch mehr als bissfesten Risotto.

Haralds Patenkind Matthias Hörzer war dran, der angehende Rechtsanwalt und begeisterte Hobbyskifahrer. Seine Stimme klang ganz aufgeregt aus dem Smartphone.

»Weißt du, Onkel Harald, ich war in derselben Gondel wie die beiden Vermissten, habe allerdings eine andere Abfahrt gewählt und zuvor noch ein Selfie vor dem Gipfelkreuz oberhalb der Bergstation gemacht, ich schick dir die Aufnahme durch, Harald, tut mir leid, aber ich bin völlig durch den Wind, weil ich den Hotelier Moospichler sehr gut gekannt habe, er ist während vieler Winterurlaube mein Skilehrer gewesen, hat mir alles beigebracht, vom Stemmbogen bis zum Tiefschneefahren im freien Gelände, einfach alles. Ich wollte dir nur sagen, dass mir nichts passiert ist, dass ich physisch okay bin und morgen wieder zu Andrea nach Völs zurückkehren werde, wir jungen Leute haben noch nicht so viel Urlaub, und dann wäre da noch etwas, Onkel Harald …«

»Ja?«, fragte der ehemalige Kriminalbeamte mit etwas

Ungeduld in der Stimme. Das Risotto war inzwischen fertig gegart, und Richter Alfons klapperte schon erwartungsvoll mit seinem Besteck.

»Andrea und ich wollten es dir schon bei unserem letzten Besuch sagen.«

»Ihr werdet wohl heiraten«, lächelte Harald milde, warf ein paar Kaisergranaten in einen erhitzten Topf mit Olivenöl und briet die Krustentiere bei größtmöglicher Hitze ein paar Sekunden scharf an.

»Nicht ganz«, schien Matthias Hörzer in sein Smartphone zu lächeln, ein hübscher, vielversprechender junger Mann, der noch das ganze Leben vor sich hatte.

»Welche Neuigkeit habt ihr dann für mich?«, erkundigte sich Harald neugierig, griff zu einem Jigger mit dem ältesten Cognac, den er in der Lobby Bar entdeckt hatte, leerte den Inhalt über die scharf angebratenen Meeresbewohner, zückte das Feuerzeug und …

»… Andrea erwartet in sechs Monaten ein Kind. Einen Jungen. Und er soll deinen Namen tragen. Harald finden wir beide schön. Ist es für dich auch okay?«

Die Flammen stoben in alle Richtungen und drohten ein paar Härchen von Haralds Augenbrauen zu versengen. Ein scharfer, greller Schmerz, ein Kopfschütteln über die eigene Unachtsamkeit, aber es war nichts passiert, die paar verbrannten Härchen konnte der ehemalige Kriminalbeamte verschmerzen.

»Harald?«, fragte der pensionierte Ermittler der Mordkommission ungläubig nach.

»Genau, ich finde es schön, einen Sohn zu haben, der deinen Vornamen trägt. Und Andrea hat auch nichts dagegen. Sie wollte ohnehin lieber ein Mädchen haben, das hätte Elke oder Marianne geheißen, aber so …«

»... Harald«, wiederholte der ehemalige Kommissar Selikovsky, drehte die Flammen unter dem Topf mit den Kaisergranaten ab und gab sie zum mittlerweile durchgegarten Risotto. Eine Surf-und-Turf-Variante. Surf, was den Kaisergranaten, und Turf, was den selbstgemachten Rindsfond betraf. Harald fragte sich, ob er beim Anrichten etwas frisch geriebenen Parmesan auf das Risotto rieseln lassen sollte. Der Rindsfond sagte ja, das Meeresgetier nein. Wieder eine Frage, die er Andrew Stayner übermitteln würde. Der britische Starjournalist beantwortete normalerweise keine E-Mails angeblicher Fans. Bei Harald machte er allerdings gern eine Ausnahme – vor allem, seit Andrew wusste, dass Harald Selikovsky Kriminalbeamter gewesen war. Wow, at the Murder Squad, hatte Andrew ausgerufen und Haralds erstes E-Mail binnen Minuten beantwortet.

»Freust du dich gar nicht?«, fragte die Stimme an Haralds Ohr traurig.

»Doch. Natürlich freue ich mich. Herzliche Gratulation zu eurem Kind! Ich koche nur nebenher, deswegen auch die vielen Nebengeräusche, ein Surf-and-Turf-Risotto, das jetzt vollkommen weich gekocht ist.«

»Du untertreibst wie immer«, antwortete Matthias' Stimme, »es wird sicher hervorragend sein. Leider bin ich nur ein nachlässiger Esser. Hamburger, Clubsandwiche und Eintöpfe in allen erdenklichen Varianten reichen mir völlig, und Andrea kann noch viel weniger kochen, eigentlich hasst sie alles, was mit Kochen zusammenhängt. Wenigstens weiß ich jetzt, dass auch dir der Name unseres Kindes gefällt.«

»Vor allem, weil es mein eigener ist.«

»Und jedes Mal, wenn ich mit meinem Buben rede, werde ich dabei an dich denken.«

»Vorsicht, das ist eine Liebeserklärung«, warnte Harald den jungen Anrufer. Im Flatscreen war ein Lawinenhund in Großaufnahme zu sehen, der laut bellend ein Loch im Lawinenkegel zu buddeln begann.

»Der Bernhardiner scheint tatsächlich etwas gefunden zu haben«, bestätigte Matthias auf der anderen Seite der Leitung.

»Dann siehst du also auch fern?«

»Ja, in der Lobby des *Alpenpost-Hotels*, eine Scheißstimmung ist das hier, das kann ich dir sagen. Ich muss jetzt auflegen. Ich wollte dir nur etwas Nettes mitteilen. Auch um mich selbst etwas aufzuheitern.«

»Vielen Dank, und mach dir nicht zu viele Sorgen«, versuchte Harald zu trösten, aber Matthias hatte bereits aufgelegt. Richter Alfons stieß Harald verschwörerisch in die Hüften und verriet, dass er heute einen Quintarelli 1990 aufmachen würde, die letzte Flasche dieses gewaltigen Amarone, 17 Prozent schwer, eine echte Granate.

Harald schaltete das Risotto auf Sparflamme, holte sechs Teller aus der Wärmeschublade und versuchte, das schlotzige Reisgericht so schön wie möglich auf den blütenweißen Tellern anzurichten, obwohl ihm dabei die Hände wie nach einer Hiobsbotschaft zu zittern begannen. Denn die Freude über das angekündigte Baby, das den Namen Harald tragen würde, diese Freude fühlte sich genauso abgründig an wie allertiefstes Entsetzen.

*

Andrews Vormittage waren meist für die wöchentlichen Gastronomierezensionen und die tägliche Korrespondenz reserviert. Noch vor der dritten Tasse Tee hatte Andrew

Stayner seinen ersten Artikel für den *Guardian* rausgehauen, zwischen einem Original Alpine Müsli und dem unvermeidlichen Egg Benedictine folgten noch drei weitere Perlen seiner journalistischen Tätigkeit, ganz abgesehen von einigen E-Mail-Pingpongs zwischen seiner Ehefrau und den beiden Kindern, die eigentlich nicht erwachsen werden wollten. Obwohl sie drauf und dran waren, Cambridge (die 23-jährige Tochter) und Oxford (der 21-jährige Sohn) mit summa cum laude zu absolvieren, natürlich in Studienrichtungen, die beiden eine mehr als goldene Zukunft versprachen.

Andrew starrte auf den Flatscreen über dem Kachelofen, der Bilder einer Lawinenbergung zeigte, offenkundig zwei tote Skifahrer am sogenannten Arlberg, wo immer das war, vielleicht sogar ganz in der Nähe. Der britische Foodjournalist zog instinktiv den Kopf ein und lugte zum Fenster hinaus, das mit einer mehr als geblümten Gardine geschmückt war, allein der Anblick dieser Heidenröslein löste im britischen Lifestyleredakteur hartnäckigen Heuschnupfen aus, obwohl es draußen minus 15 Grad kalt war unter einem wolkenlosen Himmel, der von den breiten Kondensstreifen der Flüge OS1452 und AF899 durchzogen war, wie Andrews Flightradar-App auf dem Smartphone mitteilte.

»Hast du diese Lawine gesehen?«, wollte der in Oxford studierende Sohn wissen. Internationales Handelsrecht, fünfsprachig aufgewachsen, dünn wie eine Bohnenstange, mit einer unsäglichen Vorliebe für Speisen ausgestattet, die gar keine waren: ein Opfer des *Tesco*-Convenience-Portfolios, eines der Lieblingsfeindbilder des eigenen Vaters. Ein auf tiefgekühlte Lebensmittel fokussierter Familienkonflikt, mit dem Andrew irgendwie zurechtkommen musste.

»Ich glaube, das ist mindestens 50 Kilometer von hier entfernt«, tippte Andrew ungeduldig zurück und wandte sich den Weblinks seiner älteren Tochter zu, die einige Pfund zu viel mit sich herumtrug und dennoch unentwegt mit Papas Kreditkarte den neuesten Fashionramsch vor allem aus Frankreich erwarb.

»Das orange Kleid oder den Pulli mit den eingestickten rot-blauen Würfeln?«

»Beides«, tippte Andrew kopfschüttelnd zurück, weil Stephie sowieso alles, was sie sah, kaufen musste. Dafür liebte sie jedes noch so entrückte Drei-Michelin-Stern-Gericht, hatte schon im Alter von sechs Jahren schwarze Oliven, vergammelten Rohmilchkäse und Doppel-Null-Austern aus der Normandie verdrückt, außerdem teilte sie mit ihrem Dad noch eine Leidenschaft: mit mäßigem Talent an einem verstimmten Klavier alte Tom-Waits-Nummern zum Besten zu geben, die jazzigen Stücke vor allem, *Shiver me Timbers*, *Mathilda* und ein selbst zusammengestelltes Medley aus den *Swordfishthrombones*.

Nachdem Andrew den morgendlichen Familientanz erfolgreich hinter sich gebracht hatte (seine Ehefrau lag bereits in einem Ayurvedatempel und versuchte bei indischer Musik und rechtsdrehendem Wasser das Rad der Zeit um gute zehn Jahre zurückdrehen zu lassen), wandte er sich etwas ganz Schrägem zu: den ausgewählten E-Mails seiner zahlreichen Fans, die fast alle seine Talkshowauftritte und Kochsendungen auswendig kannten und jede wichtige Begebenheit aus Andrew Stayners erfolgreichem Dasein noch um 3 Uhr morgens wie ein Muttertagsgedicht aufsagen konnten. Manchmal konnte diese Meute mit ihren oberflächlichen Fragen zu Kochvorgängen, Rezeptentwürfen und anderen kulinarischen Lebensproblemen

Andrew Stayner mehr als nur nerven. Auf der anderen Seite kommunizierte der Journalist live mit dem Markt, der aus Lesern, Fernsehzuschauern und ordinären Konsumenten bestand, jenen leibhaftigen Menschen, die immerhin Andrews eigenes Leben und das seiner Restfamilie inklusive dreier süßer Corgis namens TikToe, Telegram und Twitter finanzierten.

Natürlich beantwortete Andrew nicht alle an ihn gerichteten E-Mails, sonst wäre er schon längst als ausgebrannter Borderliner in einer Klapsmühle verendet. Wer Andrews huldvolle Aufmerksamkeit verdiente, musste einige rare Eigenschaften aufweisen: über ausreichend gute Englischkenntnisse verfügen, einen interessanten Brotberuf ausüben und in der Lage sein, Olivenöl von Kerosin unterscheiden zu können. Viele der britischen Fernsehjunkies schieden deshalb von vornherein aus – Andrew brauchte sich nur an die Essgewohnheiten seines Oxfordsohns zu erinnern: William huldigte dem arktischen Ernährungssystem aus tiefgefrorenen Pizzen, asiatischen Schmorgerichten und Cheeseburgern, die vor dem rettenden Ablaufdatum kaum die Bezeichnung »Lebensmittel« verdienten: es war Pappmaschee, mit Aromaten und Färbemittel zu Fladen, Matsch oder aufgeblasenen Semmeln geformt, Antilebensmittel für absolute Idioten, wozu leider auch der eigene Sohn gehörte, der einen IQ von 220 besaß und alle Primzahlen bis in den höheren zwölfstelligen Bereich hinauf auswendig aufzählen konnte. Kulinarisch gesehen war er trotzdem erst neun Jahre alt und unternahm keinerlei Anstalten, auch nur einen Monat älter zu werden.

Andrew überflog die ersten Fragen seiner wichtigsten Sympathisanten:

Ob man geschnittene Makirollen mit nackten Fingern essen sollte? – »Auf jeden Fall«, tippte Andrew zurück, »eigentlich kann alles mit den Fingern gegessen werden: Finger sind das effektivste und billigste Besteck und haben noch einen Vorteil: Man kann sie kaum verlieren.« Dazu noch drei Smileys – um 9.30 Uhr früh durfte man in Ischgl durchaus noch ein paar spätpubertäre Scherze riskieren.

Wie Andrew Stayner dazu stünde, Fett von einem Wagyu Beef wegzuschneiden, und ob Kobe-Rind etwas noch Besseres wäre? – Andrew tippte ein paar 100 Zeichen unter die Frage und überlegte, ob er nicht einen kulinarischen Ratgeber verfassen sollte, der aus Zehn Geboten für Foodies bestand, in Stein gemeißelten Ratschlägen für Leute, die genauso wie er gern über den Tellerrand schauten. Der eigene Sohn William war dagegen ein Kandidat für das Höllenfeuer und die ewige kulinarische Verdammnis – andererseits: so ein Höllenfeuer wäre perfekt für das angesprochene Steak. *Ja nicht das Fett runtersäbeln, Fett ist Geschmacksträger. Genauso wie Alkohol im Wein – oder würdest du freiwillig deinen Sassicaia von Alkohol und Gerbstoffsäuren befreien?*

Sardonisches Gelächter überall auf dem informierten Planeten. Nur Andrews Sohn auf seiner arktischen Insel blieb außen vor. Nicht einmal im *La Pyramide* hatte der damals Halbwüchsige etwas anderes als Cheeseburger und Pommes bestellen wollen – »Was hast du, Papa, wir sind in Frankreich, und Fritten heißen auf Englisch French Fries. Eine lokale Spezialität, das einzige gute Essen, das dieses Volk ohne Essigessenz und Shepherds Pie jemals hervorgebracht hat.«

Andrew konnte sich erinnern, den halbwüchsigen Ketzer mit ein paar harten Worten zum Schweigen gebracht zu haben. Irgendwie fühlte er sich schon seit Jahren als eine Art Moses, der den göttlichen Auftrag in sich spürte, seinen Foodiejüngern unverfälschten Wein einzuschenken: Du sollst mit den Fingern essen. Du sollst nicht begehren deines Nachbarn Rind. Und wenn schon, solltest du verdammt noch mal nicht das schöne Fett aus dem toten Fleisch schneiden, du Knecht.

Die klassische Glaubensfrage, von einem von Andrews Lieblingsfollowern, einem österreichischen Kriminalbeamten in Rente, gestellt: *ein italienisches Risotto mit Rindsfond, aber gespickt mit ausgelösten Muscheln und Shrimps. Darf man einen klassischen Parmigiano darüber reiben?*

»Ganz abgesehen davon, dass ich nicht besonders gerne herausfinden würde, wie sich Ihre Shrimps in einem Knochenmarkrisotto anfühlen, fühle ich mich versucht, Ihnen folgendes zu antworten: Weichen Sie auf einen anderen Käse aus – vielleicht auf diesen französischen Blauschimmelkäse aus roher Schafmilch ...«

*

»Einen Roquefort?!«

Harald glaubte, nicht richtig gelesen zu haben. Wiederholte den letzten Satz seines Vorbilds so laut, dass Richter Alfons am Nebentisch trotz fortgeschrittener Schwerhörigkeit alles verstand.

»Das gibt es doch nicht, Andrew Stayner hätte tatsächlich Roquefort über das Risotto von gestern Abend gerieben.«

»Das Gericht mit den Shrimps und dem köstlichen Rindsfond?«

»Genau.«

»Und was haben wir gemacht?«

»Gehackte Petersilie drübergestreut und deinen Amarone dazu getrunken.«

»Hat doch hervorragend geschmeckt.«

»Fand ich auch.«

»Das nächste Mal können wir es mit dem Blauschimmelkäse probieren. Als ob es das Allerwichtigste auf der Welt wäre.«

Richter Alfons nickte zum aufgestellten Röhrenfernseher auf einer kunstvoll geschnitzten Holzanrichte hinüber.

»Sie haben die Lecher Leichen entdeckt, zwei Meter tief unter der abgegangenen Lawine begraben: einen Hotelier und dessen honorigen Gast, einen Agrarökonomen und ...«

»... entfernten Verwandten der niederländischen Königsfamilie«, ergänzte Harald und deutete auf das geöffnete E-Mail von Matthias Hörzer, »mein Patenkind war ebenfalls dort und hat sogar diese Aufnahme vom Gipfelkreuz auf dem Rüfikopf gemacht, ungefähr zur selben Zeit, bei strahlendem Sonnenschein. Hier, bitte sehr.«

Harald Selikovsky schob das iPad zu seinem Tischnachbarn hinüber. Richter Alfons setzte seine Lesebrille auf und studierte das Foto akribisch wie noch vor Jahren die Gerichtsakte in einem besonders kniffligen Fall.

»Ein adretter junger Mann«, nickte Richter Alfons, »sehr sportlich, gut gelaunt und entspannt.«

»Und möglicherweise bald ein Kollege von dir: Er absolviert gerade das Gerichtsjahr in Baden.«

»Sehr löblich«, pflichtete Richter Alfons bei, schaute noch einmal auf das Foto von Haralds Patenkind, kniff plötzlich die Augen zusammen, hielt das Tablet noch näher an sein Gesicht und stutzte.

»Was ist dieses schwarze Ding da im Hintergrund?«

»Was meinst du?«, fragte Harald, beugte sich zu seinem Richterkollegen und starrte auf das Selfie des 23-jährigen Richteranwärters: das Rüfikopf-Gipfelkreuz, der junge Wintersportler, der blaue Himmel ...

»Da ist etwas über dem Skihelm auf der linken Seite oben im Eck ...«

»Eine Dohle. Es wird wohl so ein schwarzer Vogel sein«, mutmaßte Harald seufzend. Dieser schwarze Fleck am oberen linken Bildrand war ihm bisher nicht aufgefallen.

»Dafür wirkt es zu unbeweglich und starr.«

»Was kann es sonst sein?«, fragte Harald verblüfft und starrte Richter Alfons über den Rand seiner Brille an. Er hatte das Gefühl, dass sein Tischnachbar und er an exakt dasselbe Wort dachten.

»Eine Drohne«, flüsterten beide nach einigen Schreck-sekunden im Chor.

»Eine, mit der man im Boden vergrabene Sprengsätze auslösen kann. Ich habe ein paar Alpinkurse im Auftrag des Innenministeriums besucht, weil wir immer wieder Zivilrechtsprozesse rund um Lawinenbergungen im Verwaltungsgerichtshof hatten.«

»Zur selben Zeit, als die beiden Skifahrer in die Stilrinne am Langen Zug einfuhren.«

»Ein Unglück? Oder aber ...«

»Mit Absicht?! Das darf wohl nicht sein.«

»Und wenn doch?«

»Ach komm, Alfons, wir sind beide längst in Pension.«

»Wir haben als besorgte Bürger einen Verdacht!«

»Sagen wir den Anflug einer Ahnung.«

»Aber damit könnten wir ...«, fügte Richter Alfons hinzu und hob die Augenbrauen.

»...noch ganz andere Lawinen auslösen«, murmelten beide Pensionisten zugleich, wenn auch in unterschiedlichen Stimmlagen.

*

Sie erklärten es ihm, so schonend wie möglich, im kleinen Salon im Erdgeschoss gleich neben der Küche. Im selben Raum hatte sich vor drei Jahrzehnten ein junger Lehrling erhängt. Moospichler senior hatte damals den regungslosen Körper von der Traverse geschnitten, auf den Boden gelegt und geweint. Manuel, wie der Lehrling geheißen hatte, hatte den Teig zu einem Kaiserschmarrn verhaut und war dafür vom Chefkoch mit einer Bratpfanne verdroschen worden, hatte sich danach in sein winziges Mansardenzimmer zurückgezogen, die Nacht abgewartet und sich in diesem Salon – damals ein Warenlager für die Küche – das Leben genommen.

Moospichler senior sah ins Nichts und spürte, wie die Hiobsbotschaft vom Tod seines ältesten Sohnes an ihm abprallte, weil er sie ebenso wenig akzeptierte wie der achtjährige Enkelsohn, der sich schreiend und wimmernd auf dem Boden wälzte und kaum beruhigt werden konnte. Kinder waren wenigstens noch impulsiv, hoch emotional, ließen ihre Gefühle raus und wälzten sich dabei auf dem Perserteppich über den Bretterboden, den Moospichler senior Mitte der 50er Jahre selbst verlegt hatte.

Sein ältester Sohn Florian war tot. Unter eine Lawine am Langen Zug geraten, wie vor wenigen Jahren diese Skigruppe aus dem Allgäu. Vier Särge, die damals in der alten

74

Lecher Kirche aufgebahrt worden waren, und morgen würden die Eichenholzbretter die soeben geborgene Leiche seines ältesten Sohnes umschließen, 45 Jahre alt, erfolgreicher Hotelier und würdiger Nachfolger seines Vaters, verheiratet, drei Kinder, von denen sich das jüngste vor Moospichler seniors Augen auf dem Boden des kleinen Salons vor lauter Schmerz wälzte.

Auf einem gläsernen Beistelltisch stand ein Schwenker mit teurem Cognac, den der lang gediente Oberkellner hingestellt hatte. Moospichler senior rührte das Glas nicht an, starrte ins Leere und versuchte an seinen ältesten Sohn zu denken, von dem er sich erst an diesem Morgen in der Hotelhalle verabschiedet hatte, Florian, bereits in voller Skimontur mit dem Helm und der Skibrille auf dem Kopf, in Erwartung des honorigen Gastes, der ebenfalls unter die Lawine geraten war und das Unglück nicht überlebt hatte. In einem anderen Trakt des Hotels waren dieselben ungläubigen Schreie, dasselbe Wimmern, dieselbe versammelte Trauer zu vernehmen wie hier in diesem Salon: Florians Ehefrau, die ihren wimmernden jüngsten Sohn an sich drückte, der schweigsame Oberkellner, der fassungslose Küchenchef und der Sprengelarzt, der Moospichler senior mit versteinerter Miene eine Beruhigungsspritze verabreichte.

»Wie geht es deiner Frau?«, hatte der Arzt gefragt, und Moospichler senior hatte darauf keine Antwort gewusst.

Seine Frau war seit mehreren Jahren in einem Pflegeheim im Bregenzer Wald, bettlägerig und dement, in ihrer Selbstvergessenheit lebendig begraben. Manchmal besuchte Moospichler senior seine schon zu Lebzeiten gegangene Frau in ihrem geräumigen Hospizzimmer, in dem ständig der Fernseher lief, setzte sich an ihr Bett, streichelte die von Leberflecken und Runzeln entstellten Arme und hatte dabei noch immer das Gefühl, die zarten Gliedmaßen eines jungen Mädchens zu streicheln. Sie hatten noch vor ihrem 20. Lebensjahr geheiratet, in der alten Kirche zu Lech, sie aus Schröcken von der anderen Seite des Arlbergs und er, der junge Gastronom aus dem *Alpenpost-Hotel*, damals noch eine Unterkunft für frühe Pioniere des Wintersports, für Tourengeher, Alpinisten und im Sommer auch für ganz gewöhnliche Bergwanderer.

»Sie erkennt niemanden mehr«, hatte Moospichler senior nach längerem Schweigen geantwortet, ohne den Blick von der Traverse zu heben, an der sich vor 30 Jahren der Lehrling erhängt hatte. Damals waren es andere Zeiten gewesen, in den Küchen wurde geflucht, getreten, geschlagen, die Auszubildenden waren weniger wert als das Vieh auf den Weiden gewesen, ein paar billige Hände und Beine und Köpfe, die man nach Belieben misshandeln und sogar in den Tod treiben konnte.

»Die nächsten Tage werden schwer zu ertragen sein«, murmelte der Sprengelarzt und versprach, jeden Nachmittag im *Alpenpost-Hotel* vorbeizuschauen. Nicht nur die Moospichlers, auch die niederländische Seelbach-Familie hatte ihr Oberhaupt verloren, ein weitschichtiger Verwandter der Königsfamilie und Vorstand mehrerer Unternehmen im agroindustriellen Bereich: »Blumen, Mastvieh und Goudakäse«, hatte Adam Seelbach seine Geschäftsfelder lächelnd beschrieben, »im Grunde bin ich ein Bauer, ein ganz normaler Landwirt – natürlich mit nicht gerade kleinen Anwesen, Höfen und Schlachtbetrieben begütert.«

»Das Fernsehen und die Presseleute werden über Lech hereinbrechen wie eine nächste Lawine«, hörte Moospichler senior den mittleren Sohn die kommenden Tage skizzieren, »das tragische Unglück wird jede Menge unliebsamer Berichterstattung auslösen und vielleicht sogar Shitstorms in den Sozialen Medien verursachen.«

»Wir sollten dagegenhalten«, meinte er abschließend, klopfte seinem Vater aufmunternd auf die Schulter und ging hinüber zur anderen Seite des Traktes, um nach den verstörten Mitgliedern der Seelbach-Familie zu sehen.

Auf dem Flatscreen über dem Kachelofen flimmerten die ersten Beiträge zum Lecher Lawinenunglück. Moospichler seniors Blicke wandten sich von der leeren Holztraverse in der Mitte des kleinen Salons ab und betrachteten eine riesige Kerze, die auf dem geschnitzten Holztisch direkt darunter stand – ein flackerndes, warmes Licht, das die große Dunkelheit nicht vertreiben konnte, die wie schleichendes Gift in die Herzen und Köpfe der örtlichen Bevölkerung gedrungen war. Eine Trauer, die sich über alles legte. Ein Verlust, der nicht mehr wettgemacht werden konnte. Die Leiche des Lehrlings schien immer noch hier auf dem Boden zu liegen. Als ob die Umrisse seines mageren Körpers für immer in den Holzboden eingebrannt wären. So grausam war nur die Erinnerung. Ein Schmerz, der immer wieder auftauchte und die alten Bilder in Moospichler seniors Gedächtnis hervorrief, die weder ausgelöscht noch verdrängt oder ignoriert werden konnten: die kamen und gingen, wie Gespenster, die tot und lebendig zugleich waren – und die nicht aufhörten, die von ihnen bewohnten Köpfe zu terrorisieren.

4
ZWEITER STOCK

Andrew Stayner hielt sich bereits seit Tagen in jenem Land auf, das den 22. Rang im Korruptionswahrnehmungsindex von *Transparency* belegte, gefühlt aber 50 Plätze weiter hinter besser aufgehoben wäre. Das ebenso fremdenfeindlich war, wie es Unsummen im Tourismus verdiente. Mindestens acht Prozent des Bruttosozialproduktes stammte aus dem sogenannten Fremdenverkehr, also dem mehr oder weniger kapitalistischen Umgang mit Gästen. An der Oberfläche – und vor allem, wenn man der komplexen deutschen Sprache in seinen ländlichen Ausformungen Westösterreichs nicht mächtig war – schienen die meisten im Tourismus Beschäftigten ein nettes Gesicht aufgesetzt zu haben und ihre Freundlichkeit wie sonnigstes Wetter zur Schau zu tragen. Sobald sich aber der Gast umdrehte, wurden dessen Wünsche doppelt boniert, nicht bestellte Speisen oder Getränke in den Orderman eingetippt und vor allem den fremdsprachigen Gästen mit einer schnippischen Bemerkung jede Möglichkeit zur Stellungnahme entzogen – Danke für die Mitarbeit, Bruder!

Was noch gar nicht das gesamte Ausmaß der totalen Gästeverunsicherung bedeutete: Hin und wieder einen Touristen über den Tisch zu ziehen, kam in so gut wie allen Ländern der Welt vor. Wer Ahnungslosigkeit und großkotziges Gehabe provozierend zur Schau trug, wurde ausgenommen wie die berühmte Weihnachtsgans, der Truthahn am Thanksgiving Day oder der solvente Prolet von nebenan, der seine Jacht in Porto Cervo, Marbella oder sonst wo am Mittelmeer an einen Anlegeplatz kettete, die Reste seines Gehirns an der Garderobe abgab und Langusten, Hummer und große Champagnerflaschen bis zum Abwinken bestellte. Solche Gäste würden nicht einfach ausgenommen werden – sie mussten es einfach. Und provozierten diesen kleinen Skandal sogar selbst.

Ob in Thailand, Neuseeland, im Senegal oder in Chile und natürlich quer über den europäischen Kontinent – überall, wo unterbezahltes Gastronomiepersonal Menschen bediente, die sich wie Millionäre aufführten, kam es mehr oder weniger regelmäßig zu solchen Scharmützeln.

In Österreich allerdings waren nicht nur die Schützengräben in der Gastronomie mit den bekannten Neppminen bestückt, auch die Restaurantbewertungen, das Weinranking und vor allem die Listen mit den sogenannten besten Champagnerhäusern der Welt waren allesamt zurecht frisiert und geschönt: Jenes Maison, das die größten Inserate schaltete, landete im Ranking zufälligerweise ganz oben, und auf wenig rätselhafte Weise machten die Schaumweine des Marktführers zuverlässig das halbseidene Rennen. Auch jene Gastronomiebetriebe, die ganzseitig in den Lifestyle-Magazinen und Fressführern inserierten, räumten zuverlässig die prestigeträchtigsten Auszeichnungen ab, während aufstrebende Newcomer geflissentlich ignoriert wurden – außer, jemand von der französischen Reifenfirma, die vor zwei Jahrzehnten eher unhöflich von der Insel der armseligen Seilwirtschaften hinauskomplimentiert worden war, schrie in einem viral gegangenen Blog vor Bewunderung auf: Dann erst erbarmte sich das führende Lifestylemagazin des bisher unbekannten Neueinsteigers mit den tätowierten Unterarmen und der rothaarigen Mähne.

Genauso ging es im sogenannten Konkurrenzprodukt zu, das anstelle von Gabeln mit Hauben hantierte, aber im Grunde genauso käuflich und berechenbar war wie der alles überragende Konkurrent. Da die Magazine und Onlineplattformen obendrein von der österreichischen Weinwirtschaft kontrolliert wurden, war die Stoßrichtung in der Getränke-Berichterstattung klar: Der österreichische Wein war der beste der Welt!

Andrew konnte sich kaum das Lachen verkneifen. Okay, die Lagenrieslinge aus der Wachau und der eine oder andere Grüne Veltliner gehörten durchaus in die Oberliga internationaler Weißweinproduktion, auch die Prädikatsweine aus dem östlichen Burgenland konnten mit einem Chateau d'Yquem um die Podestplätze im Süßweinbereich mithalten, aber die roten Kreszenzen? Säuerlich, flach, mit einer Extraportion Eichenholz zu einem gewaltigen Nichts aufpoliert und vom Preisniveau her gleichauf mit berühmten Lagen-Baroli oder Supertoskanern – also wirklich: Nein, Danke.

Andrew Stayner bekam immer noch Bauchgrimmen, wenn er an die Jahrgangsverkostungen österreichischer Rotweine in Londoner Spitzenrestaurants dachte: bei Gordon Ramsay, Hélène Darroze oder Alan Ducasse, bei Marco Pierre White, Jean-Christophe Novelli oder wo sich die österreichischen Weinbotschafter sonst noch fröhlich eingekauft hatten – wie man die Gläser auch drehte und wendete, die Weine inhalierte, durch die Mundhöhle gleiten ließ und dann kopfschüttelnd in einem versilberten Spucknapf versenkte: Die roten Rebensäfte des mitteleuropäischen Zwergstaates blieben bestenfalls als mäßig genussreiche Pseudoerfahrungen im limbischen System hängen. Kaum einer Rezension wert. Andrew erinnerte sich, nach

solchen Verkostungsexzessen an einer langweiligen Hotelbar eine halbe Flasche Portwein vernichtet zu haben, jeder
LBV um ein paar Schekel schmeckte um Gaumenlängen
besser als diese rot-weiß-roten Holzlackbrühen jenseits
der 100-Pfund-Marke.

Ein Detail war Andrew Stayner bereits jetzt ins Auge
gefallen – Ischgl hatte mit London Downtown durchaus
etwas gemeinsam: An beiden Hotspots waren die besten
Restaurants in Hotels untergebracht, in Ischgl waren es
sogar die einzigen wirklich guten. Außerhalb der reich
besternten Beherbergungsbetriebe gab es nur Burger Läden,
Supermärkte, jede Menge Saufhütten und ein paar Nachtlokale, in denen man mühelos Tausende Euros durchbringen
konnte. Letzte Nacht – die Bereitschaft, sich noch länger
schlaflos im Baldachinbett aus parfümiertem Kiefernholz
zu wälzen, war endenwollend gewesen – hatte Andrew
einen nächtlichen Spaziergang durch das verschneite Berg-
dorf gewagt – und war prompt in einem Nachtklub der
traurigsten Sorte gelandet.

Das kleine Bier kostete zwölf Euro, und eine Tänzerin
aus der Ukraine wollte auf der Stelle eine Magnumflasche
Champagner ordern. Sonst fiele sie auf der Stelle tot um,
was wiederum einen gewissen Skandal auslösen würde –
Do you understand what I mean?

Andrew verstand und bestellte den Sprudel aus Bernard Arnaults bekanntem Portfolio. Ein überlagerter Brut
Champagner, ebenso sauer wie von Eichenholz entstellt,
als ob er wie ein Vampir in einem Sarg herangereift wäre.
Der erste Schluck verursachte Übelkeit, der zweite Kopf-
weh, aber nach dem dritten kam es zur Auferstehung der
todkranken Tänzerin, die sich plötzlich höchst lebendig zu
einer musikalisch bescheidenen Technonummer um eine

Aluminiumstange schlang – Andrew hatte sich seit Jahrzehnten nicht mehr so schwul gefühlt wie an diesem Morgen gegen 4 Uhr früh, wie die Informationsrechnung in seiner Brieftasche verkündete: eine Magnumflasche Reimser Standardperlen um knapp 1.000 Euro, der Rosé war boniert und der Brut ausgeschenkt worden – wie lautete noch der Eingangsbefund von Andrew Stayner: Dieses Land war einfach fremdenfeindlich, korrupt – und machte aus jeder abgestandenen Pfütze mehr als reichlich Gewinn. Wahrscheinlich gerade deswegen.

Immerhin hatte Andrew letzte Nacht noch etwas erfahren, von einer Tänzerin aus dem Londoner East End, die an einer angesehenen Universität in der Nähe von Birmingham Astronomie studierte und das schamlos teure Studium als Bardame in diesem Ischgler Nachtklub finanzierte: Der gesamte Ort war touristisch gesehen am Ende. Das neue Geld, das seit drei Jahrzehnten die Läden hier in Schwung gehalten hatte, war zum Großteil weitergezogen, und die Horden herangekarrter Tagestouristen aus Tschechien, Dunkeldeutschland und den früheren Balkan-Kronländern verscheuchten die letzten besseren Touristen, die noch über etwas Kohle verfügten.

Das Nachtleben war jedenfalls tot. Dafür hatte der Après-Ski die Vorherrschaft in Ischgl übernommen und erwürgte wie eine entfesselte Boa Constrictor die übrig gebliebenen Nachtlokale bei lebendigem Leib. Jägermeistershots, Spritzer und literweise Bier anstelle von großen Champagnerflaschen – man hätte beinahe Mitleid mit der hiesigen Gastronomie haben können. Obendrein hatten sich das Thermalbad, das riesige Parkhaus und einige andere Investitionen als Rohrkrepierer erwiesen. Ischgl dümpelte immer mehr vor sich hin. Und jedem, der hier dem Trinkgeld vergangener Tage nachtrauerte, begann einzuleuchten, dass etwas passieren musste: nicht in fünf Jahren, in drei oder übermorgen. Nein, heute, jetzt auf der Stelle. Neue, solvente Zielgruppen mussten her, und diese raren Exemplare gab es auch, sogar ganz in der Nähe.

»Lech«, hatte die britische Bardame den Ortsnamen ehrfurchtsvoll ausgesprochen und nach der Sperrstunde gemeinsam mit Andrew vor der Eingangstüre des Nachtklubs in den Himmel über Ischgl gestarrt: der Andromeda-Nebel. Das Sternbild des Großen Bären. Die vielen Fixsterne, die meisten Hunderte Lichtjahre von der Erde entfernt.

»Diese Arlberggäste bräuchten wir hier in Ischgl«, wiederholte Bardame Bianca, die natürlich in Wirklichkeit ganz anders hieß, »dann, mein lieber Andrew, wäre hier in Ischgl alles wieder in Ordnung.«

Eine Sternschnuppe fiel kurz darauf vom Himmel herab, wie in einer sternenklaren Nacht im August. Aber vielleicht war es auch nur ein Feuerwerkskörper, den ein angesoffener Tourist kurz vor dem anbrechenden Morgen von einer Dachterrasse ins Nichts abgefeuert hatte, unter dem lauten Gelächter seiner ebenso abgefüllten Kumpane.

*

»Ich habe nicht das Geringste bemerkt.«

Matthias Hörzer beugte sich über die Aufnahme, die ihm sein Patenonkel – vergrößert und in höchster Auflösung – vorgelegt hatte. Auf dem Selfie war in der linken oberen Ecke ein Flugkörper zu sehen, schwarz lackiert, mit vielen kleinen Rotoren auf den ausziehbaren Standbeinen.

»Es ist tatsächlich eine …«

»… Drohne«, ergänzte Harald Selikovsky, »ganz richtig, mein Lieber. Ein pensionierter Richter in der Seniorenresidenz hat mich darauf aufmerksam gemacht, ich hätte den schwarzen Gegenstand im Hintergrund eher für eine Dohle gehalten. Du hast wirklich gar nichts davon mitbekommen?«

»Überhaupt nicht«, bekräftigte Matthias und strich sich eine dunkelblonde Haarsträhne aus der Stirn, »ich habe das Selfie nur wenige Sekunden vor der Abfahrt auf der 218er Piste nach Lech gemacht, eine ganz gemütliche Tiefschneeabfahrt, bei perfekten Bedingungen, wunderbarem Sonnenschein und frisch gefallenem Pulverschnee, bis …«

»… du dieses Grollen gehört hast.«

»Ja, nach zwei oder drei Minuten vielleicht. Den dumpfen, mächtigen Klang einer abgehenden Lawine, weiter drüber am Langen Zug. Ich wusste, dass Florian mit diesem holländischen Gast dorthin abfahren wollte, um die Möglichkeit einer kontrollierten Sprengung in der Steilrinne zu erkunden. Damit später die ersten Pistengeräte die Trasse für den allgemeinen Skiverkehr herrichten konnten. Ich glaubte sogar, dass …«

»…dieser Florian Moospichler die Lawine bewusst ausgelöst hatte.«

»Ja, mit seinem Peilsender und diesem Sprengkopfauslöser, den er praktisch immer in seinem Anorak mit sich führte. Als Mitglied der Lecher Lawinenkommission war er so früh unterwegs, um herauszufinden, ob bei den herrschenden Verhältnissen kontrolliert gesprengt werden konnte.«

»Es gibt also fix montierte Sprengsätze im Gebiet?«

»An gewissen Punkten in der Steilrinne. Sie werden im Sommer mit kleinen Sprengsätzen versehen, mit so etwas

Ähnlichem wie Böllern. Ein oder zwei Kilo Schwarzpulver, die im Winter bei Bedarf per Remote Control gesprengt werden können.«

»Und diese Punkte kennt wer?«

»Ausschließlich die Mitglieder der Lecher Lawinenkommission, vielleicht noch Sprengelarzt Doktor Mutzl.«

»Und du«, ergänzte Harald die zögernd hervorgebrachte Aufzählung seines Patenkinds Matthias.

»Auch nur deswegen, weil ich vor einigen Jahren Florian bei der Anbringung dieser Sprengsätze geholfen habe. Damals war ich ein halbes Jahr Senner auf einer benachbarten Alm im Schröckengebiet. Während des Sommers hatte ich gelernt, wie man Käse aus Kuhrohmilch herstellt. In jener Zeit durchlebte ich eine tiefe persönliche Krise. Wusste nicht, wofür ich mich nach der Matura entscheiden sollte – für ein Klavierstudium, wofür ich nicht ausreichend Talent und Fleiß besaß – oder Jus, was sich ziemlich trocken und durchschnittlich anhörte.«

»Letzten Endes hat die Vernunft gesiegt.«

Matthias zuckte mit der Schulter, gab Harald die hochaufgelöste Aufnahme seines Selfies zurück und schien nach einer Antwort zu ringen.

»Es ist nicht leicht, mit 20 Jahren eine Entscheidung für das ganze Leben zu treffen. In diesem Alter fühlt sich alles so falsch wie aufregend an. Offiziell bist du längst erwachsen, aber eigentlich noch immer ein kleiner Junge, der jeden Halt verloren hat. Ich war drauf und dran, ein saufender Kiffer zu werden. Eines Morgens bin ich aufs Geratewohl nach Lech gefahren, um bei der Sennerei Schröcken anzuheuern, und bin dort bis Anfang November geblieben. Danach spielte ich vier Monate lang als Barpianist im *InterContinental-Hotel* in Wien und inskribierte im darauffolgenden Frühjahr am Juridicum Wien. Den Rest der Geschichte kennst du ja.«

Harald nickte und sah sich in der Werkstatt von Matthias' zukünftigem Schwiegervater um. Es war eine Schreinerei in Völs, mit einigen Kreissägen und anderen Holzschnittgeräten ausgestattet, einer angrenzenden Lackiererei und vielen an die Wand gelehnten Eichenholzbrettern. Harald wusste, warum er eine Aversion gegen diese Umgebung verspürte: In Tischlereien wie dieser wurden vor allem Särge hergestellt, vielleicht auch die eine oder andere Inneneinrichtung, aber hauptsächlich Särge. Zweimal in seinem Leben hatte er Bekanntschaft mit solchen Schreinereien gemacht: einmal ganz früh, nach dem Tod seiner Mutter, als er mit jemandem von der Jugendwohlfahrt den absolut billigsten Sarg hatte aussuchen müssen, und viele Jahre später, als er das mit Abstand teuerste Erdmöbel erstanden hatte: den Sarg für Dominique, seinen jungen Lebensabschnittspartner, der mit 33 Jahren als Beifahrer eines durchgeknallten türkischen Rasers bei einem illegalen Autorennen auf der Wiener Höhenstraße ums Leben gekommen war. Der Türke war ein bekannter Gastronom gewesen, bereits zum dritten Mal verheiratet und Vater von mindestens acht Kindern, aber hin und wieder bumste er auch mit jüngeren Männern herum, unter anderem mit Dominique, den er auf einer Datingplattform kennengelernt hatte: erste heimliche Treffen, ein paar Ficks auf der Kühlerhaube eines aufgemotzten BMWs, etwas Speed und Yeni Raki, und dann gegen 2 Uhr früh ein spontanes Rennen auf der Höhenstraße gegen zwei oder drei andere Konkurrenten, illegal, verantwortungslos und ohne Rücksicht auf den Straßenverkehr. Leichter Regen hatte das Kopfsteinpflaster der

Höhenstraße in eine gefährlich rutschige Fahrbahn verwandelt, und in einer engen Spitzkehre brach der fette BMW mit seinen zwölf Zylindern und 600 PS aus und stürzte in einen Graben, überschlug sich dabei mehrmals und blieb mit den zerfetzten Rädern und den gebrochenen Radachsen nach oben liegen.

Dominique war tot, und der türkische Raser hatte nicht einmal einen Kratzer abbekommen.

Sechs Monate später war er zu sechs Monaten bedingter Haft und 100.000 Euro Schadenersatz verurteilt worden – aber Schadenersatz, wofür? Dass Dominique niemals wiederkommen würde? Dass Harald den Rest seines Lebens allein verbringen müsste? Dass alles, was er sich aufgebaut hatte, mit einem Schlag, mit einem Genickbruch, mit diesem verdammten Autounfall vorbei war? Dass die Einsamkeit zurückkehren und ihn langsam bei lebendigem Leib auffressen würde?

100.000 Euro für nichts außer den tiefen Schmerz, der ihn noch immer zerriss. Ein paar Monate nach dem Begräbnis hatte Harald seine Eigentumswohnung verkauft, den Hauptwohnsitz in diese Tiroler Seniorenresidenz verlegt, um die Wunden so gut es ging verheilen zu lassen. Bis alles an gewissen Tagen und Stunden wieder aufbrach, an Dominiques Geburtstag, am gemeinsamen Kennenlerntag oder an jenem verdammten Abend, an dem sich der tödliche Unfall jährte.

Harald hatte die Särge in einem Nebenraum der Schreinerei gesehen. Der billigste hatte 500 Euro und der teuerste 6.000 gekostet. In allen möglichen Farben verfügbar. Sogar mit goldenen Handgriffen und Samtausstattung in 400 Pantonefarben, wenn man das wollte. Der Tod war ein gutes Geschäft geworden, ein sehr gutes sogar. Ähnlich wie bei

Hochzeiten fragten die Leute auch bei Begräbnissen kaum nach dem Preis. Hauptsache, der Sarg sah bei der Einsegnung teuer und distinguiert aus. Nur damit kurz nach dem Leichenbegängnis eine Tonne Erde darauf geschippt werden konnte. Dominique lag auf dem Zentralfriedhof und verfaulte. Und der türkische Gastronom besaß noch immer seinen fetten BMW und wurde auch nach dem tödlichen Unfall mehrmals beim Rasen ertappt. Gewisse Leute lernten nie ihre Lektion. Spielten mit ihrem Leben. Und mit dem der anderen Menschen.

Gegen Abend verließ Harald mit dem Auto einer Car-Sharing-Gesellschaft die Tischlerei bei Völs. Matthias' Schwiegervater hatte beim sogenannten Nachtmahl von einem Jagdausflug im Ötztal erzählt, zusammen mit einem Puffbesitzer und einem anderen Gastronomen. Zwei geschossene Gämsen, ein erlegtes Mufflon und fünf Schneehasen. Jagen bereitete dem knorrigen Tischlermeister riesige Freude: Er zeigte Harald die toten Tiere im Kofferraum seines Range Rover, erklärte ihm detailliert die Funktionsweise der Ferlacher Jagdstutzen auf der Rückbank des Geländewagens und hielt beim Essen (Käsespätzle und Apfelmus, Zimtsternsorbet) lange Vorträge über die Jagd im Allgemeinen und das Erlegen von Tieren in hochalpinen Gebieten im Besonderen. Harald hörte kaum zu. Betrachtete die Gesichter von Matthias, Andrea und ihrer Mutter, einer verlebt wirkenden, aber zurecht geschminkten Frau aus den Tiroler Bergen. Man konnte sie sich sehr gut in ihrer Goldhaubentracht bei den Bürgerfrauen von Innsbruck-Kranebitten vorstellen. Harald warf einen Blick auf die vorgelegten Fotos Tiroler Brauchtums, nippte vom sauren Birnenmost und zählte die Minuten bis zur Abreise. Jeder suchte sich die eigene Hölle bereits zu Lebzeiten aus. Hielt diese Privatapokalypse noch für ein Glück. Sogar wenn es das genaue Gegenteil davon war.

*

Moospichler senior hätte sich von jemandem aus dem Hotel zur Alten Kirche chauffieren lassen können, aber er wollte diesen Weg selbst gehen, auch wenn es ihm schwerfiel. Sehr schwer sogar. Nach wenigen Metern bereute er es schon, auf das hoteleigene Shuttle verzichtet zu haben. Halb Lech schien auf die Straße gekommen zu sein, um ihm das aufrichtigste Beileid auszusprechen, manchem stand das Entsetzen auch wirklich ins Gesicht geschrieben, die meisten hatten vom Unglück längst aus dem Fernsehen, den Lokalnachrichten oder über den Dorftratsch erfahren: Man war allgemein erschüttert, fassungslos, am Boden zerstört. In Lech gab es praktisch nur einheimische Familien: die Moospichlers, die Scheiders, die Pfefferkrons und die Scholz', die Mutzls, die Pflügers und Wehingers und wie sie noch alle hießen. Fast das gesamte Dorf war miteinander verwandt oder verschwägert. Seit Jahrhunderten schon. Lech war immer Lech geblieben. Hatte sich weder mit den Nachbarorten verbrüdert noch mit anderen Gemeinden geteilt. Man war und blieb eine echte Walser Enklave, gewissen Schweizer Kantonen weit mehr als mit dem Rest von Österreich verbunden. Die eigene DNA bestand aus Hartnäckigkeit, Sturheit und einer gewissen Abgeklärtheit gegenüber Schicksalsschlägen aller Art. Wozu auch jenes brutale Unglück gehörte, das einem Vater nicht nur den ältesten Sohn geraubt hatte, sondern auch noch deren gemeinsamen Gast aus dem niederländischen Hochadel, einen gewissen Seelbach, der seit Jahrzehnten inkognito unter diesem Pseudonym reiste.

All diese Beileidskundgebungen, das Händeschütteln und die gut gemeinten, aufmunternden Worte auf dem Weg zur Kirche waren nichts gegenüber dem Anblick des Sarges, der vor dem barocken Altar in der sogenannten Alten Kirche aufgebahrt war: schweres, lackiertes Eichenholz, mit einem bronzefarbenen Kreuz auf der Oberfläche, riesigen Totenkerzen an beiden Seiten des Sarges und – das Schlimmste – dieses großformatig gerahmte Bild des ältesten Sohnes: Florian Moospichler. 45 Jahre jung. In der Blüte seines Lebens von einer Lawine am Langen Zug in den Tod gerissen. Der Sarg mit dem toten Milliardär befand sich in der Leichenhalle von Bludenz und würde wohl direkt von dort in die Niederlande überführt werden, wahrscheinlich von einem Flugzeug der holländischen Luftwaffe, das am nächstgelegenen Flughafen in Altenrhein landen würde, sobald die vereisten Pisten des Flughafens wieder betriebsbereit wären.

Moospichler seniors rechte Hand berührte den Sarg seines Sohnes. Seine faltige, wettergegerbte Haut glitt vorsichtig der polierten Oberfläche des Holzes entlang. Ein verstohlener Blick zur Seite, auf das Porträt des ältesten Sohnes, die ersten Tränen, die über das Gesicht des alten Moospichler flossen, leise und unaufhörlich, für ihn ungewohnt, weil er seit Jahrzehnten nicht mehr geweint hatte. Soweit er sich erinnern konnte, hatte er das letzte Mal beim Durchtrennen des Stricks geweint, an dem sich der junge Lehrling vor mehr als 30 Jahren aufgehängt hatte, in jenem Raum, der heute der kleine Salon zwischen Küche und Speisesaal war, jener Salon, in dem Moospichler senior die Todesnachricht überbracht worden war.

Der Gang zur Kirche. Die Beileidsbekundungen. Die Bilder vom Unglück auf den Flatscreens in jedem Hotel.

Die eintreffenden Journalisten und Übertragungswägen. Die Einsatzfahrzeuge von Rettung und Polizei. Die schwere, eisenbeschlagene Türe der alten Kirche. Die Holzbänke mit den hingelegten Gesangsbüchern. Das Taufbecken. Die Kanzel. Der barocke Altar mit dem Heiligen Nikolaus, dem die Kirche geweiht war. Und der Sarg mit dem ältesten Sohn von Moospichler senior. Es war ein Skandal, dass der alt gewordene Vater sein persönliches Stück Zukunft beerdigen musste, dass er, der nur noch wenig Zeit hatte, derjenige war, der den anderen, kerngesunden, jungen Mann überleben würde. Überleben musste. Moospichler senior empfand dies als schlimmstmögliche Strafe, die ihm hätte auferlegt werden können.

Ein paar alte Frauen wandten sich um nach ihm, den Rosenkranz murmelnd. Der Pfarrer schaute kurz vor Beginn der Totenmesse vorbei, erteilte Moospichler senior seinen Segen, der Bürgermeister kam, der halbe Gemeinderat, die Kirche füllte sich mit der wichtigeren Hälfte von Lech. Die Hotelierskollegen, der Skischulbesitzer, der lokale Weinhändler, der Filialleiter des *Spar*-Supermarkts, der Postdirektor, der Postenkommandant der Lecher Polizei, der Apotheker, Sprengelarzt Doktor Mutzl, der Seilbahnchef und die Oberhäupter einiger befreundeter Familien. Ein junger Mann begann an der Pflügerorgel zu spielen, und draußen ging die Sonne unter, oder nein, nicht nur die Sonne – Moospichler seniors ganze bisherige Welt.

»Ein Unglück«, flüsterten die einen hinter vorgehaltener Hand. »Vielleicht auch etwas Unachtsamkeit«, bemerkten die anderen, »ein Sturz im steilen Gelände, der das Gerät zur Lawinensprengung aktiviert hatte, ein unabsichtlich ausgelöstes Schneebrett, das beide Skifahrer erfasst und mit in die Tiefe gerissen hatte, zuerst den jungen Hotelier, dann auch den verzweifelt um sein Leben ringenden Gast.«

Beide starben in einem Schutt aus Eisbrocken und Pulverschnee, Latschenzweigen und durch den Explosionsdruck aus dem Felsen gerissener Steine.

»Die Leichen haben nicht gut ausgesehen«, murmelte der Postenkommandant der Inspektion Lech und zog seine Kappe vor dem Sarg, kniete sich nieder, bekreuzigte sich und starrte an den Eichenbrettern vorbei zum rechten hohen Glasfenster hinaus, während die Sonne hinter den Bergkämmen im Westen versank und der Abend über die Winterlandschaft hereinbrach.

Die einleitenden Improvisationen des jungen Organisten zu einer Fuge von Johann Sebastian Bach klangen aus, und der Pfarrer von Lech begann in festen, ruhigen Worten an den Menschen zu erinnern, von dem vor der Zeit Abschied genommen werden musste. Mitten aus dem Leben gerissen. In die Obhut des Herrn zurückgegeben. Von nun an in der Ewigkeit lebend. Des jüngsten Tages harrend, der alle wieder miteinander vereinen würde, die noch Lebenden mit den vielen ihnen vorangegangenen Toten.

*

Der schwarze Konzertflügel stand auf einem kleinen Podest gegenüber der Lobby Bar im *TR-Hotel*. Schon bei seiner Ankunft hatte Andrew begehrliche Blicke auf das Instrument geworfen. Es war ein hübsches, schwarz lackiertes Klavier, mit der Aufschrift »Bösendorfer«, die Andrew Stayners Aufmerksamkeit zusätzlich erhöht hatte. Seine Eltern – Matthew and Caroll – waren Schauspieler sowohl in Sprechstücken als auch im Varieté gewesen und hatten einen solchen schwarzen Flügel aus der berühmten Wiener Werkstätte in ihrem Wohnsalon stehen, der gleichzeitig auch als Probebühne genutzt worden war. Shakespeare, Bernard Shaw, Oscar Wilde und viele andere Bühnenautoren hatte Andrew noch als Kind zum ersten Mal hier in der Wohnung seiner Eltern kennengelernt, die vor seinen staunenden Augen geschminkt und kostümiert aufgetreten waren und Ausschnitte aus *Falstaff*, *Der Widerspenstigen Zähmung*, *The Importance of Being Earnest* und vielen anderen Stücken dargebracht hatten.

Seine Mutter Carroll hatte eine helle Stimme, die sie in vielen Songs und Couplets, in Operettenarien und Musicalrollen wirkungsvoll eingesetzt hatte, natürlich nicht nur im Wohnsalon der Stayners, sondern vor allem im Londoner Westend-Viertel, in palastähnlichen Gebäuden, die Royal Drury Lane, Dominion, Her Majesty's Theatre oder The Sondheim hießen, das letztere nach dem Komponisten vieler berühmter Schlager und Songs wie »Send in the Clowns« benannt, einer jener Melodien, die Andrew schon als Fünfjährigen fasziniert hatten.

Nachdem er sich in einem unbeobachteten Augenblick an den schwarzen *Bösendorfer* Flügel gesetzt und auswendig ein paar Akkorde aus jenen Stücken wiedergegeben hatte, die er zuvor bei der Performance seiner Mutter abgelauscht hatte, wurde ihm hohes musikalisches Talent bescheinigt und auf der Stelle ein Musiklehrer ins Haus geholt, ein Mitte 50-jähriger hagerer Mann, in dessen Mundwinkeln immer Speichelfäden klebten und dessen schlanke Finger nicht nur die schwarzen und weißen Tasten des Konzertflügels bedienten, sondern sich allzu oft an die Oberschenkel seines Schülers verirrten. Es war das erste Mal, dass Andrew so etwas wie Sexualität, Begehren, Missbrauch und das ganze übrige freudianische Theater mitbekam, sich umgehend an seinen Vater wandte, der den Musiklehrer aus der Wohnung prügelte und der Polizei übergab, nicht ohne Andrew danach ein Rieseneis zu spendieren und ihm dabei tröstend durch das Haar zu streichen.

Mit Chopin, Schumann, Brahms und Mozart war es zwar vorbei, aber es gab ja noch andere Musikrichtungen auf diesem Planeten: die Musicals, den Bebop und die moderneren Jazztrends, die in verrauchten Klubs des Londoner East Ends dargeboten wurden. Seit seinem 16. Lebensjahr hatte Andrew lange Nächte in diesen Spelunken verbracht, sein Klavierspiel den neuen Stilrichtungen angepasst und zu improvisieren gelernt, sowohl auf dem Klavier wie auch im wirklichen Leben. Seine Eltern ließen ihn gewähren, weil sie Engagements in Frankreich und in Irland angenommen und mittlerweile sowieso die Kontrolle über ihren einzigen Sohn verloren hatten, der wie ein Geisterschiff die Wellen eines aufgepeitschten Ozeans durchschnitt, ohne Steuerung, ohne Kompass, ohne jede Orientierung.

Irgendwann wachte Andrew auf, 23 Jahre alt, mit einem Universitätsabschluss in Politikwissenschaft in der Hand, vollkommen zugekifft und mit einer riesigen Fettleber von jahrelangem Alkoholmissbrauch ausgestattet, übergewichtig, kurzatmig, mit ungeheurem Appetit auf alles, was das Leben damals in den 80er Jahren feilbot: illegale Drogen, illegale Sexualpraktiken, illegale Geldbeschaffung. Andrews Leben war bereits an der Kippe zur finalen Apokalypse gestanden, in Form eines Begräbnisses dritter Klasse, vielleicht sogar zweiter, weil seine Eltern ziemlich wohlhabend waren.

Irgendwann zog Stayner senior die Notbremse. Fuhr nach Manchester, verlud den verkommenen Sohn auf der

Rückbank seines alten Rovers, fuhr mit der bedauernswerten Gestalt zur Redaktion des *Guardian* und setzte seinen missratenen Sohn auf den nächstgelegenen Stuhl vor einer elektrischen Schreibmaschine. »Du bleibst jetzt hier unter der Aufsicht meines Halbbruders Tom. Der betreut den Lifestyleteil dieser Qualitätszeitung. Er wird dich in versnobte Restaurants und teure Hotels schicken, und du wirst darüber berichten. Was immer deinem verdammten Hirn einfällt. Keine Limits. 100 Pfund pro Artikel. Und komm ja nicht auf die Idee, vor der Überreichung des Pulitzerpreises zu türmen.«

Beinahe 30 Jahre später war Andrew noch immer in der Redaktion des *Guardian*. Schrieb nicht nur seine Restaurantkritiken, sondern trat auch in Kochsendungen und in Talkshows auf und verdiente einen Haufen Kohle damit, auf anderer Leute Spesen in den teuersten Restaurants des Britischen Königreichs zu tafeln. Nebenher hatte er auch seine eigene kleine Jazzband gegründet, das sogenannte Andrew-Stayner-Quintett, zusammen mit einer Professorin für Numismatik, einem ehemaligen Hedgefondsbetreiber, der zwei Jahre im Knast gesessen war, einem Veterinärmediziner und nicht zuletzt einem Zwei-Michelin-Sterne-Koch, der obendrein ein abgeschlossenes Physikstudium vorweisen konnte. Eigentlich waren alle Musiker etwas anderes als das, was sie auf der Bühne darzustellen versuchten. Eine Band aus Hochstaplern. Fortgeschrittene Amateure, die Jazzstandards spielten, die sich vom Inhalt her mit dem Kochen, Essen und Trinken, also der allgemeinen Kalorienaufnahme beschäftigten. Mit dem Leben an sich: dem Fressen, dem Saufen – und nicht mit der verdammten Moral.

Der schwarze *Bösendorfer* Flügel im *TR-Hotel* hatte jedenfalls das Interesse von Andrew Stayner erweckt. Der

Journalist sah sich nach allen Seiten um. Es war später Nachmittag und die meisten Hotelgäste befanden sich auf den Skipisten, im hauseigenen Wellnessbereich, in irgendeiner Après-Ski-Spelunke oder einer anderen Saufhütte ihrer Wahl. Außer dem Barchef, der gerade Biolimetten zerteilte, und zwei sehr jungen Kellnerinnen, die in ihren Social-Media-Accounts wühlten, war niemand zugegen. Ab und an schwebte ein Schatten im Bademantel vorüber und verschwand im Lift zu den Suiten hinauf.

Dieses Hotel war eine bizarre Mischung aus einem in die Jahre gekommenen *Waldorf Astoria* und der billigen Kulisse für eine Fernsehverfilmung von Thomas Manns Zauberberg-Roman. Insofern passte das Klavier ausgezeichnet in die pseudoalpine Hotellobby. Außerdem war Wien die Hauptstadt dieser bizarren Ostalpeninsel, die zwar keinerlei Zugang zu einem Ozean hatte, sich aber dennoch als Eiland verstand. Nach dem Forbes-Evangelium die lebenswerteste Stadt der Welt war Wien – wenigstens Andrews Meinung nach – vor allem der klassischen Musik, dem Tod und gewissen psychischen Devianzen geweiht. In den 23 Bezirken der österreichischen Bundeshauptstadt mussten 100.000 Klaviere herumstehen. Tausende Cellos. Eine halbe Million Violinen. Aber allerhöchstens 500 Fußbälle. Was erklären konnte, warum die österreichische Nationalmannschaft im Soccer nichts zustandebrachte. Österreichische Musiker dagegen auf der ganzen Welt gefragt waren, ungefähr so wie indische Computerspezialisten oder italienische Nachwuchstenöre.

»Sie können den Flügel ruhig in Betrieb nehmen«, ermunterte der Barchef Andrew mit einem einladenden Lächeln, »früher hat der nichtbinäre Sohn des Sprengmeisters vom *M-Hotel* darauf geklimpert, mit einer rosa Schleife im Haar –

alte Abbalieder, die mit einer bizarr hohen Falsettstimme dargebracht wurden.«

Andrew war sich nicht sicher, das rudimentäre Englisch des österreichischen Barkeepers richtig gedeutet zu haben. Der nichtbinäre Sohn eines Sprengmeisters, das klang nach schweren Missverständnissen in jede hermeneutische Richtung. Der Gastronomiekritiker und Jazzpianist in Personalunion stellte sich eine Art Elfe vor, die im eng anliegenden Cocktailkleid die ältesten Hadern der schwedischen Popgruppe an diesem Flügel malträtierte und dabei als eine Art Countertenor den weiblichen Part der Songs übernahm. »Dancing Queen« musste aus diesem Mund besonders schräg geklungen haben, genau wie »Fernando«, »Chiquitita« oder wie die 70er Jahre Songs noch alle hießen. Non-binary, das klang in Ischgl wie Tiefseetauchen oder Wintergolfen im hüfthohen Schnee, nach etwas Unmöglichem und doch irgendwie Wahrem, auf jeden Fall hatte der Barkeeper dieses Wort mehrmals wiederholt, dabei mit der Zunge geschnalzt und die Augen verdreht, dass es nur so eine Art war.

Andrew kam der Aufforderung des Tresenwächters nach und öffnete die schwarze Abdeckung, drehte sich nach allen Seiten um, nahm auf dem schwarz gepolsterten Klavierschemel Platz und probierte ein paar Jazzmelodien aus: »It Must Be Jelly« von Glenn Miller, »Better Than Anything« von Natalie Cole oder »Black Coffee« von Lacy J. Dalton: »Black Coffee, blue mornin' / Toast is burnin' and the rain keeps pourin' …«

Andrew fielen nur Nummern ein, die mit Essen oder Trinken oder mit beidem zu tun hatten, seinen zentralen Lebensthemen, die wenn nicht Ruhm und Ehre, so zumindest einige Zigtausend Pfund pro Jahr in die Familienkasse spülten.

Obwohl draußen noch immer reichlich Schnee vom Himmel fiel, passte »Black Coffee« hervorragend in diese Hotellobby, und zwar rund um die Uhr. Der Song genauso wie das Getränk. Einmal heiß als Mokka, und danach eiskalt als Espresso Martini. *Keeps Me Waking Up and Keeps Me Fucking Up.* Wie die 8oer Jahre eben gewesen waren: etwas schmutzig, etwas anzüglich, aber schon eindeutig hedonistisch, mit Snare Drums und elektronischen Beats auf die nächsten Jahrzehnte verweisend.

Der Barchef näherte sich dem Pianisten und fragte, ob Andrew etwas bestellen wollte – Bestellen schien hier in Ischgl die einzig mögliche Existenzform zu sein: Wehe, du hocktest irgendwo ohne Drink oder T-Bone-Steak, ohne Begleitung einer großen Champagnerflasche herum – binnen Sekunden hättest du dich damit höchst verdächtig gemacht: als Agent frugaler Lebensgestaltung oder veganer Eremit, was in den Augen der Ischgler eine Art Terrorist des Ernährungsdschihads war: kein Fleisch, keine Eier, keine Milch, kein Käse, kein Fisch, kein geschönter Wein, nichts. Das Ende der Welt als allgemeine Konsumlosigkeit. Des vor sich Hinstierens. Touristisch gesehen: der Totenstarre.

Andrew Stayner schwankte zwischen einem Negroni, Boulevardier oder einem Rob Roy, auf jeden Fall wollte er etwas Starkes in einem Tumbler auf Eis. Barchef Florian schlug einen Twist dieser Cocktails vor, aus Irish Whiskey, rotem Wermut, einem österreichischen Bitter auf Walnussbasis, etwas Angostura und einer Orangenzeste – das Ganze in einem Martiniglas serviert.

»Der Drink nennt sich ›Alpenkönig‹. Ich habe ihn aus dem Booklet eines Getränkekonzerns geklaut, der uns jeden Dezember mit Workshops behelligt. Die meisten

Rezepte sind lächerlich, aber dieses hier klingt einigermaßen interessant. Wahrscheinlich ohne Erlaubnis von der Getränkekarte einer Mixology-Bar in den Vereinigten Staaten gestohlen. Mit ein paar leichten Änderungen ins Blöde, damit der Urheberschutz gewahrt bleibt. Wie auch immer – möchten Sie diesen ›Alpenkönig‹ probieren?«

»›King of the Alps‹, warum nicht?«, lächelte Andrew Stayner und überlegte, ob er nicht etwas von Tom Waits auf diesem Klavier spielen sollte. Die Lieder des großen Songwriters waren Nachtstücke über die dunkle Seite der USA, aus dem Schattenreich der Loser, Versager und Tagediebe, der längst verschwundenen Herumtreiber aus den 70er und 80er Jahren. Leute, die nachts auf den Strips und Boulevards dahin patrouillierten, sich auf einer Parkbank die Kante gaben und darauf hofften, nicht mehr auf der anderen Seite der Nacht aufwachen zu müssen. Es war ein Amerika, das nicht mehr existierte, ein Kontinent der finsteren Kurzgeschichten, der vielen Gefängnisaufenthalte, von erfolglosen Entziehungskuren, Ehekrisen und Mordversuchen entstellt. Lauter ungesunde Sachen, die von dieser gediegenen Hotellobby in Ischgl so weit entfernt waren wie der Andromedanebel. Oder wie eine andere Galaxie zwischen dem einen schwarzen Loch und dem nächsten.

Der Barchef servierte das Martiniglas mit einer rötlich braunen Flüssigkeit, die vor allem eines sein musste: unglaublich stark. Schon der erste Schluck bellte Andrew Stayner wie der Höllenhund des Leibhaftigen auf einem mittelschweren Methadontrip an.

»*Operator, Number please, it's been so many years …*«, begann Andrew nach ein paar weiteren Schlucken die Geschichte von einem Typen namens Tom Frost zu erzählen, der nach 40 Jahren seine alte Jugendliebe Martha anruft und ihr von einer Zeit vorschwärmt, die sich vielleicht so nie ereignet hatte, und wenn, dann nur in Toms einsamer, über die Jahre dreckig gewordener Fantasie: »...*those were the days of roses, poetry and prose / And, Martha, all I had was you, and all you had was me / There was no tomorrows, we'd packed away our sorrows / And we saved them for a rainy day* ...«

Well, hier in Ischgl müsste es »snowy day« lauten, aber egal. Die wenigen Leute in der Lobby klatschten trotzdem Beifall, und Andrew lächelte in die Richtung des Applauses und dachte daran, dass weder Tom Frost noch Martha noch irgendjemand oder irgendetwas aus diesem Song mit dem Wintersportort da draußen zu schaffen hatte, diesem Ischgl, das selbst schon bessere Zeiten gesehen hatte – etwas, das diesen Ort dann doch mit Tom und Martha und all den geleerten Whiskytumblern und Schnapsgläsern verband – »... *I remember quiet evenings, trembling close to you* ...«.

Die letzten Mollakkorde klangen aus, und Andrew klappte die schwarz lackierte Abdeckplatte über die Klaviatur. Er hatte drei *Alpenkönige* vernichtet und fühlte sich angenehm betrunken. Auf jeden Fall bereit, die nächsten kulinarischen Erfahrungen in dieser Einöde zu machen, inmitten unter bizarr gekleideten Skifahrern und Snowboardern, umgeben von einer Musik, die nichts als ein immergleicher Rhythmus war, laut und vulgär, zu nichts anderem als zu allgemeinem Suff zu gebrauchen.

*

»Cauliflower Gang Bang, was zum Teufel soll das sein?«, fragte Andrew zum hochgestellten iPad auf dem geschwungenen Holztisch vor dem Wandspiegel seiner Suite. Es war später Nachmittag, und er hatte gerade die ersten Kritiken nach London geschickt, wo sie nächste Woche erscheinen würden, als kulinarisches Highlight in der Winterferienbeilage.

Auf der anderen Seite der Facetimeverbindung war ein hagerer älterer Herr in einem Nirosta-Universum zu sehen, Elektroöfen, Induktionsherde, Pacojets, Salamander, alles da, was zu einer Hotelküche im Fünf-Sterne-Bereich gehörte. Allerdings in zehnfacher Ausfertigung vorhanden.

»Einmal im Monat«, antwortete die Stimme des älteren Herrn in einem rustikalen Englisch, das in mitteleuropäischen Bildungseinrichtungen recht und schlecht erlernt worden war, »einmal im Monat stellen wir in unserem Kochkreis etwas in den Mittelpunkt eines mehrgängigen Menüs, das in der Küche sonst kaum beachtet wird. Die Erdäpfel, die Steckrübe, den Radicchio oder wie jetzt im Januar den Blumenkohl. Wir machen alles damit: Vorspeisen, Suppen, Hauptgerichte und sogar Desserts. Kandierter Blumenkohl. Schokoladenpralinen, mit einer Ganache aus diesem Gemüse befüllt. Es ist genauso spektakulär wie nervtötend. Am Ende des Menüs kann keiner mehr das Gemüse ausstehen. Aber so sind die Konzeptmenüs: am Anfang herbeiersehnt und am Ende nur noch verhasst.«

»Interessant«, antwortete Andrew und dachte an seine Verrisse von Londoner West-End-Lokalen, die Konzepte mit Schnapsideen und Kreativität mit kindlichem Zerstörungsdrang verwechselt hatten. Andrew Stayners Rache war ihnen gewiss. Wenn der Foodjournalist etwas nicht ausstehen konnte, dann waren es Konzepte, besonders jene um 300 britische Pfund. Die in ihrer abgrundtiefen Geschmacklosigkeit keine zehn Pence wert waren. Da machte eine Zahnextraktion ohne Spritze mit einer bakterienverseuchten Kombizange mehr Spaß.

»Wo befinden Sie sich gerade, Mr. Selikovsky? Die Großküche hinter Ihnen sieht ja nach einem Drei-Michelin-Sterner in diesem New Yorker *Mandarin-Oriental* aus.«

»Es ist eine Lohberger Küche in der Seniorenresidenz *Hoher Ausblick*«, antwortete Harald Selikovskys heisere Stimme, »früher ist hier ein Fünf-Sterne-Superior-Hotel gewesen, das *Interalpen* – wenn Sie sich an Stanley Kubrick's *The Shining* erinnern: eine Kopie des *Overview*-Hotels, nur etwa 70 Jahre jünger und 30 Mal so groß.«

»Ein Altersheim?«, fragte Andrew Stayner irritiert nach, er hatte noch nie mit kochenden Insassen einer Seniorenresidenz verkehrt, vielleicht mit Ausnahme seiner Eltern, die seit einem halben Jahrzehnt in einem luxuriösen Hospiz in Mittelengland festsaßen und das Rad der Zeit weder vor noch zurück drehen konnten. Manchmal ließen die beiden vor laufender Facetimekamera ein paar Toastscheiben verkohlen, dann rief Andrew bei der Heimleitung an, und wenige Herzschläge später kamen Pfleger in grünen Overalls ins Zimmer gestürmt und bewahrten die greisen Insassen im letzten Moment vor der sicheren Auslöschung.

Tod durch Toast, hätte durchaus der Titel des nächsten Andrew-Stayner-Bestsellers lauten können, die sich alle wie warme Semmeln verkauft hatten. Immer unter den ersten zehn Titeln in den britischen Bestsellerlisten, noch vor der geschönten Donald-Trump-Biografie und dem Erlebnisbericht eines getürmten russischen Frontsoldaten.

»Ganz recht«, bestätigte der frühere Kriminalbeamte und beschrieb die einzelnen Gänge des geplanten Blumenkohlmenüs. Nach ungefähr fünf Minuten war auch

Andrew klar, dass nach dieser Karfiolorgie alles, was nur im Entferntesten an Kohl erinnerte, von den Teilnehmern der Tafelrunde auf Jahre hinaus gemieden werden würde. Bis der nächste Geheimdarsteller aus der Gemüseabteilung an der Reihe war: die rote Rübe im Februar, der Bärlauch im März und Rhabarber oder Spargel im April, Harald Selikovsky war sich dessen noch nicht ganz sicher.

»Wir sind einfach einige Leute, die acht bis zehn Gänge zubereiten. Anstelle einer Weinbegleitung bringt jeder etwas aus seinem Eigenbestand mit, ob weiß oder rot oder Sprudel oder süß – ganz egal, es passt ja ohnehin nicht dazu. Ein bisschen erinnern unsere Fressabende an einen Kindergeburtstag für Achtjährige, die ihren Spaß daran haben, mit dem Essen und den Getränken zu spielen, als ob die Zutaten Bauklötze, Wasserfarben oder frisch gefallener Schnee wären, mit dem man einander bewerfen oder vielleicht auch einen Schneemann bauen kann.«

Andrew lächelte und musste dabei an seine eigenen Kinder denken. Kinder, das war Himmel und Hölle zugleich, eine Komödie, die jederzeit zur Tragödie ausarten konnte, und dann gleich wieder retour. Langweilig war es bei den meisten Familien jedenfalls nicht, am allerwenigsten bei den Stayners in Knightsbridge. In einem gediegenen Altbau, der im Grunde unbezahlbar war. Ohne die Hilfe von Andrews Schwiegereltern, betuchten Industriellen im Bausektor, würden die Stayners noch immer ihre Tage in North Camden oder Islington in einer traurigen Reihenhaussiedlung verbringen. Zusammen mit anderen Mittelstandsfamilien, die sich alle nicht ganz sicher waren, ob sie noch zur Mitte der Gesellschaft zählten oder bereits dem Proletariat angehörten, dieser vorlauten Spezies aus Zukurzgekommenen, die verlässlich die Regierung beschimpften, der Europäischen Union misstrauten und sich kaum die Scones zum Fünfuhrtee leisten konnten, dafür bei *Tesco Online* die grässlichsten Lebensmittel bestellten und vor den Channels der BBC bei lebendigem Leibe verfaulten, wenn sie nicht gleich im Abschaum sozialer Plattformen untergingen, auf *Instagram, TikTok, Telegram* und anderen Unsinn mehr, die einem das eigene Leben raubten, ohne etwas anderes dafür zurückzugeben als Langeweile, Ohnmacht und Wut.

Andrews beide Kinder waren drauf und dran, ihre Studien in Cambridge und Oxford abzuschließen – und damit nicht in die Fußstapfen der Eltern zu treten: weder in jene ihrer Mutter, die freischaffende Übersetzerin von albanischer Literatur in britischen Kleinverlagen war, noch in die ausgelatschten Pfade von Andrew, dessen Gastrokritiken, Talkshowmoderationen und Jazzbandauftritte nur deswegen hingenommen wurden, weil diese Aktionen reichlich Kohle einbrachten und damit die gehobenen Bedürfnisse aller Familienmitglieder finanzierten.

Andrew Stayner subventionierte also Teile der französischen Prêt-à-porter-Industrie, Legionen mieser Fast-Food-Ketten und elektronischer Gerätehersteller sowie die Sprachexperimente von Leuten, die nebenher Teller waschen oder Bienen züchten mussten, damit sie weiterhin an Versen schmieden konnten, für die sich vielleicht drei Mittelschullehrer in Pristina interessierten. Oder jene Übersetzerin im fernen London, die dafür sorgte, dass diese Gedichte in zweisprachiger Aufmachung in Universitätsverlagen und Hobbydruckpressen von altruistisch gesinnten Buchhändlern erschienen.

Andrew kam gern dafür auf: Er förderte Kunst, Wissenschaft und Lifestyle, wenn auch sehr punktuell und kaum nachhaltig. Aber immerhin: Er finanzierte die Lebensperspektive seiner engsten Angehörigen. Jener drei Menschen, die er trotz allem in sein Herz geschlossen hatte. Manchmal konnte es auch laut werden in der geräumigen Wohnung der Stayners. Türen wurden dann aufgestoßen und zugeschlagen, Schimpfwörter und Flüche prasselten wie Hagelkörner auf die Chesterfieldmöbel ein. Wie in einer Eugène-Labiche-Komödie, in einem Oskar-Wilde-Stück, in einem Edward-Albee-Einakter. Auf der Bühne eines Londoner Off-Theaters, in dem Andrew Stayners Eltern aufgetreten waren. Eine Komödie, eine Tragödie, die sich jeden Tag im Leben der Stayners wie ein zu Tode gespieltes Theaterstück wiederholte.

5
DRITTER STOCK

Ein stiller Sonntagnachmittag im Januar, vor den hohen Fenstern der Seniorenresidenz, mit Blick auf die riesige, tief verschneite Terrasse. Drei Stühle davor, mit drei Personen darin, den Unterleib jeweils in eine Decke gewickelt: der roten eines Portweinhauses, der grauen einer Champagnermarke und einem abgewetzten braunen Filz, auf dem in oranger Frakturschrift »Jägermeister« stand. Bis vor wenigen Jahren war die Residenz ein Fünf-Sterne-Superior-Hotel gewesen, und die Decken mussten noch aus den Werbemittelbeständen von Spirituosenherstellern stammen, die sich damals bereit erklärt hatten, für die Sichtbarkeit ihrer Marken auf dieser Hotelterrasse einiges springen zu lassen, auch wenn es nur Decken waren, die – Jahre später – die Unterleiber betuchter Senioren verhüllten.

»Wir haben diese Drohne«, begann Richter Alfons, der ganz besessen von der Vorstellung war, einem mutmaßlichen Verbrechen auf die Spur gekommen zu sein, »irgendjemand könnte diesen Flugapparat in Betrieb genommen und die Lawine genau in jenem Moment gesprengt haben, als die beiden Skifahrer in die Steilrinne am Langen Zug eingefahren waren, eine gute Dreiviertelstunde vor dem eigentlichen Betriebsbeginn. Mit anderen Worten: weit und breit keine Zeugen.«

Die Augen des pensionierten Richters funkelten beinahe so hell wie die sonnenbeleuchteten Schneekristalle auf der riesigen Terrasse. Ein junger Angestellter bemühte sich gerade, mit Schneeschaufel und Besen einen schmalen Pfad durch den frisch gefallenen Tiefschnee freizulegen.

»Wir haben nichts«, entgegnete Harald Selikovsky leise und hob den Tumbler mit dem sogenannten Winternegroni, einem Twist des bekannten italienischen Aperitifs, in dem anstelle von Gin irischer Whiskey mit rotem Wermut und Campari vermixt wurde. Die Seniorenresidenz *Hoher Ausblick* war das einzige Altersheim in Österreich, wo Alkohol ausgeschenkt werden durfte, wenn auch nur zwischen 15 und 18 Uhr in der ehemaligen Lobby Bar, eine Regelung, die sich die Heiminsassen nach einer mehrtägigen Belagerung des Direktionsbüros erstritten hatten, mit Transparenten und Pappkartonschildern voller Slogans wie »Alt, aber trinklustig!«, »Grundrecht aufs Saufen – jetzt!« und vor allem »Erzählt uns am Ende des Lebens nicht, wie gesund wir auf den Tod warten sollen«.

Diese Sit-In-Aktion war vor ein paar Jahren sogar Headliner in den Abendnachrichten gewesen, der Innenminister, der Bundespräsident und der Tiroler Landeshauptmann hatten sich eingeschaltet, und nach wochenlangem Hin und Her hatte man sich auf diese salomonische Ausnahmeregelung geeignet: offizielles Trinkverbot im ganzen Haus – ausgenommen nachmittags zwischen 15 und 18 Uhr. Während dieses Zeitfensters durfte Barchef Norbert den Heiminsassen nach Vorlage eines entsprechenden ärztlichen Attests und bei guter übriger Führung maximal zwei Drinks verabreichen – gegen Entgelt natürlich, das dem Blauen Kreuz zugutekam, jener Einrichtung, die den Alkoholismus in der Tiroler Bevölkerung bekämpfte, naturgemäß ein Kampf gegen Windmühlen bei Starkwind.

»Wir haben nichts außer dem Selfie meines Patenkinds mit diesem unscharf aufgenommenen Flugapparat. Auch wenn es tatsächlich eine Drohne gewesen ist, fehlt uns jeder Beweis, dass sie tatsächlich die kontrollierte Sprengung in der Steilrinne ausgelöst hat. Zumal dieser Hotelier selbst eine Fernbedienung für solche Lawinensprengungen in seinem Rucksack mitgeführt hatte, was in allen Zeitungen gestanden und in Fernsehsendungen diskutiert worden war, im Klartext: Moospichler junior hat die Sprengung höchstwahrscheinlich selbst ausgelöst, möglicherweise durch einen Sturz, einen Fahrfehler oder einfach unbewusst, wie auch immer: Zu einer vorsätzlichen Handlung fehlt jeder Verdacht, und selbst wenn es ihn gäbe, fehlt ein Tatmotiv. Und damit jeder Grund, um Ermittlungen aufzunehmen«, beendete Harald Selikovsky seine Erstanalyse, »dieser Fall wird zu den Akten gelegt werden, noch bevor er überhaupt zum Fall werden kann.«

»Die Welt ist alles, was der Fall ist«, lächelte Richter Alfons und griff nach seinem Espresso Martini. Kollegin Burgi saß in einem Rollstuhl und rührte sich nicht. Wenn sie so wie heute schlecht drauf war, stellte sie das Reden ein und starrte den Feuerlöscher zwischen beiden hohen Wandfenstern an. Sie war nie verheiratet gewesen, hatte keine Kinder gehabt und bekam nie Besuch. Die ehemalige Bezirksrichterin von Imst ging anscheinend niemandem ab. Außer einem Diakon der katholischen Kirche, der ab und an nach dem Seelenheil seiner Pfarrangehörigen sah. Dann saßen die beiden an einem runden Marmortisch in der Nähe der Bar, starrten gemeinsam Löcher in die Luft und gabelten am trockenen Streuselkuchen herum, wofür die Seniorenresidenz so berühmt wie berüchtigt war. Diese verdammten Streusel auf der Mürbteigmasse konnten Erstickungsanfälle auslösen, und vielleicht – so Harald mit einem ironischen Lächeln – vielleicht sollte man lieber Ermittlungen in Sachen Streuselkuchen anstellen, dem hier in der Seniorenresidenz schon mehrere Insassen zum Opfer gefallen seien – womöglich steckten Lebensversicherungen, Hedgefonds oder der Wiener Verein hinter den Streuselkuchenattacken.

»Die Welt ist Gesamtheit der Tatsachen«, fuhr Richter Alfons ungerührt fort, Ludwig Wittgenstein zu zitieren, »und was der Fall ist, also die Tatsache, ist das Bestehen von Sachverhalten. Ob die Drohne da ist oder nicht. Und sie ist da, auf diesem Foto deines Patensohns deutlich zu erkennen. Auch der Zeitpunkt ist klar: wenige Minuten vor dem Lawinenunglück. Und ihre Funktion ist offensichtlich: eine kontrollierte Sprengung durchzuführen.«

»Reine Spekulation«, winkte Harald müde ab und starrte an Richter Alfons vorbei zur Terrasse hinaus, auf der die letzten Sonnenstrahlen über die Schneehauben auf der Holzreling strichen. Der Angestellte war mit dem Schneeschippen fertig geworden, und auf dem Flatscreen zwischen den beiden mittleren Wandfenstern war wieder digitales Feuerflackern zu sehen und nicht mehr die hysterische Live-Berichterstattung aus Lech.

»Nehmen wir an, du hast recht, Alfons, wo bleibt das Motiv für das sogenannte Verbrechen?«

»Es ist die Gier«, antwortete Richter Alfons und nickte in Richtung Westen, wo Ischgl und Lech liegen mussten, »die Gier nach mehr Übernachtungen, nach besseren Gästen, nach noch mehr Schwarzgeld im eigenen Tresor.«

»In Lech scheint man mit der Wintersaison höchst zufrieden zu sein«, wandte Harald an und schaute lächelnd in Alfons' rundes Gesicht mit dem weißen Kinnbart und der Nickelbrille. Wenn der Richter nicht so übergewichtig wäre, könnte er tatsächlich für Sigmund Freud durchgehen, den Begründer der Psychoanalyse und genialen Forensiker der masochistischen Wiener Seele.

»In Lech vielleicht«, pflichtete Richter Alfons bei, »aber in …«

»… Ischgl«, murmelten sie gemeinsam und starrten traurig die leer getrunkenen Cocktailgläser an. Eigentlich hatten beide noch Lust auf einen nächsten Drink, aber da sie schon zwei Cocktails intus hatten, waren ihre Accounts gesperrt, ganz wie es die Guidelines der Seniorenresidenz vorsahen.

»Die neue Therme in Ischgl ist eine einzige Pleite«, nickte Harald und starrte sehnsüchtig zu Barchef Norbert hinüber, »und das riesige Parkhaus steht leer. Das früher so pulsierende Nachtleben ist tot. Und die ehemalige Showarena zu einem Warenlager verkommen.«

»Der ganze Ort ist zu einer Après-Ski-Hölle verkommen, die nur noch den niedrigsten Abschaum anzieht«, ergänzte Alfons und sah zu Burgi hinüber, die noch immer den Feuerlöscher zwischen den beiden Wandfenstern anstarrte. Sie war 75 Jahre alt und schien sich selbst bereits aufgegeben zu haben. Ihre stummen Phasen wurden länger, die wenigen lichten Momente rarer. Auf jeden Fall war sie dem Herrn bedenklich nahe gerückt und schien der schnöden Welt da draußen immer mehr abhandenzukommen.

»Burgi hat noch nichts bestellt.«

»Sie wird auch nichts ordern, so schlecht wie es ihr geht.«

»Also könnten wir – auf ihren Account …«

Harald starrte seinen Kumpel Alfons entgeistert an, bevor er mit den Achseln zuckte und dem eigenen Begehren nachgab.

»Einen Winternegroni und einen Espresso Martini auf Burgis Rechnung«, raunten sie beide dem herbeigewunkenen Barchef Norbert zu, »ein stilles Mineralwasser für unsere liebe Freundin kannst du ebenfalls einstellen, das übernehme ich«, erklärte Harald Selikovsky, tauschte ein High Five mit seinem Kumpel Alfons aus und dachte, dass das einzige echte Gefühl im Leben das Begehren war: diese blanke Gier nach einem nächsten Drink. Nach einem Körper. Einem Stück Fleisch. Oder viel Kohle. Praktisch jeder war auf diese Gier eingestellt wie auf eine gefährliche Droge. Wenn die Ressourcen knapp wurden, musste ein Opfer wie Burgi herhalten: wehrlos den Umtrieben anderer Leute ausgeliefert. Auch wenn es nur zwei harmlose Drinks waren – hinter diesen Drinks loderte eine gierige Wut nach mehr, die sogar den Tod anderer Menschen empathielos in Kauf nehmen würde.

*

Wir werfen nichts weg. Oder so wenig wie möglich. Man kann auch aus sogenannten Abfällen etwas Großartiges machen. Einen Auszug. Einen Fond. Ein neuartiges Gelee. Halbgefrorenes. Einen Sud. Alles Mögliche. Eigentlich gibt es keine Abfälle. Rinden, Abschnitte, Fettränder, Schalen, Zesten und sogar Samen, all das sind ebenfalls Nahrungsmittel. Die vielleicht erst essbar gemacht werden müssen. Wie Schwämme. Oder ein roher Erdapfel. Wie Spargel, Mehl, rohe Eier. So viele Grundnahrungsmittel bedürfen einer Behandlung oder Weiterverarbeitung. Fischhäute kann man frittieren. Innereien zu Würsten verarbeiten. Sogar aus Tieraugen lässt sich etwas machen. Wichtig ist, dass du dein Metier beherrschst, die Kochtechniken, das

Schneiden und Schnipseln, das Kombinieren von einzelnen Zutaten und deren Aromen. Alles ist möglich, aber nicht alles macht Sinn. Zwischen diesen Polen bewegst du dich unablässig, ganz besonders als Koch.

Dieses Restaurant führe ich zusammen mit meiner Lebensgefährtin. Sie ist Anfang 30 wie ich und leitet den Service, ich stehe mit einem kleinen Team in der Küche. Wir haben nur fünf Tische. Das Restaurant ist in einem Nebengebäude des Silvretta-Hotels untergebracht. Dort gibt es eine Pizzeria und darunter das größte Après-Ski-Lokal von Ischgl. Ganz andere Gastronomiebetriebe, größer, lärmiger, der totale Mainstream. Wir sind schon froh, wenn wir unsere paar Tische vollkriegen. In Ischgl ein Restaurant zu führen ist alles andere als leicht. Die meisten Gäste haben mindestens Halbpension, aber nach vier oder fünf Mal am Buffet wollen viele etwas anderes erleben, daher verirren sich manche auch einmal zu uns. Wir bieten eine radikal regionale Küche. Das Fleisch kommt von Biobauern aus der Nähe, die Fische aus dem Bach, das Gemüse wird zur Gänze in Tirol gezogen, einiges sogar auch bei uns, in einem Erdstollen hinter dem Haus, und manchmal kaufen wir bei einem Jäger ein ganzes Stück Wild. Ein Reh. Einen Hirsch. Was so erlegt worden ist. Vor ein paar Jahren habe ich sogar Murmeltier oder Dachs auf der Karte gehabt. Wir nehmen nur ganze Tiere. Zerlegen sie nach allen Regeln der Kunst. Und verarbeiten buchstäblich alles. Es gibt eigentlich nichts, was du von einem Tier nicht verwenden kannst, wenn es gesund war und sich auf einer Alm oder im Gebirge von Gräsern ernährt hat. Du könntest das Fleisch roh verzehren, so großartig sind die Tiere hier oben.

Wir haben nur im Winter geöffnet, da sind die richtigen Gäste da, jene, die kein Problem damit haben, 200 Euro für ein Degustationsmenü zu bezahlen, ich weiß, das klingt unglaublich viel: dafür hätte mein Vater einige Tage lang als Forstarbeiter schuften müssen. Ich komme aus einer großen Familie, wir waren acht Kinder, und ich war das letzte, der achte Zwerg von links, wie man mich genannt hat. Wir haben nicht viel gehabt, aber zu essen hat es immer genug gegeben. Das wenige haben wir auch geschätzt. Viel mehr noch, als wenn wir im Überfluss gelebt hätten. Ich mochte Schupfnudeln sehr gern, oder ein Gericht, das Hexenschaum heißt, geschlagenes Eiweiß mit Bananenstücken darin, oder einfach nur ein Stück Schokolade, was überhaupt das Allergrößte war, zum Geburtstag, zu Weihnachten. An gewissen Feiertagen. Und Speck. In allen möglichen Gerichten, zu allen möglichen Anlässen. Speck und Schokolade ist eine Kombination, die mich irgendwie magisch anzieht. Ich experimentiere gern mit Sachen, die scheinbar gar nicht zusammenpassen. Gerade weil dieses Zusammenspiel so komplex ist, macht es die darauf basierenden Gerichte spannend. Unverwechselbar und außergewöhnlich. Letzten Endes genau das, was die Gäste für ihr gutes Geld wollen: etwas Außergewöhnliches, das aus ganz gewöhnlichen Dingen besteht. Die aber auf unverwechselbare Weise aufeinander abgestimmt werden. Und – wenn man gut genug war – ein Gericht ergeben, das viel mehr ist als die Summe seiner Teile. Eine Grenzerfahrung im allerbesten Fall. Und das mitten in Ischgl, im tiefsten Winter, wenn draußen in der Natur gar nichts mehr wächst. Außer die Schneehaufen und Eiszapfen. Man kann auch mit Schnee arbeiten. Funktioniert hervorragend als Unterlage. Kühlt das Prädessert zum Beispiel. Oder hält ein gefrorenes Gericht in Höchstform. Aber es ist schon höchst ironisch, in einem Wintersportort auf 1.300 Metern Seehöhe bei minus

15 Grad und einem Meter Neuschnee regionale Küche auf hohem Niveau zu bieten.

Vorbereitung ist alles. Ab dem späten Frühjahr wird eingekocht, gepökelt, geräuchert, mariniert, in Salzlake eingelegt, mit Distelöl übergossen – auf diese Weise werden die Lebensmittel haltbar gemacht. Im Keller haben wir riesige Stellagen voller Gläser mit Eingemachtem, und davon bedienen wir uns. Das ist die Basis für unsere Gerichte, unser persönlicher Mise en Place. Irgendwie sieht es aus wie in Omas Vorrätekammer, nur hundertmal größer. Die ganze Familie und ein paar Hilfskräfte packen an, wir machen auch den Speck selbst, die Würste, das Grammelschmalz und das Bratfett, eigentlich alles. Ich kaufe nur ungern irgendetwas zu. Etwas zuzukaufen bedeutet, die Herrschaft über den Produktionsprozess zu verlieren. Die eigene Kompetenz abzugeben. Irgendwie kann alles durch etwas anderes ersetzt werden.

Besonders spannend finde ich den Wald. Ich meine, der Wald steht doch sonst kaum im kulinarischen Mittelpunkt. Im Wald geht man spazieren, jagen oder vielleicht mountainbiken. Dort gibt es scheinbar nichts, was auf den ersten Blick essbar wäre, okay, ein paar Heidelbeeren vielleicht, den einen oder anderen Pilz. Und doch gibt es sehr viel mehr. Man muss es nur entdecken und für ein bestimmtes Gericht adaptieren. Ich mache Farngelee, einen Fond aus Moos und Graupen, mir gefällt die Idee, dass sich der Gast über ein Hauptgericht beugt, die Augen schließt und beim Einatmen der aufsteigenden Düfte das Gefühl bekommt, durch einen Hochwald zu wandern, sich von Gräsern und jungen Farnen, den Moosgewächsen und vielleicht sogar vom Waldboden selbst zu ernähren, auf eine raffiniert zubereitete Weise, in ungewöhnlichen Texturen und neuen Zusammenhängen, wie ein Dichter, der einzelne Wörter so miteinander kombiniert, dass sie ein vollkommen unerwartetes Stück Sprache ergeben, auf den ersten Blick sinnlos, und dennoch extrem anspielungsreich.

Ein gutes Gericht funktioniert wie ein hervorragender Cocktail oder ein experimentelles Gedicht. Oder wie ein verdammt guter Song. Beim ersten Mal hören vielleicht etwas sperrig, aber dann, nach einigen akustischen Anläufen, eine Offenbarung. Meine Gerichte sollen auch nicht gleich beim ersten Bissen schmecken, sie sollen eher Erstaunen, eine gewisse Verblüfftheit, mitunter auch blankes Entsetzen hervorrufen. Womit wir wieder beim Speck und der Schokolade wären, aber aufgepasst: gemeinsam in einem Gericht.

Ein bisschen sind wir hier in Ischgl genauso abgelegen wie die Kollegen im nordschwedischen Fäviken Magasinet oder im Koks auf den Faröer Inseln. Wir alle kochen in einer auf den ersten Blick lebensfeindlichen Umgebung, die aber enorme kulinarische Schätze birgt, bei uns Almrinder, Wildtiere, Bachsaiblinge, Waldpilze, Kräuter, Graupen und Moos, eine Vielzahl von Gräsern, uralten Getreidesorten oder Hülsenfrüchten, die auch in höheren Lagen gedeihen. Und Milch, es ist unglaublich, was du alles aus Milch machen kannst. Nicht nur Joghurt, Obers, Käse – Milch kannst du in fast alles verwandeln. Für mich ist Milch das wandelbarste Lebensmittel der Welt. Ideal für leichte Desserts, ein schönes Fundament für alle Früchte und Beeren.

Ich habe in Deutschland gekocht, in Kopenhagen, in Finnland und Schweden, ich war drei Jahre auf einem Kreuzfahrtschiff und habe dort diese hohle, pseudokulinarische Haubenküche bis zum Abwinken zelebriert, diese verdammten rosa gebratenen Filetstücke, ich habe bis zum heutigen Tag nicht verstanden, was an einem fettfreien Kalbsfilet so umwerfend sein soll. Babys zu fressen hat mir noch nie gefallen. Das ist ein echtes Problem hier in Österreich, wir schlachten nur Tierkinder und sonst eigentlich gar nichts. Haben Angst vor einem ausgewachsenen Schaf, einem geschlechtsreifen Rind, einem Mufflon mit mächtigem Hautgout. Wir fürchten uns geradezu vor den großen, dichten, dunklen Geschmäckern – und flüchten uns lieber ins Unverbindliche, Leichte. Zu Helene Fischer sozusagen, dafür verachten wir Bela Bartok oder Stockhausen. Ich höre gern elektronische Experimentalmusik während des Kochens. Sperrige, eigenwillige Klänge. Meine Küche ist genauso. Nicht besonders zugänglich, aber wenn du einmal den Draht dazu gefunden hast, kommst du nicht mehr davon los. Dann willst du noch mehr von den uralten Getreidesorten und Gräsern, von den Innereien und den unaussprechlichen Hülsenfrüchten haben, du gierst nach dem nächsten Fichtenwipfelrisotto und lechzt nach fermentiertem Milchreis auf Baumharz und Salbei. Natürlich gibt es auch Leute, die sich beinahe übergeben, die mitten im Menü aufstehen und schreiend davonrennen. Ich finde es großartig, wenn ein einfaches Gericht so etwas auslösen kann: totales Unverständnis, helles Entsetzen, blanken Ekel und Horror. Ein echtes Schockmenü – nothing for the faint-hearted.

Habe ich jetzt zu viel erzählt? Dir zu tiefe Löcher in den Bauch geredet? Dich mit meinem billigen Gastroenglisch wahnsinnig gemacht?

Der Typ, der ein bisschen wie Jeff Bridges in The Big Lebowski aussieht, schüttelt sein langes, gewelltes Haar, trinkt sein Glas Orange Wine aus, den ihm unser asiatischer Sommelier in Kimono und Jesussandalen empfohlen hat. Der britische Gast meint, dass Himmel und Hölle nur in der Bibel weit auseinanderliegen, in einem Spitzenlokal ist beides oft in einem Gericht vereint. »Du lebst in einem Experiment«, grinst Jeff Bridges junior breit über das ganze Gesicht, und ich weiß nicht, ob ich ihn richtig verstanden habe oder er das auch wirklich so gemeint hat, aber die Vorstellung, dass die Grenzen der Welt auf einem einzigen Teller kulinarisch nicht nur dargestellt, sondern auch aufgehoben oder überwunden werden können, gefällt mir sehr gut. Darauf trinken wir jetzt einen. Diesen Paraschos. Einen Friulano Bianco, 100 per cento. Demeter Hefen. Ungeschönt. Ein mächtiger unfiltrierter Wein, der in Amphoren heranreift.

»Hast du Kinder?«, fragt the Big Lebowski, und ich nicke, ja, ich habe vier Buben. Zehn, acht, vier und zwei Jahre alt. Der älteste möchte Profifußballer werden und hadert mit dem Schicksal, in der Knabenmannschaft einer der schlechtesten Fußballvereine Tirols spielen zu müssen. Für ihn leben wir im Nirvana, im absoluten Off, wo nur Skifahren, Snowboarden und schwerer Alkohol zählen. Vielleicht darf er nächstes Jahr in See spielen, etwas weiter unten im Paznauntal, die sind wenigstens in der Landesliga. Aber der Weg zu Bayern München, zu Chelsea oder Real Madrid wird weit sein. Sogar Innsbruck, Linz oder Salzburg sind von hier aus in weite Ferne gerückt – für meinen Zehnjährigen wenigstens. Der zweitälteste Sohn kocht dafür gern. Spielt stundenlang mit dem Essen herum. Mag Oliven, Artischocken und Austern. Diese Krustentiere sind das Einzige, was ich aus dem Meer in meiner Küche verwende. Austern können durch nichts ersetzt werden. Dieser einzigartige Geruch nach Salz, Jod und Muschelfleisch, einfach unglaublich. Seeigel sind auch wunderbar. Aber *dafür fahre ich lieber einmal im Jahr zu meinem Kumpel Tiska ins Koks auf die Faröer-Inseln. Nächstes Jahr werden sie ein Popup in Grönland eröffnen. Da muss ich unbedingt hin. Für mich wird dieser Ausflug genauso wichtig wie für meinen Ältesten das Europacupfinale im Fußball sein.*

»So ist wohl das Leben«, lächelt Mr. Lebowski und verspricht, eine tolle Kritik zu schreiben. Ich fühle mich gegen meinen Willen geschmeichelt und tausche ein High Five mit ihm aus. Meine Güte, der Foodkritiker ist Ende 50, und er spielt ausgezeichnet Klavier. Gerade vorhin hat er auf dem Stutzflügel im Eingangsbereich »Shiver Me Timbers« geklimpert, ich glaube von Tom Waits oder so. Ist auch egal. Musikalisch bin ich vielleicht eine Null, aber an den Burntables – da kenn ich mich aus. Auch wenn ich manchmal das Gefühl habe, mich weder nach vor noch nach rückwärts bewegen zu können, wie dieser verkappte König in der Martinswand über Zirl: umgeben von brüchigen Steinmauern, der Natur ausgeliefert, von Wettereskapaden und anderem Unbill bedroht. Even if it is the wrong road, there is no other way. Ein nettes Schlusswort, oder? Wie auch immer: Ich strecke meine Hand aus und lächle.

»Good night, Mr. Lebowski.«

»Hell no, my name is Andrew. Andrew Stayner.«

»I know. But for me, your name is Lebowski, Lebowski. Or maybe: the dude.«

*

Jeden Abend zwischen 18 und 22 Uhr wurden die Lastwägen des *Tourogast*-Großhandels in Zams mit Lebensmitteln beladen. In den meisten Fällen mit Convenience-Produkten, die in den Gastronomiebetrieben der westösterreichischen Wintersportorte in rauen Mengen verbraucht wurden. »Heffes Tomatenketchup« zum Beispiel in Zehnlitereimern, »Nellis Prima Mayonnaise« garantiert fettfrei in noch größeren Behältern, »Gustis gefrorene Hühnerbrüste«, das spottbillige Pflanzenöl »Hollodrio« aus ungeklärter Herkunft sowie Dotter, Eiweiß und andere ovolaktische Produkte in Tetrapacks oder Plastikbehältern. Keines dieser Produkte rief Begeisterungsstürme bei der Stiftung Warentest hervor, dafür waren sie preiswert und ständig verfügbar. Falls jemand unter den Touristen Durchfall von diesem Fraß bekam, konnte er immer noch ein Containerschnapserl aus der »Tippitop«-Spirituosenfabrik in Rumänien hinunterkippen. Unter den Volkstechnoklängen von »DJ Wetzi«, den räudigen »Pitztaler Buam« oder anderen Volksmusikanten des Grauens.

Manchmal flatterten per Fax Rückholaktionen kontaminierter Produkte in das Büro der *Tourogast*-Filiale, aber solche Behördeneinwände wurden geflissentlich ignoriert. Als Panikmache der Großstädter abgetan. »Gustis Hühnerbrüste« waren seit mehr als 20 Jahren im Programm. Und die Sterberate im Bezirk Landeck war die ganze Zeit über konstant geblieben, ohne den kleinsten Ausreißer nach oben. Beim »Gloggnitzer Alpenschnittkäse« waren angeblich Listerien festgestellt worden. Ein sogenannter *Staphylococcus aureus*, ein Keim, der monatelang in den Produkten überleben und grippeähnliche Symptome hervorrufen konnte, in Einzelfällen auch eine eitrige Meningitis.

Max Ladinger überflog die ausgedruckten Hiobsbotschaften und warf sie achselzuckend in den Papierkorb. Die Lastwägen für die Großauslieferung morgen früh waren bereits vollständig beladen. Wahrscheinlich befanden sich die beanstandeten Hühnerbrüste und der verdammte Billigkäse aus Niederösterreich auf Paletten im hintersten Teil der vollgeräumten Lastwagenzüge. Alles noch einmal ausladen, die verdächtigen Produkte herausklauben und den Fahrer ohne gefrorene Hühnerbrüste und den beliebten Alpenschnittkäse zum Arlberg schicken, kam gar nicht infrage. Vielleicht hätte Ladinger ein paar magersüchtige Lehrlinge durch die schmalen Palettengänge auf der Suche nach den kontaminierten Lebensmitteln schicken können, aber dieser Aufwand lohnte sich kaum.

»Es wird schon nichts passieren«, lautete seit mehreren Jahrzehnten seine bewährte Devise, und die Sattelschlepper würden sich am nächsten Morgen gegen 5 Uhr früh die steile Bergstraße von Sankt Anton hinauf nach Sankt Christoph und von dort weiter nach Zürs und Lech quälen, genau wie es der straffe Zeitplan verlangte. Es war Mitte Januar, absolute Höchstsaison, und die Gastronomen mussten endlich wieder Kohle verdienen: mit »Gustis Hühnerbrüsten«, dem guten »Gloggnitzer Alpenschnittkäse«, mit den »Hollodrio«-Frittieröl und den Fruchtdestillaten aus dem rumänischen »Tippitop«-Portfolio.

Nachdem Max Ladinger das Büro gegen 21 Uhr dichtgemacht hatte, sah er noch kurz auf den Parkplatz mit den bereits beladenen Lastwägen hinaus. Jeder der 30 Lkws hatte eine bestimmte Nummer, die eine lokale Route angab, die Nummern eins bis fünf standen ganz vorne und mussten morgen früh als Erstes los, die steile Straße zum Arlberg hinauf. Auf den Antriebsrädern waren vorsorglich Schneeketten montiert. Bei Nummer zwei und Nummer vier war die Ladeplane verrutscht. Als ob sich jemand heimlich am Frachtgut zu schaffen gemacht hätte. Aber wahrscheinlich war es nur der Starkwind gewesen, der die mangelhaft angebrachten Klettverschlüsse aufgerissen hatte.

Max Ladinger leuchtete mit einer Stablampe ins Innere des Sattelschleppers mit der Nummer vier. Lauter folierte Paletten mit ordnungsgemäß gesicherter Ware. Wer um Himmels willen sollte sich an diesem feuchtkalten Abend an »Gustis Hühnerbrüsten« oder dem »Gloggnitzer Almschnittkäse« vergreifen? Max schaltete die Taschenlampe aus, verschloss die aufgegangenen Klettverschlüsse und freute sich auf das erste Bier in der Dorfstube. Er war Mitte 40, unverheiratet, und züchtete in seiner Freizeit Brieftauben. Sein Leben war ereignisarm, ruhig. Seit 20 Jahren bei *Tourogast* beschäftigt, war er inzwischen zum stellvertretenden Leiter der Superfrischabteilung aufgestiegen und betrank sich abends regelmäßig in der Dorfstube. Falls er irgendwann einmal abtreten würde, hätte der Zamser Pfarrer nicht die leiseste Ahnung, was er seinem toten Schäfchen ins offene Grab nachrufen sollte: *Max, der von uns gegangen ist, lebte ein ruhiges Leben. Züchtete Brieftauben und betrank sich abends in der Dorfstube. Der Herr sei gnädig mit ihm. Amen.*

*

»So etwas habe ich in meinen 20 Dienstjahren noch nie gesehen.«

Postenkommandant Scholz starrte angestrengt durch sein Fernglas, das im strömenden Dauerregen von dicken Tropfen bedeckt war. Trotz der angelaufenen Linsen war das Ausmaß der Hangrutschung im vergrößerten Sehfeld deutlich zu erkennen.

»Die Lawinengalerie ist im mittleren Teil über eine Länge von etwa 50 Meter in die Tiefe gesackt und liegt jetzt ungefähr 100 Höhenmeter tiefer in einem Lawinenschwemmkegel.«

Scholz nahm das Fernglas von seinem Gesicht, zog die Kapuze tiefer in die Stirn und schaute von einem Felsvorsprung in den Abgrund hinunter. Der Einsatzwagen stand mit kreisendem Blaulicht in einer Parkbucht unmittelbar vor dem Flexentunnel, einer Lawinengalerie, die sich über zwei Kilometer zwischen Abhängen und Felswänden dahinzog. Die Ampel über der Tunneleinfahrt stand auf Rot – und würde wahrscheinlich noch weit in den Sommer rot bleiben.

»Vor Juni wird die Straße von Langen herauf nicht befahrbar sein«, murmelte Inspektor Mutzl, der Sohn des Sprengelarztes, der seine erste Wintersaison in Uniform erlebte. Zuvor war er der jugendliche Held auf verschiedenen Kirtagen gewesen, hatte ein paar Mädchen geschwängert und sämtliche Schulen abgebrochen. Außerdem war ihm der Führerschein wegen Raserei bei 1,5 Promille für einige Monate abgenommen worden. Jugendsünden, wie man das in Dörfern wie Lech nannte, ein junger Stier, der sich die Hörner abstoßen musste. Kein Wunder, dass Mutzl junior Bulle geworden war. In der dunkelblauen Uniform sah er richtig gut aus. Ein Meter 90 groß, sportlich, durchtrainiert, mit riesigen Pranken ausgestattet, die ordentlich zupacken konnten.

»Dass diese verdammte Galerie einfach so absacken kann«, murmelte Revierinspektor Scholz, zog instinktiv die Schultern ein und blickte sich nach allen Seiten um. Der strömende Regen hatte den Pulverschnee der letzten Woche zu grauem Matsch verwandelt. Nur wenige Skifahrer hatten sich in den letzten Tagen auf die Familienabfahrten und Steilhänge verirrt, und überall waren Nassschneelawinen abgegangen, davon einige sogar auf öffentliche Pisten. Die ersten Gäste wollten abreisen, hatten bereits die Gesamtrechnung an der Rezeption bestellt und starrten traurig in den dichten Regen hinaus. Die mächtigen Hausberge schienen in Bewegung geraten zu sein, und immer mehr Lawinen, Murenabgänge und Steinschläge begleiteten den Alltag der Revierbeamten der Inspektion Lech.

Vor wenigen Tagen hatte Scholz seinen ehemaligen Klassenkameraden, den Hotelier Moospichler junior, aus einem Lawinenkegel unter dem Langen Zug geborgen, das Gesicht bläulich gefroren, die rechte Wangenhälfte von einem mitgerissenen Baumstamm oder einem Felsbrocken zerfetzt. Ohne Pulsschlag. Leblos. Von den Lawinenmassen zerquetscht und erfroren. Der eingeflogene Notarzt hatte nur noch den Tod feststellen können. Scholz hatte sich bekreuzigt, ein Vaterunser mit ziemlichen Textlücken gemurmelt und den Fundort der Leiche in die Zentrale gemeldet. Daran gedacht, wie er mit Florian Moospichler in der letzten Klasse Hauptschule gesessen war, 14 Jahre alt, voller Erwartung auf das künftige Leben. Eine Lehre angehen. Die Matura machen. Studieren vielleicht. Florian würde als ältester Sohn sicherlich das *Alpenpost-Hotel* übernehmen. Scholz' Eltern besaßen dagegen nur eine kleine Landwirtschaft in Zug. Und eine Frühstückspension namens *Felsenhof*. Der Tourismus war überall in Lech, in jedem aufgelassenen Heustadel, jedem ehemaligen Hasenstall, und noch die kleinste Hütte wurde als Luxus-Chalet an harmlose Touristen vermietet.

»Die Flexengalerie hat über 100 Jahre gehalten, ich hätte mir nie träumen lassen, dass sie einfach so abrutschen kann. Vielleicht hätte man vor 20 Jahren den geplanten Flexen-Basistunnel von Stuben nach Zürs bauen sollen, dann hätten wir jetzt nicht diese verdammte Straßensperre am Hals«, fluchte Revierinspektor Scholz und spuckte verächtlich ins Nichts des immer dichten einfallenden Nebels.

Die Flexengalerie konnte man für diesen Winter vergessen. Die Straße nach Warth und von dort weiter über den Bregenzer Wald Richtung Dornbirn war im Winter gesperrt. Im Augenblick war Lech nur noch über Sankt Anton von Tiroler Seite her zu erreichen. Alle anderen Wege waren abgeschnitten. Und das in beiden Fällen noch einige Monate lang.

Im Funkgerät von Mutzl junior begann es nach einigen Knacklauten wild zu rumoren. Eine verzerrte Stimme schrie bruchstückhafte Sätze in das Schweigen der beiden Revierbeamten hinein. Die Polizisten sahen einander an. Postenkommandant Scholz zog die Augenbrauen hoch und seufzte aus der Tiefe seiner gepeinigten Seele heraus.

»Ich hoffe, ich habe diese Meldung nicht richtig verstanden.«

»Ein brennender Tankwagen vor einem aufgelassenen Hotel über Sankt Anton«, murmelte Mutzl junior und presste das knisternde Funkgerät gegen sein Ohr, »eine riesige Rauchsäule, hohe Temperaturentwicklung, der Asphalt löst sich gerade auf, und der vom Dauerregen vollgesogene Boden unter dem stillgelegten Hotel droht nachzugeben. Das örtliche Einsatzkommando erwägt, Teile des Tiroler Skiortes zu …«, Mutzl juniors Stimme drohte jeden Augenblick zu versagen,« … evakuieren«, fügte er fast lautlos hinzu.

»Verdammter Mist«, fluchte sein Vorgesetzter so laut, dass sein Wutausbruch noch in Zürs oder Sankt Christoph gehört werden konnte, »zuerst mein Klassenkamerad, dann ein Milliardär und entfernter Verwandter des niederländischen Königs. Die brasilianische Fußballlegende, eine britische Modeschöpferin und dieser bayerische Papst in Ruhestand, alle innerhalb von wenigen Tagen verstorben.

Mutzl, die Welt steht nicht mehr lang, und wenn sie es doch tut, dann wackelt sie bedrohlich auf sehr tönernen Füßen.«

Mutzl junior hatte keine Ahnung, worauf sein Vorgesetzter hinauswollte. Der dichte Regen fiel unaufhörlich aus grauen Nebelschwaden herab, die Flexengalerie war auf der Länge eines halben Fußballfelds in die Tiefe gesackt, und in Sankt Anton drüben hatte ein Tanklastwagen mit 10.000 Liter Heizöl Feuer gefangen. Innerhalb weniger Tage war die Lage im hochalpinen Gebiet aus den Fugen geraten. Im Moment gab es kein Entrinnen vom Arlberg, und wahrscheinlich würde sich die geplante Abreise von Hunderten Skiurlaubern noch um mindestens eine halbe Woche verzögern.

*

Der Typ sah aus wie der Doppelgänger von Flash Gordon: dichte, blonde Haare, in der Mitte gescheitelt. Die Wangen hohl, leicht eingefallen, einige Krähenfüße um die Augen. Er hatte schwarze Jeans und ein anthrazitgraues Hemd an, beides um mindestens drei Nummern zu klein. Mitte 50 vielleicht, Kettenraucher, aber immer noch schlank. Durchtrainiert. Fuhr wahrscheinlich jeden dritten Tag Ski. Oder stapfte mit diesen Fellen unter den Tourenbrettern die steilsten Hänge hoch, um nach dem Gipfelsturm seine Spuren im Tiefschnee zu ziehen. Er trug einen goldenen Ring, wirkte aber nicht wie jemand, der verheiratet war. Eine Art einsamer Wolf, mit eng anliegender silberfarbener Jacke, eine Ledertasche umgehängt, das unvermeidliche Smartphone in die rechte Hand geklebt.

Andrew kannte solche Leute aus jener wenig glamourösen Zeit, als er selbst versucht hatte, ein Restaurant aufzuziehen. In einem eher finsteren Vorort von London Spitzenküche zu bieten. Ein sicherer Griff ins Klo, wie sich vier Jahre später herausgestellt hatte, eine Odyssee aus verbratener Kohle, verschwendeter Energie und einem Haufen Schulden, letztere auf Kosten anderer Leute.

Dieser Flash-Gordon-Doppelgänger war ein Vertreter. Ein Sales Repräsentant oder Gebietsverkaufsleiter. Gieriger Blick, etwas unterwürfig im Gespräch mit den Kunden, aber im Notfall eiskalt aus dem Hinterhalt zuschlagend.

»Hey, ich hänge mit dem Wodka den Monatsvorgaben hinterher, kauf mir ein paar Kartons ab, zehn sind zu wenig, 25, 30?«

»Gib mir gleich die ganze Palette. Aber vergiss ja nicht den Geburtstag meiner Zweitfreundin.«

So ungefähr hörte sich die Doppelkonferenz von Flash Gordon 2.0 mit dem Nachwuchseigentümer des *TR-Hotels* an, einem unauffälligen Typen Mitte 20. Der schnittige Lamborghini draußen vor dem Hoteleingang war garantiert seiner. Andrew kannte solche Gespräche in- und auswendig. Er würde sie sogar auf Suaheli oder Wolof oder in einem malaysischen Dialekt verstehen. Der Sales Rep und der junge Hotelier. Eine enge Geschäftsbeziehung, die aus Rabatten, Freiware und Kick-Back-Zahlungen bestand. *Dafür schenkst du in der Wintersaison jeden Tag unser Zeug aus.* Die Spirituosenmarken waren in den Getränkekarten des Hotels penibel angeführt.

Absolut, Havana Club, Beefeater, Malibu, Jameson – es war klar, welcher Alkoholkonzern hier das Rennen gemacht hatte. Das in die Jahre gekommener Flash-Gordon-Lookalike gehörte zu diesem französischen Schluckspechtkonzern, den die meisten Analysten seit Jahren auf »Buy« gesetzt hatten. Geschäftstüchtig schien Mr. Flash Gordon zu sein. Stellte die richtigen Fragen, bekam Zusatzbestellungen und verscherbelte nebenher etwas richtig Teures, das außer seinem Verkaufsdirektor und einer Marketingchefin am Rande des Nervenzusammenbruchs garantiert niemanden interessierte.

Andrew schlürfte seinen dritten Espresso Martini, und der junge Hoteleigentümer verschwand. Der Flash-Gordon-Doppelgänger blieb stehen, sah sich um, überlegte, ob er etwas sagen sollte, und legte schließlich ein kleines Gerät auf den Tresen. Genau in der Mitte zwischen Andrew und ihm.

»Alles gut bei Ihnen?«, fragte der Gebietsverkaufsleiter, und der unscheinbare Apparat übersetzte die Frage in ein annehmbares Englisch.

»Durchaus«, antwortete Andrew und versuchte ein harmloses Lächeln in sein von Ironie und Sarkasmus zersetztes Antlitz zu zaubern, »Sie verkaufen das harte Zeug hier, oder?«

»Ganz genau«, antwortete der kleine Übersetzerwürfel auf Englisch, »ich verticke seit 15 Jahren Markenspirituosen, von Innsbruck bis Bregenz. Die Zeiten sind schon besser gewesen. Und die Gier ist ein …«

»… Hund?«, fragte Andrew verwundert nach.

»Dog«, bestätigte der verdammte Würfel, »greedy people are like dogs. They are barking at strangers.«

»In Ischgl muss sicher eine Riesenmenge vom harten Stoff gehen«, erlaubte sich Andrew einzuwerfen.

»Früher war es mehr«, legte sich die Würfelstimme über die kaum verständliche Antwort, die Mr. Flash Gordon hervorbrachte: irgendwie deutsch, und dann doch wieder nicht.

»Das Après-Ski hat die Nacht getötet. Es gibt kaum mehr Klubs und Tabledancebars in Ischgl. Nur noch Saufhütten, Burgerbuden oder Luxusrestaurants mit der aller-langweiligsten Küche.«

»Oh«, antwortete Andrew und der Würfel übersetzte das »Oh«, genauso erstaunt, wie es klang, »das ist ja interessant. Haben Sie auch ein Faible für außergewöhnliches Essen?«

»Ich war früher Koch«, verriet der Übersetzerwürfel, und der Flash-Gordon-Doppelgänger sah dabei traurig drein, »ich habe im *Interalpen* gelernt, das heute eine Senio-renresidenz ist, war dann im Lecher *Alpenpost-Hotel* und bin dann nach Wien, zu Werner Matt, dem Begründer der Neuen Österreichischen Küche Ende der 80er Jahre.«

Werner Matt – der Name sagte Andrew irgendetwas. Auch wenn er noch nie in Österreich gewesen war, die-sen Namen hatte er schon einmal gehört. Vielleicht einmal in München, in der *Aubergine* wahrscheinlich, als dieses Lokal noch von Eckart Witzigmann geführt worden war, jener aus, ja genau, aus Österreich stammende Küchenchef, der die französische Nouvelle Cuisine in Deutschland ein-geführt und weiterentwickelt hatte. Matt war wohl einer seiner österreichischen Jünger gewesen.

»Stimmt genau«, bestätigte der Würfel zwischen den bizarren Dialektlauten des Flash-Gordon-Laiendarstellers, »Matt war ein Pionier der Neuen Wiener Küche, der in der *Rotisserie Prinz Eugen* im Wiener *Hilton am Stadtpark* aufgekocht hatte. Zusammen mit Reinhard Gerer, Dieter Koschina, Christian Petz und – viel weiter unten in der Hierarchie – auch mit mir. Ich habe eigentlich nur Sup-pen und Vorspeisen gemacht und kunstvolle Figuren aus Eisblöcken geschnitzt. Eigentlich bin ich Maler und Bild-hauer. Da hinten an der Wand hängt ein Werk von mir.«

Andrew Stayner starrte in die Richtung des ausgestreck-ten Arms und erspähte das Bild hinter dem Klavierflügel, an dem er selbst vor ein paar Tagen ein paar Tom-Waits-Nummern geklimpert hatte. Es war ein großes Gemälde, aus verkohlten Holzscheitern oder zerhackten Fassdauben zusammengesetzt, und über die rußgeschwärzte, reliefartige Fläche verstreut waren Flaschen, Burgunderkelche und Korkenzieher eingebaut, die dem Stillleben ein gewisses gastronomisches Flair einhauchten.

»›La Tâche Monopole‹ heißt das Bild«, erklärte die Würfelstimme über den heiseren Tiroler Dialektlauten, »die Hoteleigentümer haben mir ein paar Tausender dafür bezahlt, besser als gar nichts. Eine Galerie in Sankt Gallen interessiert sich bereits für mich, und vielleicht stellt sie meine Werke in ein paar Jahren auf der Kunstmesse in Basel aus.«

»Donnerwetter, Sie sind ja ein richtiger Künstler«, entfuhr es Andrew Stayner, »nicht nur ein Koch, auch ein Maler und Bildhauer, Respekt. Und noch dazu jemand, der ordentlich Schnaps in dieser Gegend verkauft. Beachtlich, mein Lieber, sehr beachtlich!«

Der Flash-Gordon-Doppelgänger lächelte verlegen und schüttelte kaum wahrnehmbar seinen Kopf.

»Als Koch habe ich nicht viel getaugt«, fuhr er fort, und der Würfel übersetzte alles umgehend auf Englisch, »Matt hat mich nur wegen dem Kunstschnitzen gemocht, meine Suppen und Vorspeisen hat er verachtet. Außerdem bin ich als Kind von der Empore der Imster Pfarrkirche gefallen, seitdem bin ich – irgendwie anders. Meine Gedanken springen hin und her, wie verrückt gewordene Tiere, wie tollwütige Hunde oder so. Manche, die mich nicht so gut kennen, lachen darüber. Egal. Nach ein paar Saisonen auf dem Arlberg bin ich Außendienstmitarbeiter bei *Unilever* geworden. Convenience pur. Das nackte Grauen. Aber hohe Provisionen – davon habe ich mir ein Reihenhaus kaufen können. Ich bin zwar verheiratet, habe zwei Kinder, aber das Familienleben sagt mir nicht viel. Lieber male und schnitze ich in meinem Atelier im Tiefparterre herum, rauche 30 oder 40 Zigaretten dabei – und trinke Absinth. So entstehen meine Werke: im Absinthrausch.«

»Wie damals bei Van Gogh«, lächelte Andrew Stayner.

»Oder Toulouse-Lautrec, Cézanne, Monet, all diese französischen Impressionisten waren auf die *Grüne Fee* scharf. Mein Vater ist an der *Weißen Gams* zugrunde gegangen.«

»Einer Art wildes Tier?«

»Kann man so sagen«, antwortete der Übersetzerwürfel mit seiner weiblichen Automatenstimme, die an Durchsagen in Bahnhofshallen oder Flughafengates erinnerte, »es war ein billiger Wurzelschnaps. Ziemlich aufgezuckert, damit man nicht merkte, wie räudig das Destillat war. Mein Vater ist mit Anfang 50 daran gestorben. Er hatte vor lauter Saufen Krampfadern in der Speiseröhre bekommen, die eines Tages aufgeplatzt sind. Wir haben ihn in der Diele des Bauernhauses gefunden. Leblos in einer riesigen Blutlache liegend. Während unsere Mutter mit einer Gallenoperation im Krankenhaus war.«

»Tut mir leid«, antwortete Andrew Stayner und bemühte sich, nach diesen Worten nicht mehr an seinem Espresso Martini zu nippen – wenigstens solange dieses Gespräch dauern würde.

»Ist schon mehr als vier Jahrzehnte her«, beruhigte die digitale Übersetzermaschine, »meine Mutter ist kurz darauf an den Folgen der schiefgelaufenen Operation verstorben. Arme Menschen werden nur so recht und schlecht operiert. Ich habe die jüngeren Brüder allein aufziehen müssen, in diesem heruntergekommenen Bauernhaus in der Steiermark, ohne Heizung und Fließwasser. Aber«, fügte der Würfel hinzu, »aus beiden ist etwas geworden. Ein toller Koch und ein Bürgermeister. Gar nicht so übel, wenn man direkt vom Misthaufen kommt.«

Andrew war sich nicht sicher, die Übersetzungsmaschine richtig verstanden zu haben. Er zeichnete mit einem Kugelschreiber kleine Quadrate auf die Serviette unter seinem Espresso Martini und beugte sich dabei mit verschwörerischer Miene in die Richtung seines redseligen Gegenübers.

»Was ist Ihrer Meinung nach das beste Restaurant hier in Ischgl?«

»Das Beste«, entfuhr es dem übersetzenden Würfel entsetzt, »das Beste hier ist immer noch mittelmäßig. Entweder du kriegst deine rosa gebratenen Filetstücke an einer mehr als banalen Soße oder sie knallen dir irgendetwas aus dem Meer vor den Latz. Zu entsprechenden Preisen natürlich. Der *Schtia* ist das einzige Outlet, das meiner Meinung nach auf der Höhe der Zeit kocht. Die arbeiten mit Zutaten, auf die noch kaum einer gekommen ist. Mit Farnen und Almgräsern, mit Graupen und Moos, sie zerlegen jedes Tier komplett und verwenden sogar deren Hufe und Haut. Der Rest ist Langeweile und aufgeputzter Schnickschnack ohne jede Bedeutung. Sie schreiben über Restaurants, habe ich recht?«

Andrew zuckte scheinbar ahnungslos mit den Achseln, sah über den halb ausgetrunkenen Espresso Martini hinweg Richtung *Back Bar*: eine riesige *Monkey47*-Uhr, eine *Hendricks-Gin*-Waage, ein Display mit schottischen Single Malts und anderen Piece-of-Shit-Kram, mit dem die großen Getränkekonzerne die Regale ihrer Flagship-Kunden vollstellten.

»Darüber schreiben tut bald einmal jemand«, lautete Andrews etwas ausweichende Antwort.

»Ich habe einmal eine Kritik von einem Typen gelesen, der einen Pariser Drei-Michelin-Sterner zerlegt hat, ich meine richtig zerlegt: Das Restaurant wurde als ›Crime Zone‹ bezeichnet, in der sich die schlimmsten Dinge ereignen würden, ich glaube, ich habe noch die wichtigsten Passagen parat: *Allein das Dekor war in belanglosen Taupe-, Keks- und Fuckyoutönen gehalten. Jedes Gericht klotzte mit teuren Zutaten auf riesigen Tellern mit Goldrändern. Das durchsichtige, kugelförmige Kanapee auf dem Löffel sah nach einem Barbiepuppen-Brustimplantat aus und fühlte sich beim Kauen wie ein gebrauchtes Kondom an. Die gratinierten Zwiebeln nach Pariser Art waren verkohlt und klebrig, wie der Parkettfußboden nach einer Teenagerparty. Die Taube vom Hauptgericht kam so roh daher, dass sie nach ein paar Stromstößen ohne Weiteres hätte wegfliegen können. Und die Quarktorte mit der gefrorenen Petersilie darauf war eine Beleidigung für Auge und Gaumen. Eine 600-Pfund-Erfahrung, die sich für immer ins Gedächtnis eingegraben hat wie ein Trauma.* So ungefähr lautete der Text. Wenn ich Koch gewesen wäre, hätte ich den Kritiker aus dem Restaurant geprügelt, die Treppe hinuntergeworfen und den verdammten Ketzer geteert und gefedert.«

Andrew hob die Augenbrauen, griff nach seinem Espresso Martini und leerte das Cocktailglas in gierigen Schlucken. Der Schweiß brach ihm an der Stirn aus und tropfte wie salzige Tränen auf die schwarze Granitplatte des Bartresens.

»Ich wollte Sie nicht schockieren«, bemerkte der Würfel, »tut mir leid.«

Andrew Stayner wandte sich zur Seite und sah den Flash-Gordon-Doppelgänger fragend an.

»Sagen Sie, mein Freund, gibt es hier in diesem Ort Leute, die über Leichen gehen würden?«

»Wenn es eng wird, tut das sowieso jeder«, lautete die englische Übersetzung des Würfels. »Ich kannte einen Hoteldirektor, der ist mit fast 400.000 Euro und dem Maserati des Eigentümers verschwunden. Er soll früher als Sprengmeister gearbeitet und eine Hütte im Osttiroler Defereggental betrieben haben. Sein Sohn ist eigentlich eine Tochter gewesen und hat manchmal hier auf dem Flügel alte Popsongs geträllert. Angeblich lebt der Flüchtige jetzt in Kalabrien. Unter falschem Namen wahrscheinlich. Vielleicht haben ihn auch schon die Haie gefressen. Wenn der irgendwo auftaucht, würde ich für nichts garantieren. War schön Sie kennengelernt zu haben, Herr ... äh, wie war noch Ihr Name?«

»Jay«, antwortete Andrew und schüttelte die Hand des Flash-Gordon-Doppelgängers, »Jay Rayner. Aus Birmingham, ich schreibe für den *Midland Observer*. Langweilige Reiseberichte, Buchrezensionen und kleine Sportreportagen. Nicht der Rede wert.«

»Dann werden Sie auch über den Irrsinn hier berichten,« lächelte Mr. Flash Gordon, griff nach dem Übersetzer-Würfel und trollte sich mit seiner Ledertasche und einer Zigarette im Mundwinkel nach draußen.

»Es hat mich gefreut, dich kennenzulernen,« brummte es auf Englisch aus seiner Ledertasche, der Übersetzungswürfel war offensichtlich noch immer aktiviert. »Auch wenn du unsere Sprache nicht verstehst, bist du auf dem besten Weg, die Verhältnisse hier zur durchschauen. Noch einen schönen Tag, Alter!«

Auf dem Flatscreen über der Hotelbar waren Teile einer abgesackten Lawinenverbauung und ein explodierender

Tankwagen zu sehen. Berichte vom Arlberg. Keine Auto-stunde von hier entfernt. Eine Art Kriegsberichterstattung. Als ob jemand zurückgekehrt wäre und Rache nehmen wollte – aber wer und welche Rache wofür?

6
VIERTER STOCK

Das ärztliche Untersuchungszimmer der Seniorenresidenz befand sich in einem ehemaligen Seminarraum namens »Karwendelgebirge« im Mezzanin des ehemaligen *Interalpen-Hotels*, am Ende einer kunstvoll geschnitzten Holztreppe, zweite Türe links. Vor der ärztlichen Beratungsstelle waren ein paar Sessel und niedrige Glastische aufgestellt und in einem Zeitschriftenständer staubten Magazine wie *Home & Garden, Besseres Leben* und *Vital & Fit im Hohen Alter* vor sich her. Hinter der gepolsterten Türe des Untersuchungszimmers lauerte DDr. Hinterholzer, der ebenso wie Harald Selikovsky aus Landeck stammte, allerdings nicht in die örtliche Hauptschule, sondern aufs Gymnasium gegangen war, und schon damals als aufgeweckter Sohn des Gemeindearztes von einer glänzenden Zukunft als Mediziner geträumt hatte.

Gemeinsam mit Harald wartete Richter Alfons auf das wöchentliche Beratungsgespräch, beide hatten schwere Krankheiten hinter sich, Harald Dickdarmkrebs und sein Gerichtskollege zwei Schlaganfälle, was beide nicht davon abhielt, ihren kleinen Kochkreis zu betreiben. Einmal im Monat wurde in größerem Stil aufgekocht, stets mit einer Gemüsesorte im Mittelpunkt, im Januar war es etwa der sogenannte »Cauliflower Gang Bang« gewesen, Blumenkohl vom Amuse-Bouche bis zum Dessert, also bis zum Abwinken und darüber hinaus. Neben dem gemeinsamen

Interesse am Kochen teilten Harald und Richter Alfons noch eine andere Leidenschaft: die des Ermittelns. In alle Richtungen. In jeder Causa, die man sich nur vorstellen konnte. Bevorzugt in jenen Fällen, die in den Nachrichten vorkamen: von mysteriösen Unglücken über offensichtliche Brandlegungen bis zu ungeklärten Gewaltverbrechen. Für die beiden Pensionisten gab es immer etwas zu lösen. Wie in einem Kreuzworträtsel. Oder einem mittelschweren Sudoku. Mehr als 30 Dienstjahre bei Gericht und Exekutive waren an den beiden nicht spurlos vorübergegangen. Richter Alfons beugte sich etwas nach vor und flüsterte Harald die neuesten Entwicklungen am Arlberg zu.

»Die Flexengalerie ist nicht von allein abgesackt. Jemand muss nachgeholfen haben.«

»Wie meinst du das?«, fragte Harald mit besorgter Miene, weil Burgi schon seit einigen Tagen nicht mehr zu den Mahlzeiten erschienen war. Jemand vom Pflegepersonal hatte Harald mitgeteilt, dass die ehemalige Bezirksrichterin von Imst ihr Bett nicht mehr verlassen und die Nahrungsaufnahme verweigern würde, nur noch zum Fenster ihrer Suite hinaussah und ab und zu einen Singvogel imitierte. Ihr Ende schien näherzukommen, befürchtete der pensionierte Kriminalbeamte und hätte in seiner Sorge um Burgi Richter Alfons' gesammelte Neuigkeiten beinahe überhört.

»Unter der abgerutschten Galerie wurden Tonnen von Sand und Schmauchspuren entdeckt«, verriet der ehemalige Richter am Verwaltungsgerichtshof, »in Langen am Fuße des Arlbergpasses hatten mehrere Bewohner nachts um 3 Uhr einen mächtigen Schlag vernommen, kurz bevor das Grollen der abrutschenden Galerie zu hören gewesen war. Gesehen hatte keiner etwas, nur dieses dumpfe Grollen gehört. Und dann hat mich noch der Anruf meines Neffen erreicht.«

»Ich wusste gar nicht, dass du einen hast«, erwiderte Harald und sah auf die Uhr. Seit mindestens 20 Minuten war die Tür zum medizinischen Untersuchungszimmer nicht mehr aufgegangen. Irgendein Hofrat aus dem Innenministerium hatte sich mit DDr. Hinterholzer hinter der gepolsterten Türe verbarrikadiert und philosophierte endlos über Eigenjagden in Tirol, handgemachte Schrotflinten aus Unterkärnten oder die PS-Anzahl irgendwelcher geländegängiger SUVs.

»Er heißt Jonathan, ist auch schon Anfang 50 und hat früher Philosophie und Soziologie studiert, beides aber nie fertiggemacht. In einem Vorarlberger Kleinverlag hat er drei Gedichtbände in Walser Mundart veröffentlicht, für eines seiner Gedichte hat er einmal 14 Tage im Gefängnis verbracht, wegen Herabwürdigung religiöser Lehren. Seit zwei Jahrzehnten betreibt er ein kleines Taxiunternehmen, im Winter am Arlberg und im Sommer am Wörthersee. Jonathan hat einen langen weißen Spitzbart und eine ebenso dichte weiße Mähne, er sieht wie ein Dozent der geisteswissenschaftlichen Fakultät aus. Beim Philosophicum in Lech arbeitet er als Toningenieur oder reißt die Eintrittskarten ab.«

»Komm bitte zur Sache«, ermahnte Harald seinen Richterkollegen, »alles schön und gut, aber was hat dein Neffe Jonathan mit der abgerutschten Flexengalerie zu tun?«

»Eine ganze Menge«, flüsterte Richter Alfons und rückte mit verschwörerischem Grinsen noch näher an seinen Kumpel heran. »Jonathan fährt öfters nachts den Apotheker von Lech in ein gewisses Etablissement nach Rankweil. Natürlich geheim, darf keiner wissen, weil der Pharmazeut schon das zweite Mal verheiratet ist und fünf Kinder hat – aber auch der größte, wie soll ich sagen, Schwerenöter der Welt zu sein scheint.«

»Schwerenöter«, wiederholte Harald grinsend und überlegte, wann er dieses Wort zum letzten Mal gehört hatte, vor 35 Jahren vielleicht, hinter vorgehaltener Hand, aus dem sabbernden Mund eines Landecker Geistlichen oder so ähnlich.

»Jonathan fuhr also den Apotheker ins Bordell und kehrte kurz nach 2 Uhr morgens zurück, musste aber am unteren Ende der Flexengalerie warten, weil – und jetzt kommt's – die Ampel auf Rot gestellt war. Die Ampel einer provisorisch aufgestellten Baustellenanlage.«

»Na und«, entgegnete Harald und begann mäßig begeistert in der Zeitschrift des Tiroler Fleischerverbandes zu blättern.

»Eine provisorische Baustellenanlage, mitten im Winter, wenn am Arlberg strengstes Bauverbot herrscht? Das rote Licht der Anlage ist mindestens 20 Minuten unverändert geblieben.«

»Und was hat dein Neffe dann gemacht? Ist er ausgestiegen?«

»Ja, er hat nach einer Weile sein Fahrzeug verlassen, die provisorische Ampelanlage zur Seite gestellt und danach die Flexengalerie unmittelbar vor deren Absturz passiert. Seine Beobachtungen hat er sogar der Inspektion in Lech mitgeteilt.«

»Dann ist die Exekutive also längst informiert?«

»Ja und nein. Revierinspektor Scholz hat in dieser Nacht mit sich selbst tarockiert, daneben eine Flasche Enzianschnaps geleert und Jonathans Beobachtungen auf einem herausgerissenen Kalenderblatt notiert. Überflüssig zu erwähnen, dass wohl alles im Papierkorb gelandet ist.«

»Und du meinst, …«, fügte Harald neugierig geworden hinzu und legte die Zeitschrift des Tiroler Fleisch hauer Verbands zum übrigen Magazinstapel auf dem Glastisch zurück.

»Ich weiß, was du sagen willst, Harald. Während Jonathan nichtsahnend mit dem Taxi vor der auf Rot geschalteten Ampel stand, musste irgendjemand die Sprengsätze unterhalb der Galerie scharf gestellt haben. Und wenige Stunden später ist dieser Tankwagen in Lech hochgegangen, vor einem stillgelegten Hotel, das von einem mysteriösen Süditaliener aufgekauft wurde.«

»Woher weißt du das schon wieder?«

»Mir haben ein paar Blicke ins Grundbuch und einige Anrufe beim früheren Eigentümer genügt, der gleichzeitig Bürgermeister von Sankt Anton ist, ein ganz gerissener Kauz.«

»Und was hat dir der Kerl am Telefon verraten?«, fragte Harald nach und sah zur gepolsterten Tür hinüber. Die Schnalle wurde nach unten gedrückt, und die Umrisse des fülligen Hofrates aus dem Innenministerium waren im Türstock zu sehen, begleitet von Wörtern wie *tolle Gelegenheit – nicht einmal 40.000 gefahrene Kilometer – rostfrei – Notverkauf wegen gewerbsmäßiger Wilderei – 30.000 Euro Strafe, das sagt ja schon alles.*«

»Der Käufer des *Mooserkreuz-Hotels* war ein zwielichtiger Typ aus Süditalien namens Cristoforo Crucifisso. Der Name ist sicher falsch. Der frühere Hotelbesitzer und Bürgermeister von Sankt Anton meinte, der verkappte Kalabrese habe eine Perücke getragen und sei sogar geschminkt gewesen. Obwohl er einen seidenen Anzug trug, wirkte der mysteriöse Käufer eher wie ein Osttiroler Bauer als ein Mafioso aus dem italienischen Süden. Außerdem war er in Begleitung eines Sohnes, der wie ein Mädchen aussah. Eine Überwachungskamera der Autobahntankstelle

Schnann hat ergeben, dass dieses nichtbinäre Wesen tatsächlich jenen Tankwagen gelenkt hatte, der kurze Zeit später vor dem Hotel in Flammen aufgegangen war. Und noch etwas: Dem falschen Süditaliener haben zwei Finger gefehlt, die beiden Mittelfinger der rechten Hand.«

*

Das *M* der Familie Adler war das erste Designhotel in den Alpen, eröffnet in den frühen 90er Jahren des letzten Jahrhunderts. Nach drei Jahrzehnten Halligalli erinnerte der Schuppen an ein halbherzig modernisiertes Heimatmuseum, für das kaum jemand mehr Eintritt bezahlen wollte. Die Hotelhalle war leer, nur hinter dem Empfangspult lauerten zwei Rezeptionistinnen mit langen schwarzen Haaren und ebenso dunklen Hosenanzügen, wie zwei Stewardessen einer Airline, die ausschließlich zwischen dem Vatikan und der Hölle verkehrte.

Andrew erkundigte sich nach dem *Fine Dining Restaurant*. Die jüngere Angestellte zuckte ahnungslos mit den Schultern und lackierte ihre grellroten Fingernägel nach, während die ältere mit einem Kugelschreiber zu den Rollups auf der anderen Seite der Lobby wies: eines bewarb einen Champagnerkübel um 3000 Euro, das zweite huldigte dem einzigen Luxusuhrenhändler im Ort und das dritte prahlte mit dem kategorischen Imperativ »Relax, if you can ...« – anscheinend der Claim dieses bizarren Wintersportortes.

Andrew Stayner folgte der Richtung des Kugelschreibers und betrat durch einen schmalen Eingang das Restaurant, das ungefähr zur Hälfte mit Hotelgästen belegt war, in der Mehrzahl dysfunktionale Familien, die kurz vor dem Nervenzusammenbruch standen. Der Nachwuchs zockte an den Smartphones herum, die Ehefrauen waren mit teuren Colliers wie die Weihnachtsbäume bei *Selfridges* in London behängt und die Daddys huldigten dem Gott der Weinreben, unter der Anleitung eines jungen Sommeliers, dem Gier und hemmungsloser Hedonismus wie Kainsmale ins Gesicht gestanzt waren.

Der Fine-Dining-Bereich verbarg sich hinter zwei Aquarien, in denen unter Korallen und verloren wirkenden Zierfischen auch einzelne Besteckteile lagen, die schon reichlich Moos angesetzt hatten. Der exklusivere Restaurantbereich war mit einer roten Kordel abgesperrt, und dahinter saßen einige Osteuropäer mit hochrotem Gesicht, in Begleitung von mindestens 30 Jägermeister Miniaturen und einer Magnumflasche Masseto. Neben den einsamen Trinkern thronte die Hotelierfamilie, die aus ungefähr zehn Personen bestand, vom Großvater mit dem wallenden weißen Haar bis zu den nichtsnutzigen Enkeln hinunter, die sich höchstens für illegale Drogen und Hardcorepornoseiten interessierten. Anscheinend warteten sie nur darauf, endlich 17 Jahre alt zu werden, um den Probeführerschein zu ergattern und kurz danach mit einem italienischen Sportwagen in der örtlichen Ache zu landen, mit nichts außer einigen Linien MDMA und einer Flasche Premiumwodka im Kopf.

Andrew Stayner turnte über einen mürrischen Mops, ein umgekipptes Schaukelpferd und mehrere Ausgaben eines deutschen Waffenmagazins hinweg und nahm an einem Tisch ganz hinten im Fine-Dining-Bereich Platz, direkt vor einer Schwingtür zur Küche hinein, in der lautes Geschrei, hektisches Tellerklappern und Flüche in 30 Sprachen zu hören waren. Andrew Stayner war hier goldrichtig: ein

Restaurantkritiker kurz vor dem nächsten Verriss. Der blasierte Sommelier drehte ihm eine überteuerte Flasche Franciacorta an, biodynamisch, in limitierter Auflage und Fuckyou-zertifiziert. Das Degustationsmenü bestand aus einer Abfolge blumig formulierter Gerichte, unter denen man sich nicht das Geringste vorstellen konnte: »Ischgler Schneewalzer«, »Wilderergeheimnis« und »Kleinkindergeburtstag«, Bezeichnungen, die sich höchstens durchgeknallte Achtjährige in der Jugendpsychiatrie ausdenken mochten. Die vorab gereichte Almbutter war härter als die Tischplatte, das Brot im Salamander zu Tode getoastet, der italienische Schaumwein dafür weit unter den Gefrierpunkt heruntergekühlt und in gefrosteten Cocktailschalen serviert – das Fine-Dining-Restaurant hieß übrigens *MAD* wie englisch für verrückt, obwohl damit die ersten drei Buchstaben des Hotels gemeint waren. Oder doch diese eine Englischvokabel. Oder vielleicht auch beides zusammen.

Andrews hausgemachter Sarkasmus begleitete ihn seit Jahrzehnten wie ein unguter Tischnachbar, dem zu jedem noch so entstellten Gericht ein hinkender Vergleich oder eine zynische Metapher einfiel. Vielleicht war es auch nur Andrew Stayners eigene Stimme, die gelegentlich kleine Flüche ausstieß, wenn seine Gabel in etwas Geleeartigem stocherte, von dem nicht ganz klar war, ob es vegan, mit Proteinen angereichert oder doch nur ein übler Scherz mit den Errungenschaften der Molekularküche sein sollte. Die meisten Gerichte wirkten absichtlich dekonstruiert: Die einzelnen Zutaten waren zuerst penibel mit einer Pinzette auf dem Teller platziert worden, bevor der Klabautermann, ein tollwütiger Hund oder die tätowierte Hand des überfressenen Souschefs auf das Arrangement losgelassen wurde – das Ergebnis war bunter, auf blütenweißen Porzellantellern zerteilter Matsch, der gelegentlich mit Kaviar, weißem Trüffel oder Blattgold dekoriert wurde – vor allem deswegen, um den Preis des Degustationsmenüs in lichte Höhen zu treiben.

Die aufgedröselten Gerichte passten zu den osteuropäischen »Jägermeister-Masseto«-Söldnern oder der dekadenten Hotelierfamilie, deren einzige Gesprächsthemen das Bargeld im Haustresor, die rückläufigen Gästezahlen und der Neid auf andere Skigebiete waren, die sich in der Vermarktung der eigenen Stärken geschickter angestellt hatten. Inmitten der bizarren Familie thronten zwei suspekte Figuren, die offenkundig mit reichlich Kohle ungewisser Herkunft ausgestattet waren und damit die touristischen Eskapaden der Adlers mitfinanzierten. Die beiden sogenannten Investoren parlierten mit der Ischgler Familie in einem Englisch, das sie weder bei *Berlitz* noch an einem akademischen Gymnasium, sondern höchstwahrscheinlich zwischen einer Mülldeponie und der Hölle aufgeschnappt hatten.

Soweit Andrew die heiser klingenden Stimmen verstand, ging es um ordinäre Steuerhinterziehung, mysteriöse Kryptowährungen und gewisse Strategien zur Belebung des Wintertourismus. Dass hinter dem ganzen Geschwätz nur eine Mischung aus Gier und Rücksichtslosigkeit stand, war Andrew Stayner bereits nach zwei Minuten widerwilligen Zuhörens klar. Es ging um Kohle, Kohle und nochmals Kohle, dazwischen verschwanden die Investoren auf eine Prise Koks in den schwarz ausgemalten Toiletten und tauchten danach mit zuckenden Augenlidern, triefender Nase und noch abstruseren Ideen zur Belebung der schwächelnden Wintersaison auf.

Andrew war inzwischen beim »Kleinkindergeburtstag« angelangt, einem Gericht, dass es durchaus auf die Fahndungslisten des amerikanischen CIA (für »Culinary Institute of America«) schaffen konnte, so süß, fett und kalorienreich, wie es war. Eine magenverklebende Orgie aus mieser Industrieschokolade, einer mehr als bizarren Lebkuchensauce und leicht fermentiertem Schlagobers, das irgendwie nach Seetang oder zersetztem Muschelfleisch schmeckte.

Die osteuropäischen »Hurra-die-Gams«-Fans waren längst in ihren Skianzügen zum hauseigenen Nachtklub weitergestolpert, die beiden Investoren hatten sich in Begleitung mehrerer Tänzerinnen und einer Jeroboamflasche Roséchampagner in den Spa-Bereich zurückgezogen, und der versiffte Nachwuchs versuchte den reinrassigen 10.000-Euro-Mops für ein Fläschchen Poppers zu begeistern, im Rahmen einer Onlinechallenge auf *TikTok*, *Telegram* oder einem anderen sozialen Medienirrsinn. Auf dem verlassenen Tisch lag eine Serviette mit der Skizze eines Hotels, das in linkisch gezeichneten Bleistiftstrichen in Flammen stand, und auf einem zweiten Underliner waren in englischer Sprache Wörter wie Explosionen, bakterielle Infektion und Massenflucht gekritzelt.

Andrew sammelte die beiden Skizzen ein und suchte das Weite. Er hatte das Gefühl, gerade unfreiwillig Beweise gehortet zu haben. Für einen Kriminalfall, den es noch gar nicht gab. In einem Ambiente, das so einladend wirkte, wie ein Sightseeingtrip in die Hölle.

*

Im Regionalfernsehen waren Aufnahmen von der abgesackten Flexengalerie zu sehen. Experten wurden befragt, die Bewohner der nahen Ortschaft Langen interviewt und Vermutungen über die Ursachen für die gewaltige Hangrutschung geäußert: der aufgebrochene Permafrost, die heftigen Schneefälle mit dem anschließenden Warmwettereinbruch, die Klimakatastrophe und die Berge, die sich deswegen in Bewegung zu setzen begannen. Geologen berichteten über Bodenbeschaffenheiten, Meteorologen beurteilten den bisherigen Wetterverlauf, und die Wissenschaftsjournalisten versuchten die undurchsichtige Gemengelage auf den Punkt zu bringen – was zum Teufel die verdammte Hangrutschung tatsächlich ausgelöst hatte. Vielleicht hatte auch jemand nachgeholfen und Sprengsätze unterhalb der Galerie angebracht und sie aus sicherer Entfernung gezündet, aber die Menge des verwendeten Sprengstoffs hätte mehrere Tonnen ausmachen müssen, die man nicht über Nacht herbeischaffen und unbemerkt im Gelände unterhalb der Galerie deponieren konnte.

Vielleicht war alles auch nur purer Zufall gewesen, eine Verkettung unglücklicher Umstände, hatten verschiedene Fachleute vermutet. Etwas viel Zufall, entgegneten andere Meinungsbildner und wiesen auf die beinahe gleichzeitig erfolgte Tankwagenexplosion in Sankt Anton hin, vor einem aufgelassenen Hotel, das erst vor Kurzem von einem eher zwielichtigen Süditaliener aufgekauft worden war. In der ausgebrannten Kabine des Tanklastwagens hatten Feuerwehrleute die verkohlte Leiche einer zarten Person geborgen, und eine Überwachungskamera an der letzten Autobahnraststätte vor der Abfahrt zum Arlbergpass hatte tatsächlich einen Tanklastwagen erfasst, der von einem zwitterhaften Wesen gelenkt worden war: einer nichtbinären Person mit rosa gefärbtem Haar und einem schwarzen Nietengürtel um den Hals – eine Gestalt, die mehr Rätsel aufgab, als den ermittelnden Kriminalbeamten lieb war.

Wie aus dem Nichts schien der Lastwagen explodiert zu sein. Möglicherweise war aus einem Leck im riesigen Tank etwas Heizöl ausgetreten, und der diverse Lenker des Fahrzeugs hatte eine Zigarettenkippe achtlos aus dem Seitenfenster geworfen, worauf die ausgetretene Öllache Feuer gefangen und schließlich das gesamte Tankfahrzeug zur Explosion gebracht hatte – reiner Zufall? Der sich beinahe gleichzeitig mit dem Vorfall auf der anderen Seite des Arlbergs abgespielt hatte, nicht einmal 20 Kilometer weit entfernt.

Sprengelarzt Doktor Mutzl schüttelte den Kopf, schaltete den Fernsehapparat ab und sah auf die Uhr. Es war später Nachmittag, und draußen begann es zu dunkeln. Die Straßen in Lech leerten sich, die Touristen verkrochen sich in ihren Hotelzimmern oder langweilten sich an den Indoorpools um die Wette. Dass Lech für ein paar Wintertage von der Außenwelt abgeschnitten war, konnte alle paar Jahre passieren. Jedes Hotel im noblen Wintersportort hatte deshalb seine eigene Bäckerei, ein imposantes Frischwarenlager und gewaltige Reserven an haltbaren Lebensmitteln. Und trotzdem schien diesmal etwas anders zu sein als sonst. Es war nicht der Schnee, der Lech von der Außenwelt trennte, es waren zwei parallel erfolgte Ereignisse, die abgesackte Flexengalerie auf der Vorarlberger Seite der Passstraße und der explodierte Tankwagenzug vor dem stillgelegten Hotel in Sankt Anton. Dazu kam noch das Lawinenunglück vor einigen Tagen, dem der älteste Sohn der Moospichlerfamilie und sein vermögender Gast aus dem europäischen Hochadel zum Opfer gefallen waren. Angeblich hatte Moospichler junior selbst die Lawinensprengung ausgelöst, zumindest war in seinem Rucksack ein entsprechendes Gerät zur kontrollierten Fernsprengung von Schneewechten sichergestellt worden – ein Unglück? Oder doch höhere Gewalt? Am Ende gar ein Verbrechen? Und hingen all diese Vorfälle miteinander zusammen?

Doktor Mutzl rieb sich die Augen und wollte gerade sein Smartphone auf Stand-by stellen, als er einen eingehenden Anruf wahrnahm. Und dann noch einen zweiten, dritten und fünften, zehnten, zwanzigsten. Das Smartphone hörte gar nicht mehr auf zu vibrieren. Bevor der Sprengelarzt noch die erste Nummer zurückrufen konnte, pochte es bereits an der Türe, laute, verzweifelte Faustschläge gegen das eisenbeschlagene Holz. Jemand, der lauthals um Hilfe rief, ein Patient, der dringend medizinischen Beistand benötigte. Doktor Mutzl hörte ein Röcheln und Stöhnen hinter der Eingangstür, danach ein Würgen, heftiges Schlucken, gefolgt von den eindeutigen Geräuschen ungezügelten Erbrechens. Das Smartphone begann erneut zu summen, die Rufe vor der Türe wurden lauter, und kurze Zeit später war das Gebäude des Sprengelarztes von kreisendem Blaulicht umstellt.

Eine rätselhafte Infektion schien halb Lech befallen zu haben: grassierende Brechdurchfälle, heimtückisches Fieber, extreme Gelenkschmerzen, Dehydration nach minutenlangem Ausscheiden von Körpersäften aller Art – eine massive, bakterielle Infektion, vermutete Doktor Mutzl, nachdem er die ersten Opfer vor seinem Haus untersucht hatte, verunreinigte Lebensmittel, eine durchbrochene Kühlkette, Listerien vielleicht. Etwas, das die Menschen akut gefährden und bei vorliegenden Grunderkrankungen sogar hinwegraffen konnte – als ob eine Seuche wie Cholera oder die Pest direkt aus dem Mittelalter zurück nach Lech gekommen wäre. In diese kleine Walsergemeinde am westlichen Rande Österreichs, mitten in der Hochsaison, in der sich mehr als 10.000 Gäste in einem Ort von gerade einmal 1.500 Einwohnern drängten.

*

Einige als Knechte verkleidete Souschefs trieben einen bekränzten Stier mit riesiger Glocke um den Hals durch den Winterskiort, ein paar Volksmusikanten traktierten ihre Blasinstrumente, und die Touristen fotografierten und filmten, was das Zeug hielt, gierig nach weiteren Likes auf ihren Social-Media-Accounts. Andrew Stayner sah dem Treiben vom Balkon seines Hotelzimmers zu, rauchte dabei eine kubanische Zigarre und fühlte sich wie auf einem anderen Planeten, Hunderte Lichtjahre von der Erde entfernt. Ischgl kam ihm immer entrückter, bizarrer, unheimlicher vor, und manchmal warf er zwischen zwei Zügen an seiner Zigarre einen Blick auf die Zeichnungen, die auf den beiden sichergestellten Servietten ein Hotel andeuteten, das in Flammen aufzugehen schien – und eine Art Tunnel, der sich von einem Hang abgelöst hatte. Andrew hatte davon Screenshots angefertigt und seinem einzigen österreichischen Kontakt weitergeleitet, diesem pensionierten Kriminalbeamten, der in einer Seniorenresidenz seltsame Kochkurse abhielt und ansonsten die Welt da draußen nur allzu gern ihrem Schicksal überließ.

Der bekränzte Stier wurde einmal um einen aufgestellten fahrbaren Spieß getrieben und danach unter lautem Gejohle hinter einen Schuppen namens *Champagnerhütte* gelockt, wo – wie Andrew zuvor herausgefunden hatte – ein mobiler Schlachtschussapparat stand. Ein dumpfer Knall, und die Show war für den massiven Stier gelaufen, ein Vier-Hauben-Koch aus dem Montafon stach dem hingerichteten Tier mit einem Champagnersäbel in den Hals, ließ den Hunderte Kilo schweren Körper ausbluten und hievte ihn mithilfe einiger Skilehrer, Kellner und zufällig vorbeikommender Urlauber auf einen riesigen Spieß. Mindestens 24 Stunden lang musste der Stier über offenem Feuer schmoren, bis am nächsten Abend zum kulinarischen Showdown gerufen werden konnte, zur feierlichen Zerlegung des edlen Tieres, während einer Zeremonie, die an aktionistische Opferungen in Prinzendorf oder an Kunstinterventionen an der Wiener Universität in den späten 70er-, 80er-, 90er-Jahren erinnerte. Andrew Stayner hatte in Politikwissenschaft über den österreichischen Aktionismus promoviert, ohne auch nur ein einziges Mal in der Alpenrepublik gewesen zu sein.

Erst jetzt fiel es ihm ein, wie eng er während seiner Recherchen mit Österreich verbunden gewesen war, obwohl seine gesamte Doktorarbeit auf nichts als Annahmen und Theorien beruhte. Sein Doktorvater in Cambridge war dennoch begeistert gewesen und hatte Andrew eine bedeutende Universitätskarriere prophezeit, aber schließlich war der promovierte Philosoph von seinem Vater in die Redaktion des *Guardian* gesetzt worden, um vom schweren Alkohol und den leichteren Drogen herunterzukommen. Das Journalistenleben hatte Andrew Stayners aufgeschwemmten Anarchistenleib in eine imposante barocke Erscheinung verwandelt, nach der sich die Leute halb bewundernd, halb neidisch umdrehten: eine Art Wiedergänger Oscar Wildes, dem die Bonmots wie in die Luft geschossene Konfettischnipsel zuflogen. Auf jeden Fall jemand, der Karriere wider Willen gemacht hatte, der in Talkshows auftrat und mit hochkarätigen Persönlichkeiten um die Wette parlierte.

Der Rückflug nach London war für übermorgen geplant, aber Andrew hatte keine Lust, Ischgl ohne Weiteres den Rücken zu kehren. Vielleicht konnte er jemanden bei der BBC dazu überreden, eine Talkshow aus dem Tiroler Wintersportort zu übertragen, unter Mitwirkung des Österreichischen Rundfunks, der im Westen Österreichs bestimmt ein komplett eingerichtetes Studio oder mobile Übertragungswägen besaß.

Andrew Stayner wählte ein paar Nummern aus seinem Adressbuchverzeichnis, verlangte diesen oder jenen Bereichsleiter zu sprechen, skizzierte in schnellen Sätzen seine Ideen zu einer Diskussionsrunde mit durchgeknallten Köchen, entrückten Hoteliers und vielleicht sogar diesem Getränkevertreter, der in Wirklichkeit Koch oder Bildhauer oder Kunstmaler war, der mit neun Jahren von der Empore einer Tiroler Dorfkirche gefallen war und seitdem die verrücktesten Ideen ersann und großformatige Bilder hart an der Grenze zum Wahnsinn produzierte.

Innerhalb weniger Stunden hatte Andrew Stayner seine Vorstellungen durchgebracht, die Satellitenverbindungen zwischen London, Wien und Innsbruck begannen zu glühen, und kurz vor Mitternacht stand fest, dass nach einem Ski-Weltcup-Rennen in Sankt Anton zwei Fahrzeuge des Österreichischen Rundfunks nach Ischgl abkommandiert werden würden, um aus dem aufgelassenen Nachtklub *Postillion* die nächste Folge von *Kitchen Madness* erstmals außerhalb von Großbritannien zu übertragen – eine echte Premiere in der Geschichte der beliebten Kochsendung.

Andrew musste noch seine Frau überreden, eine zusätzliche Woche auf seine Rückkehr zu warten. In der Zwischenzeit bei *Selfridges* etwas Schmuck einzukaufen und ein paar Kisten Champagner zu ordern. Carol war wie erwartet sauer gewesen, aber gab dann schließlich doch nach, weil sie wusste, wie sehr Andrew seinen äußerst einträglichen Job liebte. Nachdem ihr Mann aufgelegt hatte, starrte Carol minutenlang die bunten Apps auf dem Display ihres Smartphones an und überlegte, mit welcher ihrer Lieblingsfreundinnen sie zur einer Rache-Shoppingtour aufbrechen würde – am nächsten Samstagnachmittag, der Andrews schwarze Kreditkarte bis an die Grenze der Belastbarkeit bringen würde. Am besten, sie stachelte die beiden Kinder ebenfalls zu einem digitalen Einkaufsrausch an, der es wert sein würde, in der Familiengeschichte der Stayners samt allen kostspieligen Details festgehalten zu werden.

Andrew beugte sich über die Reling seines Balkons und spürte den Regen, der in dichten Fäden auf Ischgl herabfiel. Seit ein paar Tagen war eine feuchtwarme Strömung von Westen her in den Alpenraum eingedrungen, die alle Pisten aufweichte und den zuvor gefallenen Schnee in unansehnlich graue Matschfelder verwandelte. Rund um den gewaltigen Drehspieß standen einige Passanten herum, tranken ab und zu etwas Hochprozentiges aus ihren Flachmännern und schienen Totenwache zu halten, während der Koch mit den langen blonden Haaren lautstark Anweisungen für den sachgemäßen Umgang mit dem schmorenden Stier auf dem Drehspieß gab, in einem Dialekt, den außer ihm kaum jemand verstand. Der einsetzende Regen vertrieb langsam die neugierigen Gaffer, und bald würde außer den Küchenschergen niemand mehr zugegen sein, in dieser viel zu warmen Regennacht, die den Winter in ein satirisches Gegenbild verkehrte – in eine feuchtwarme, geradezu mediterran anmutende Dunkelheit mitten im Januar.

*

»Ich habe noch immer diesen Blumenkohlgeschmack im Mund«, gestand Richter Alfons, während er Harald half, die produzierten Fonds in bunte Vorratsboxen zu füllen. Aus Gemüse- und Hühnerknochen sowie von Gans-, Kalbbis hin zu Rinderkarkassen hatten die Mitglieder des Kochkreises Dutzende Liter dampfender Brühe hergestellt, die jetzt noch abgefüllt und in den Laden eines gewaltigen Gefrierschranks der Seniorenresidenz gebunkert werden mussten.

»Dieser Blumenkohl kann einem zu nahetreten wie ein anstößiger Witz«, setzte der ehemalige Vorsitzende des Verwaltungsgerichtshofes nach und fixierte die Deckel der bunten Vorräteboxen. Beschriftete penibel die Etiketten darauf und versah alles mit dem Datum des heutigen Tages.

»Kandierter Blumenkohl«, seufzte er dabei resigniert, »das wäre wirklich nicht notwendig gewesen. Karfiol als Vorspeise, für Suppen und auch als vegetarisches Hauptgericht – gerne. Aber als Dessert und in den Petits Fours – geradezu obszön, dieses Vorhaben.«

»Deshalb hat das Menü auch ›Cauliflour Gang Bang‹ geheißen«, lächelte Harald Selikovsky und verstaute einen Stapel der bunten Plastikboxen im mächtigen Gefrierschrank der Lohberger Küche, »es war doch nur ein Experiment oder eine kulinarische Studie, die alle Sinne betören sollte.«

»Malträtieren wäre der bessere Ausdruck dafür«, grinste Richter Alfons und gestand, er habe vor lauter Blumenkohl den Geschmackssinn verloren. Zumindest schmecke er gegenwärtig in jedem Gericht Blumenkohl heraus, sogar in einem Schokoladecroissant oder im Germknödel von gestern Abend, »apropos malträtiert, du hast mir diese beiden gescannten Aufnahmen geschickt …«

»Ganz recht«, nickte Harald Selikovsky und lehnte sich gegen die Nirosta-Arbeitsplatte der gewaltigen Küche, »die zwei Skizzen hat Andrew Stayner im Fine-Dining-Bereich eines Ischgler Hotelrestaurants eingesammelt und mir per E-Mail übermittelt.«

»Leider primitive Hervorbringungen nicht besonders begabter Mitbürger«, rümpfte Richter Alfons die Nase und rückte die Nickelbrille zurecht, »die Skizze eines Lkws, der in Flammen steht, und eine Art Hütte, die einen Hang hinuntergerutscht ist. Na und?«

Der ehemalige Vorsitzende des Verwaltungsgerichtshofes blickte Harald Hilfe suchend an: »Ich kann da nichts Befremdliches erkennen, außer nun ja, die eher linkische Art der hingekritzelten Darstellung.«

»Fällt dir gar nichts auf?«, fragte Harald nach und kniff die Augen zusammen, »Die abgesackte Flexengalerie, die Tankwagenexplosion vor dem aufgelassenen *Mooserkreuz-Hotel* in Sankt Anton und die darunter angeführten Wörter wie ›Bakterielle Infektion‹, ›Massenflucht‹, ›Imageschaden‹ und vor allem ›Business Opportunities‹. Schau gefälligst die neuesten Nachrichten an«, nickte der ehemalige Kriminalbeamte zu einem eingeschalteten Flatscreen hinüber, auf dem verstörte Touristen, ein entgeisterter Bürgermeister und hilflose Polizeibeamte zu sehen waren.

Im Ticker darunter lieferten sich die neuesten Meldungen wilde Duelle: »Panik in Lech« – »Salmonelleninfektion oder Listerienausbruch?« – »Schon mehrere 100 Fälle gemeldet, Brechdurchfälle, Fieberschübe und lebensbedrohliches Organversagen en masse«.

»Und das in einem Ort, der gerade von der Außenwelt abgeschnitten ist. Der Apotheker des Ortes wurde bei einem Bordellbesuch in Bludenz ertappt und in aller Eile mit dem Heereshubschrauber nach Lech geflogen. Ein Ort im Aufruhr, im Chaos – und ganz sicher das Ende der Wintersaison. Erst die beiden Lawinentoten, dann die abgesackte Flexengalerie, der explodierte Tankwagen und jetzt auch noch diese grassierende Infektion. Die Gäste werden auf der Stelle abreisen wollen. Man versucht gerade, die im Winter gesperrte Straße nach Warth mit Schneefräsen freizubekommen. Die Leute wollen nur weg. Der Imageschaden für Lech muss enorm sein.«

»Wovon vielleicht andere profitieren könnten«, flüsterte Richter Alfons leise und sah sich nach allen Seiten um, gewisse Verdächtigungen konnten in diesem Bundesland lebensgefährlich sein. Auch wenn sie in der Betriebsküche der Seniorenresidenz *Hoher Ausblick* formuliert wurden. Vielleicht gerade hier. Und sehr wahrscheinlich deswegen.

»Die beiden Skizzen wurden in Ischgl gefunden. Auf dem Tisch einer Hotelierfamilie, die schon bessere Zeiten erlebt hat. Ob jemand aus deren Dunstkreis mit den Vorfällen in Lech zu tun haben könnte?«

»Wir haben nur Anhaltspunkte, keine Beweise«, pflichtete Richter Alfons bei, »diese Aufnahme von der sogenannten Drohne, die beiden gescannten Serviettenbilder, die auch Kinder oder Halbwüchsige gemacht haben könnten. Vielleicht hat ein gelangweilter 14-Jähriger beim Abendessen diese verdammten Zeichnungen angefertigt und ein paar Vokabeln vom Nebentisch aufgeschnappt. Ich kann mir nicht vorstellen, dass hinter den Vorfällen tatsächlich eine kriminelle Absicht steckt, mein lieber Kollege von der Mordabteilung, ich glaube eher, die Fantasie geht mit uns allen durch, es wird Zeit für unseren abendlichen Drink an der Lobbybar, ich überlege mir, diesen neuen Cocktail auf der Barkarte zu bestellen, einen sogenannten ›Seelbach‹.«

»Du hast auch schon mutiger geklungen«, seufzte Harald und zeichnete mit dem Zeigefinger der rechten Hand kleine imaginäre Quadrate auf die Nirosta-Arbeitsplatte, »bei der Aufnahme meines Patenkindes wolltest du noch Himmel und Hölle in Bewegung setzen, hast den Bürgermeister von Sankt Anton über den Verkauf des aufgelassenen *Mooserkreuz-Hotels* ausgefragt, und jetzt verziehst du dich kleinlaut an die Bar und bestellst einen Drink aus starkem Bourbon, übertrieben vielen Dashes aus Peychaud- und Angosturabitter, aufgefüllt mit perlendem Schaumwein. Du weichst aus, kommst vom Thema ab und kollerst einen Abhang aus Ausreden herunter.«

»Wir sind hier in Tirol«, flüsterte Richter Alfons und wischte mit einem Stofftaschentuch die Schweißperlen auf seiner hohen Stirn ab, »da sind schon Leute aus nichtigeren Anlässen umgebracht worden. Ich habe keine Lust, vor der Zeit gehen zu müssen. Apropos, Burgi wurde auf die Krankenstation verlegt. Es sieht gar nicht gut aus«, flüsterte Alfons, legte seine Kochschürze ab und schritt bedächtig zum Lift Richtung Hotellobby hinüber. »Ich glaube, ein Drink wird uns beiden guttun, Harald. Einen ›Seelbach‹ für mich, und diesen neuen ›Alpenkönig‹ für dich, einen Cocktail mit Irish Whiskey, Walnusslikör, Cointreau und einer kunstvoll geschnitzten Orangenzeste. Genau das Richtige für verregnete Tage. Auch das Leben von pensionierten Richtern und Kriminalbeamten kann ein Fest sein. Über das profane Leben da draußen sollen sich die jüngeren Kollegen den Kopf zerbrechen.«

Harald verstaute die restlichen Plastikboxen mit den Fleischfonds in den untersten Laden des Gefrierschranks, wischte noch einmal mit einem feuchten Tuch über die Nirosta-Tischplatte und löschte das Licht in diesem Teil der gewaltigen Küche. Auf der anderen Seite der riesigen Küchenlandschaft bereitete der ehemalige Souschef eines Luxushotels das Abendessen für die Insassen der Seniorenresidenz vor, die Kochtöpfe brodelten, die Bratpfannen zischten, und ein paar junge Lehrlinge rissen derbe Scherze über den Hintern ihrer Kochlehrerin in der Tourismusfachschule – das Leben, so bieder, banal und pubertär wie es hier auf 1.000 Metern Seehöhe war, abseits von großen Katastrophen, düsteren Eilmeldungen und dem Wetterbericht, der die nächste Warmfront ankündigte. Mit Temperaturen weit über zehn Grad plus, ausgerechnet im tiefsten meteorologischen Winter.

*

Vor der noch immer gesperrten Straße Richtung Warth warteten mindestens 100 Pkws auf die Freigabe der inzwischen geräumten Fahrbahn. An der Spitze der Kolonne stand ein Polizeifahrzeug der Inspektion Lech mit kreisendem Blaulicht, und der junge Revierinspektor Mutzl junior hörte den Anweisungen seines Warther Kollegen auf der anderen Seite der gesperrten Straße zu, noch zehn Minuten bis zur Freigabe, vielleicht auch nur fünf.

Inspektionskommandant Scholz schaltete den Motor seines Einsatzfahrzeugs ein und bewegte den Wagen langsam auf die noch immer geschlossene Schranke zu, neben der ein gelbes Warnlicht in regelmäßigen Abständen aufleuchtete.

»In einer Minute sind wir startklar«, schnarrte eine heisere Stimme aus dem Funkgerät. Revierinspektor Mutzl hob den rechten Damen Richtung seines Vorgesetzten, öffnete die Beifahrertür und schwang sich auf den leeren Sitz neben dem Fahrer.

»Okay, es wird jeden Augenblick losgehen.«

Ganz langsam hob sich der Schranken, ein paar Touristen warfen eine hastig leer getrunkene Plastikflasche auf die schneebedeckte Fahrbahn und verschwanden so schnell es ging in ihren Karossen. Weiter hinten war erleichtertes Hupen zu hören. Auch Moospichler senior setzte seinen alten Mercedes in Bewegung, die Schneeketten an den Antriebsrädern drehten etwas durch und einige Sekunden lang schlingerte der Wagen in der langsam anfahrenden Kolonne dahin, bevor der Seniorchef des *Alpenpost-Hotels* wieder die Herrschaft über sein Fahrzeug erlangte. Sein Augenlicht wurde schwächer, das Gehör ließ nach und auch auf die Beweglichkeit seiner Beine war immer weniger Verlass. Schon seit einiger Zeit hatte er das Gefühl, nicht mehr lange zu leben. Seine Zeit war abgelaufen, und seit er seinen ältesten Sohn im Dorffriedhof von Lech beerdigt hatte, war Moospichler senior endgültig überzeugt, demnächst selbst in der gefrorenen Erde zu liegen, von sechs Eichenholzbrettern umschlossen, für die Ewigkeit weggesperrt, in seinem besten schwarzen Anzug bereit, von Würmern und Wühlmäusen gefressen zu werden.

Mehr als 80 Jahre lang hatte der Seniorchef des Fünfsterne-Superior-Hotels in Lech zugebracht, unterbrochen von wenigen Studienreisen in andere hochkarätige Wintersportorte wie Davos, Wengen, Gstaad, Courchevel oder Val d'Isère, in denen die Hotellerie weitaus früher als Lech dem Luxus verpflichtet gewesen war, mit ihren gigantischen Investitionen in neue Küchenlandschaften und erweiterte Wellnessbereiche, unter der Maxime, den betuchten Gästen noch besseren Service zu immer höheren Preisen zu bieten.

Zu seinem 70. Geburtstag hatte Moospichler senior den Betrieb an seinen ältesten Sohn übergeben, der das Hotel noch weiter ausgebaut, vergrößert und luxuriöser gemacht hatte, jener Florian, der nun in der gefrorenen Lecher Erde lag, während das Hotel vorübergehend von seiner Witwe weitergeführt werden würde, mithilfe des jüngsten Moospichlersohnes, der gerade Tourismus und Betriebswirtschaft an der Universität von Marseille studierte und schon eher Franzose als Walser war, ein weltgewandter junger Mann, der fließend in mehreren Sprachen parlierte.

Wie immer es mit der Führung des Hotels weitergehen mochte, Moospichler senior fühlte sich zu schwach, um sich selbst darum kümmern zu können. Er hatte die *Alpenpost* von einer besseren Jugendherberge zum hochpreisigen Sporthotel aufgebaut, ohne viel Fremdkapital in die Hand genommen zu haben, er war immer liquide gewesen, mehr als das: Der Cashflow des *Alpenpost-Hotels* hatte auch die hartnäckigsten Analysten und Controller in den Regionalbanken beeindruckt. Man konnte auch mit ehrlichem Einsatz im Tourismus sehr gutes Geld verdienen, ohne andere Menschen dafür auszubeuten oder Touristen wie Stopfgänse auszunehmen, man musste nur etwas bieten und konnte dann dafür etwas haben – so einfach war Moospichlers Rechnung gewesen, die eigentlich immer aufgegangen war, von der einen oder anderen Fehlinvestition abgesehen, die ebenfalls zu einem erfolgreichen Unternehmerleben gehörte.

Moospichler senior schaltete das Autoradio ein und hörte den Nachrichten zu. Die Klimakatastrophe, die kaum in den Griff zu bekommenden Kriege, das Scharmützel in Lech, die Hangrutschung, die Tankwagenexplosion, die grassierende bakterielle Infektion, die nach Expertenmeinung binnen weniger Tage abklingen würde – der Image-schaden war trotzdem angerichtet, und die Gäste reisten in Scharen aus Lech ab. Eine dramatische Massenflucht, die obendrein von zahlreichen Journalisten, Fernsehkameras und Radioreportern festgehalten und in alle Welt hinaus kommuniziert wurde. Die Saison, die so vielversprechend begonnen hatte, war ruiniert. Sogar wenn eine neuerliche Kaltfront meterhohen Neuschnee brächte, würden die Gäste kaum zurückkehren, es sei denn, Lech ging mit den Preisen herunter, lockte dadurch minderes Publikum an und ruinierte damit sein Image als nobler Wintersportort.

Moospichler senior seufzte und bog in Warth nach links Richtung Schröcken und Bregenzer Wald ab. Da er im *Alpenpost-Hotel* sowieso nur noch für das Frischgebäck und für die Schnittblumen zuständig war, hatte ihn die Witwe seines ältesten Sohnes gebeten, die nächsten Tage im Familienchalet im Bregenzer Wald zu verbringen. Dort würde er etwas Abstand zum erlittenen Schicksalsschlag gewinnen und näher bei seiner Ehefrau sein, die in einem noblen Pflegeheim bei Bezau in einem Intensivbett lag. Seit Jahren starrte sie mit ihren bergseeblauen Augen ins Nichts, runzelte höchstens die faltig gewordene Stirn und erkundigte sich nach dem Verbleib von Personen, die seit einem halben Jahrhundert tot waren: nach einem Lecher Dorfpfarrer aus der frühen Nachkriegszeit, ihrem Volks-schullehrer und den Dienstmägden jenes Damülser Bauern-hofes, in dem sie aufgewachsen war, nach einem Greißler, einem Gastwirt und einer Wahrsagerin, die alle seit vielen Jahren tot und vergessen waren, außer in der ausgepräg-ten Demenz der Hospizpatientin, die sich an letzte Bruch-stücke einer Gegenwart klammerte, die nicht einmal mehr Vorvergangenheit war.

»Wie geht es dir, Kathi?«, fragte Moospichler senior mit brüchiger Stimme, nachdem er ins Zimmer seiner Frau getreten war, »ich muss dir ein paar schlimme Dinge mitteilen: Unser ältester Sohn ist vorige Woche bei einem Lawinenunglück ums Leben gekommen, dazu noch ein höchst prominenter Gast unseres *Alpenpost-Hotels*, und als ob dies nicht genug wäre, ist auch die Flexengalerie in die Tiefe gesackt, in Sankt Anton drüben ging ein Tanklastwagen im Flammen auf, und bei uns in Lech grassiert eine bakterielle Infektion, die wenigstens mich verschont zu haben scheint. Die Wintergäste reisen in Scharen ab, und die Einzigen, die sich darüber freuen, sind höchstwahrscheinlich die Kollegen in Ischgl.«

»Florian«, glaubte Moospichler senior schwach aus dem Mund seiner bettlägerigen Frau zu hören, »unser Florian, das war doch der Pfarrer von Innerbraz, den eine Soldatenkugel erwischt hat ...« – was danach kam, war nur noch undeutliches Murmeln. Moospichler senior fasste nach dem dünnen, fleckigen Arm seiner Gattin und begann ihn sanft und doch nachdrücklich zu streicheln. Die Zuneigung zu Kathi war immer noch da, das Begehren, diesen Arm, diese Hände, diese abgemagerten Finger zu berühren, zu liebkosen, nicht nur für wenige Minuten, auch für den halben Nachmittag und den darauffolgenden Abend lang, bis die Sonne hinter den Bergrücken des Bregenzer Waldes verschwunden war und die Nacht über die Landschaft hereinbrach und die Bauernhöfe, Handwerksbetriebe, die Dorfkirche und die wenigen Hotels wie eine unsichtbare Lawine verschlang.

7
FÜNFTER STOCK

Alginat, Kalziumlaktat, entsalztes Wasser, zwei oder drei Laborspritzflaschen mit größerer Öffnung, nicht zu vergessen ein Vakuumiergerät und die Betriebsanleitung zum Pacojet in der Seniorenresidenzküche – Harald Selikovsky hatte Großes vor. Das amateurhafte Garen und Anbraten diverser Filetstücke oder bemehlter Gemüsescheiben würde künftig Anleihen aus der Molekularküche weichen: Harald wollte mehr als nur ein bemühter Hobbykoch sein, er hatte Lust bekommen, bunte Geleebällchen mit flüssigem Innenleben zu kreieren. Oder Gemüsepürees, die mit Molkeschaum unterlegt waren. Kleine, kulinarische Kunstwerke auf ebenfalls neu anzuschaffenden Tellern drapiert, eine Avantgardeküche, die nicht nur in der Seniorenresidenz *Hoher Ausblick* bislang unbekannt war.

Der ehemalige Kriminalbeamte blickte über die beeindruckende Amazonbestellung auf dem Laptop hinweg zum Fenster seiner Suite im fünften Stockwerk hinüber. Seit ein paar Tagen spielte das Wetter wieder verrückt und wechselte zwischen Schneestürmen, Wintergewittern samt rasant einsetzendem Tauwetter und anschließender Minieiszeit hin und her. Harald Selikovsky hatte seinen besten schwarzen Anzug aus dem Schrank geholt, sich ein weißes Hemd übergestreift und eine schwarze Lederkrawatte umgebunden. Nervös wie ein Kandidat vor der mündlichen Matura wartete er auf Richter Alfons, der, wahrscheinlich ebenso formal gekleidet, in wenigen Augenblicken an die Zimmertüre klopfen würde, um gemeinsam zu Burgis Begräbnis nach Imst hinüberzufahren, in einem dieser Carsharing-Wägen, die den Insassen der Seniorenresidenz *Hoher Ausblick* zum freien Gebrauch zur Verfügung standen.

Rasch fügte Harald noch einen Kilo Ascorbinsäure, jeweils 50 Gramm Gellan und Kappa-Carrageen zu seiner digitalen Bestellung hinzu und fühlte sich für kommende Aufgaben wie den Tomaten-Tsunami an gewürfelter Gemüsesuppe und einem gewagten Mozzarella-Airbrush gerüstet. Beinahe vergnügt drückte er den Enterbutton, wurde an die virtuelle Kassa der Onlineplattform weitergeleitet, tippte seine Kreditkartennummer ein und fühlte sich rundum glücklich: ein zufriedengestellter Konsument, der endlich die gesuchten Produkte ergattert hatte, ideal für die neuen Kochkreisherausforderungen mit den kommenden Monatsthemen »Steckrübe«, »Rhabarber« und die weiße und grüne »Spargelsauerei« Mitte April. Wenn der Schnee auf der Terrasse der Seniorenresidenz geschmolzen war und die wärmere Jahreszeit zurückkehren würde, mit frühen Hitzewellen, Wolkenbrüchen und einem ersten Tornado im Tiroler Unterland zwischen Kirchberg und Kitzbühel.

An der Türe waren Klopf- und Kratzgeräusche zu hören, Richter Alfons stand vor der kunstvoll geschnitzten Eichenholzpforte und spielte eine ausgesperrte Katze, die an der Tür scharrte und dabei kläglich miaute. Es war nett, einen verschrobenen Kauz wie Alfons an seiner Seite zu haben, schließlich war das Leben in einer Seniorenresidenz mäßig aufregend, wenn man von den wenigen Neuzugängen und den düsteren Abschiedszeremonien in einer ehemaligen Küchenkühlkammer absah.

Aufgrund der geografischen Abgeschiedenheit des ehemaligen Luxushotels kamen nur wenige Besucher vorbei: Haralds frühere Ehefrau Elke mit ihrer ebenfalls bereits in Pension gegangenen Partnerin Marianne zum Beispiel, einmal im Jahr auch Haralds einziger Sohn Simon, der vor Kurzem Generalmusikdirektor der Dresdner Semperoper geworden war, zusammen mit seinem Sohn Brendan, einem hübschen aufgeweckten Jungen, der wie seine Eltern eine Vorliebe für das Musizieren besaß – eine ganz besondere Freude für alle, die den Jungen auch nur oberflächlich kannten.

»Ich komme«, rief Harald der geschlossenen Tür mit dem dahinter miauenden Katzenrichter entgegen, schloss seinen digitalen Einkauf ab und schlüpfte in das schwarze Sakko jenes Anzugs, in dem er selbst einmal begraben werden würde – genauso wie Burgis Leiche jetzt in festlichster Tracht in der Aufbahrungshalle lag, gleich neben der Imster Dorfkirche und dem Vier-Sterne-Hotel *Zum Goldenen Hirschen*.

Ein offenes Grab zwischen der schroffen Kirchenmauer und der meterhohen Umfriedung, die mehrere 100 Kreuze und Gedenksteine vor der Welt der Lebenden schützte. Immer noch hohe, nassgraue Schneehaufen lagen um eine ausgehobene Grube herum, die zwei Meter lang, anderthalb Meter tief und vielleicht 60 Zentimeter breit war, gerade groß genug für den Sarg, in dem Burgi binnen weniger Minuten der Ewigkeit übergeben werden würde: begleitet vom Gemurmel eines fülligen Diakons, einem halbwüchsigen Ministranten mit entzündeten Augen, der die Nacht zuvor in der örtlichen Diskothek verbracht hatte, dem abwesend dreinblickenden Gemeindesekretär, den der Imster Bürgermeister als Vertretung geschickt hatte, und den beiden Freunden Richter Alfons und Harald Selikovsky aus der Seniorenresidenz *Hoher Ausblick*.

Die alleinstehende, pensionierte Richterin war sonst niemandem im Ort abgegangen, mehr als diese fünf Leute wohnten dem armseligen Leichenbegängnis nicht bei. Der Diakon nuschelte die Einsegnungsworte wie einen Rosenkranz herunter, der Ministrant auf Restalkohol hielt sich am schwarzen Holzkreuz fest und kotzte dazwischen einen Schneehügel voll, und Richter Alfons und Harald versuchten, angemessen betreten dreinzusehen, mit manchmal kaum verhohlenem Grinsen über die drei anderen Anwesenden, den schwammigen Diakon, den Ministranten mit Restalkohol und den Gemeindesekretär, der sich auf *WhatsApp* gerade ein geheimes Date mit einer alleinstehenden Hausfrau in der Umgebung ausmachte. Hinter einem schwarzen Grabkreuz parkte ein bizarres Kettenfahrzeug in Schockorange, umringt von vier Angestellten der örtlichen Bestattung, die ungeduldig auf das Hinablassen des Sarges in die gefrorene Imster Erde warteten und sich die Zeit bis dahin mit Erörterungen zum Klassenverbleib des FC Wattens in der Fußballbundesliga vertrieben

»… übergebe ich den Leib unserer Mitbürgerin Magistra Burghild Unterguggenberger geborene – nein, verdammt«, unterbrach sich der nuschelnde Diakon, »sie war gar nicht verheiratet, ich korrigiere also: ledig gebliebene Unterguggenberger der Imster Erde, in der tröstlichen Aussicht, uns am jüngsten Tage wiederzusehen, vor dem Antlitz unseres ewigen Richters und Herrn, im Namen des Vaters, des Sohns und des Heiligen Geistes.«

Die vier Bestattungsangestellten zertraten ihre Zigarettenkippen, gingen zu den Gurten neben Burgis Sarg hinüber und ließen das Endzeitmöbel, begleitet von einem letzten Gebet des Diakons und den leisen Kotzgeräuschen des Ministranten, in die gefrorene Erde hinunter, dunkel und unumstößlich endgültig, wie die Ewigkeit nun einmal war.

*

In den höheren Etagen der BBC und dem Österreichischen Rundfunk liefen die Telefone und der E-Mail-Verkehr heiß, aber nach einigem Hin und Her war die Zusammenarbeit binnen weniger Tage beschlossen. Andrew Stayners Talkshow *Kitchen Madness* würde zum ersten Mal seit ihrem Bestehen von außerhalb des Britischen Königreiches übertragen werden, und zwar direkt aus Ischgl. Der örtliche Tourismusverband drehte durch vor Begeisterung, weil sich die Einladung des einflussreichen Restaurantkritikers offenkundig ausgezahlt hatte und der ehemalige Winterhotspot endlich wieder in die Auslage gestellt werden konnte, um sich vor aller Welt in gewohnter Weise zu prostituieren.

Da der Österreichische Rundfunk wegen ausstehender Lizenzgebühren oder eines abhandengekommenen Godzillakostüms in der Schuld der British Broadcasting Company stand, gingen die Vorbereitungen schneller als üblich voran. In wenigen Stunden bereits würden sich die Übertragungswägen nach einem Weltcupskirennen im nahen Sankt Anton Richtung Ischgl in Bewegung setzen und vor dem *Post-Hotel* in der Fußgängerzone abgestellt werden. Die Aufzeichnung der Talkshow sollte in der vorübergehend stillgelegten Diskothek namens *Postillion* erfolgen, ein von Plastikplanen und Spinnweben überwuchertes Lokal, dessen Einrichtung Andrew Stayner an die altertümliche Geisterbahn im englischen Seebad Brighton erinnerte. Ein örtliches Technikerteam, das für das großspurige Opening und die noch wildere Closingparty in Ischgl ständig vor Ort war, würde einige Scheinwerfer platzieren, damit die heruntergekommene Hütte im Fernsehen akzeptabel aussehen würde, »*dramatisch cool*«, hatte der langhaarige Blondschopf vom Tourismusverband mehrmals betont und mit seinen riesigen Pranken Luftfiguren in die stickige Luft der riesigen Abstellkammer gezeichnet. Die Techniker des Österreichischen Rundfunks waren gewohnt, in aller Eile Reporterkabinen, mobile Fernsehstudios oder schnell operierende Kameraeinheiten aufzubauen, schließlich pendelten die beiden Übertragungswägen zwischen Ende Oktober und Mitte April ständig im österreichischen Alpenraum herum und ermöglichten dadurch die zahlreichen Liveberichte vom alpinen wie dem nordischen Skilauf, oftmals in Disziplinen, die Andrew Stayner nicht einmal vom Hörensagen kannte, in denen aber die Alpenrepublik mindestens einen Europameister oder zwei Olympiachampions stellte.

Das Einzige, was Andrew noch fehlte, war eine endgültige Teilnehmerliste für seine Talkshow, wie immer das allerschwierigste Unterfangen. Kaum war die Übertragung des britischen Quotenbringers auch nur in Ansätzen bekannt geworden, drehten die hiesigen Platzhirsche durch und röhrten so laut es ging um die wenigen zu vergebenden Teilnehmerplätze. Andrew Stayner fühlte sich wie damals mit 14, als er seine Kumpel und – noch viel wichtiger – potenzielle Freundinnen zu seiner ersten richtigen Party einladen durfte: Diesen oder jenen Schulkameraden musste er dabeihaben, weil nur seinetwegen die wirklich coolen Mädchen zusagen würden, die Eltern wollten dagegen nur die langweiligsten Idioten der Klasse anrücken lassen, da sie mit deren Eltern seit Jahrzehnten befreundet waren – das Einladungsprozedere schien schon immer kompliziert gewesen zu sein.

Auf den ersten Blick war Andrews Teilnehmerliste eindeutig: Die vier Küchenchefs, in deren Lokalen er diniert hatte, mussten berücksichtigt werden, dazu noch der koksende Obmann des Tourismusverbands, der den britischen Starjournalisten nach Ischgl gelotst hatte. Aber den Bürgermeister, den Vorsitzenden der Ischgler Bergbahnen, den lokalen Sprecher der Übernachtungsbetriebe und den Betriebsleiter für die Pistenpräparierung, den Dorfpfarrer, den medizinischen Leiter der Notambulanz und andere lokale Koryphäen mehr – also wirklich. Andrew füllte lange Listen mit Namen, strich wieder alle durch, warf den vollgeschriebenen Zettel weg, nahm einen neuen zur Hand und betrank sich dabei mit etwas Roséfarbenem aus der Minibar. Irgendwie hatte er das Gefühl, mindestens 800 Leute einladen zu müssen. In einer aufgelassenen Geisterbahn, die mit 80 Personen schon überfüllt war.

Am Ende beschied er sich doch mit fünf Teilnehmern, nicht mehr. Drei Küchenchefs hatten zusagt, der vierte schien überraschend krank geworden sein und würde von seinem Chef ersetzt werden, dem verwegenen Greis mit wallendem weißem Haar, dessen Vater den Bau der ersten Seilbahn in Ischgl initiiert hatte und nun als Bronzestatue neben der Talstation für die nächsten 100 Jahre vor sich her dümpeln musste, dazu den blonden Tourismusobmann – und Schluss. Der blonde Spirituosenvertreter hatte von seinem Unternehmen ein striktes Rede- und Auftrittsverbot erhalten, da Statements in den Medien – ob sozial oder nicht – ausschließlich den Prinzessinnen aus dem Marketingbereich oblagen.

Was zuletzt noch fehlte, war ein Übersetzer, der Andrews griffige Fragen ins Gegenwartsdeutsche übersetzen würde – und aus dem hochalpinen Gebrabbel retour in ein Englisch, das auch dem Channel-Two-Publikum der BBC zugemutet werden konnte. Sogar dafür zauberte der Übertragungsleiter des Österreichischen Rundfunks eine Lösung aus dem Hut, in Gestalt der eigenen Tochter, die in Bologna Sprachwissenschaft studierte und wie höchstens 16 Jahre aussah, dafür ganzkörpertätowiert war und das Englisch der Einwohner von Manchester beherrschte, mit gutturalen Untertönen versehen, die noch ein wenig ihre Herkunft aus dem Tiroler Oberland verrieten.

Wenn jemand gemeinsam mit Andrew Stayner als eloquenten Talkmaster diese Meute alpiner Gastlichkeit bändigen konnte, dann diese junge Frau, die zweifache Europameisterin im Snowboardfahren war und über einen IQ von mindestens 150 Punkten verfügte, eine unglaublich sympathische Erscheinung, die todsicher innerhalb weniger Jahre eine steile Karriere wo auch immer hinlegen würde. Im Österreichischen Rundfunk. In der Hitparade. Einem grünen Energiekonzern. Oder einem anderen Unternehmen, das nachhaltig, ressourcenbewusst und divers ausgerichtet war – genau wie die junge Dolmetscherin vor Andrews staunenden Augen. Er fragte sich, ob er Denise Obernosterer nicht gleich an die BBC vermitteln oder zumindest in die Auslandsredaktion des *Guardian* weiterreichen sollte, aber Denise lächelte ihn nur freundlich an und antwortete, dass sie schon allein ihren Weg machen würde, außerdem wären nächstes Jahr noch die Weltmeisterschaften im Snowboarden auf dem österreichischen Kreischberg, da wolle sie noch ein oder zwei Goldmedaillen abstauben – erst danach sähe sie weiter.

Mit dem Eintreffen der jungen Dolmetscherin war Andrew Stayners Küchentalkshow vollzählig geworden. Da ein Probelauf in der aufgelassenen Diskothek *Postillion* zufriedenstellend verlaufen war, konnte er sich für den Rest des Abends in seiner Suite verschanzen und in aller Ruhe die Fragen für die Teilnehmer vorbereiten: so ironisch formuliert, dass die eher wortkargen Vertreter hochalpiner Tiroler Kochkunst aus der Reserve gelockt werden würden und durch ihre rustikalen Antworten die Popularität des britischen Topjournalisten auch in Zukunft garantierten.

Kurz bevor Andrew sämtliche Fragen zu Papier gebracht hatte, fiel ihm ein, dass er einen seiner wenigen österreichischen Fans als Zuschauer dabeihaben wollte, diesen freundlichen Kriminalbeamten in Rente, der in einer Seniorenresidenz einen kleinen Kochkreis ins Leben gerufen hatte mit dem Ziel, die unscheinbarsten Produkte mithilfe neuester Küchentechniken ins Rampenlicht der Aufmerksamkeit zu stellen – eine nicht zu unterschätzende kulinarische Leistung, die gewürdigt und vor den Vorhang verschwiegener Bescheidenheit geholt werden sollte.

*

»Oh mein Gott«, rief Richter Alfons erstaunt aus und schaute angestrengt auf das Smartphone, das ihm Harald hingehalten hatte, »eine Einladung zu einer Talkshow in Ischgl, von einem gewissen … Andrew Stayner, doch nicht jenem Journalisten, der vor einigen Jahren eine vernichtende Kritik über diesen Drei-Michelin-Sterner in Paris verfasst hat?«

»Genau der«, bestätigte Harald lächelnd, »Andrew ist auf Einladung des Paznauner Tourismusverbandes in Ischgl, hat dort einige Restaurants besucht und wird abschließend seine *Kitchen Madness*-Talkshow aus Ischgl zeitversetzt auf BBC 2 moderieren. Die Aufzeichnung findet morgen um 14 Uhr statt, und wenn wir unbedingt wollen ...«

»Wieso wir?«, fragte Richter Alfons dazwischen und löffelte freudlos an seinem Hüttenkäse herum, »diese Einladung ist nur an dich gerichtet, wenn ich richtig gelesen habe.«

»Plus Begleitperson«, ergänzte Harald.

»Wirst du hinfahren?«

»Ich glaube nicht.«

»Und warum nicht?«

»100 Kilometer Anreise bei winterlichen Fahrbedingungen. Für heute Abend ist obendrein ein Meter Neuschnee angesagt, nein, danke, ich bleibe lieber hier in unserem *Hohen Ausblick*. Es gibt weitaus wichtigere Dinge zu tun, als ein Zaungast bei einer Talkshow zu sein. Die Geliermittel und das Trockeneis sind heute geliefert worden, ebenso wie das Isomalt, das Kalziumlaktat und die Bourbonfassholzchips aus den Vereinigten Staaten. Meine Zutaten für Sphären, Fäden, Trümmerspiralen und andere neue Formen. Bei unserem nächsten Menü wird die Steckrübe richtig groß herauskommen, das verspreche ich dir. Dagegen kommt diese lächerliche Talkshow in 100 Jahren nicht an.«

Harald Selikovsky legte das Smartphone beiseite und sah zum Fenster auf die Terrasse hinaus, wo im fahlen Licht der Außenlaternen erste Schneeflocken herabzufallen begannen.

»Jonathan könnte uns hinfahren«, sagte Richter Alfons in die Stille hinein.

»Wer?«

»Mein Patenkind Jonathan.«

»Der verkrachte Philosoph und Soziologe, der ein Taxiunternehmen auf dem Arlberg hat?«

»Genau. Er macht uns sicher einen guten Preis, wartet die paar Stunden in einem Lokal in der Nähe ab und fährt uns anschließend in den *Hohen Ausblick* zurück. Bekommt dafür ein paar grüne Scheine. Und jeder ist glücklich und zufrieden.«

»Ich wüsste nicht, was in aller Welt ich in Ischgl verloren habe«, suchte Harald nach einer Ausrede, die halbwegs überzeugend klang, »ich bin seit zwei Jahren in Pension, habe alle Verbindungen zu meinem früheren Beruf abgebrochen und versuche gerade, mir selbst ein paar raffinierte Küchentricks aus der Molekularküche anzueignen.«

»Immerhin hast du dort deinen Vorgesetzten aus einem Helikopter erschossen«, kramte Richter Alfons in seinem immer noch ausgezeichnet funktionierenden Gedächtnis herum, »dieser Fall ist in allen Nachrichten gewesen, du bist sogar von Armin Wolf in der Zeit im Bild 2 interviewt worden, ganz Österreich hat damals deinen Namen gekannt.«

»Das ist längst geschmolzener Schnee von gestern«, seufzte Harald und betrachtete ein halbes hart gekochtes Ei auf dem Teller vor ihm. »Ich habe nicht das leiseste Bedürfnis, nach Ischgl zu fahren.«

»Auch nicht, um etwas Licht in die Dunkelheit unserer Vermutungen zu werfen?«, setzte Richter Alfons hartnäckig nach. »Der britische Topjournalist hat doch diese beiden Zeichnungen als Scan an dich übermittelt und darüber hinaus ein Gespräch zwischen der Adlerfamilie und jenem zwielichtigen Süditaliener belauscht, der womöglich dieses leerstehende Hotel in Sankt Anton erwarb, das vor ein paar Tagen in Flammen aufgegangen ist, nachdem der nichtbinäre Sohn eines flüchtigen Sprengmeisters den Tankwagen genau vor dieser heruntergekommenen Immobilie zur Explosion gebracht hatte und dabei selbst in den Flammen umgekommen war?«

»Wahrscheinlich ist es ein ganz banaler Selbstmord gewesen«, zuckte Harald gleichgültig mit den Achseln. Er hatte mit der Welt da draußen seinen Frieden geschlossen, und dieser Flecken im Paznauntal gehörte dazu.

»In derselben Nacht sind Teile der Flexengalerie abgesackt und Lech damit von der Umwelt abgeschnitten worden. Wenig später brach zusätzlich eine bakterielle Infektion in diesem Wintersportort aus. Und eine Woche zuvor sind bei einem mysteriösen Lawinenunglück zwei Menschen gestorben, ein inkognito aufgetretener Spross des europäischen Hochadels und dieser Hotelier. Sind das nicht verdächtig viele Zufälle auf einmal? Ich erinnere nur an die Aufnahme mit der Drohne, die dein Patenkind Matthias gemacht hat, wenige Minuten vor dem sogenannten Unglück. Und wer profitierte von all den Geschehnissen?«

»Die aus Lech geflohenen Touristen werden nicht gleich ins Paznauntal gefahren sein, die wollten alle nur noch nach Hause.«

»Gleichzeitig wird dieser britische Starjournalist eingeladen«, beharrte Richter Alfons auf seiner Wahrnehmung, den kriminellen Machenschaften eines marodierenden Tourismusortes auf die Schliche gekommen zu sein, »Stayners Talkshow auf BBC 2 wird Ischgl im ganzen Britischen Königreich bekannt machen. Ohne einen einzigen Cent in die Werbung gesteckt zu haben. Klingt das nicht alles nach einem so genialen wie perfiden Plan?«

»Wir haben nichts als Vermutungen«, entgegnete Harald und bedachte seinen Tischnachbarn mit skeptischen Blicken. Die Haut des etwas älteren Richters schien täglich poröser zu werden, auf dem Nasenrücken waren entzündete Stellen zu sehen, und am Kinn begann ein Muttermal in allen möglichen Farben zu schillern.

»Ist alles in Ordnung bei dir?«, flüsterte Harald und dachte an das traurige Begräbnis im Imster Friedhof vor ein paar Tagen: der nuschelnde Diakon, der kotzende Ministrant auf Restalkohol, die vier fluchenden Leichenbestatter und der Angestellte des örtlichen Lagerhauses, der in einem baggerähnlichen Fahrzeug ungeduldig auf das Ende der Einsegnung gewartet hatte.

»Meine Blutwerte sind alle im Lot«, beruhigte Richter Alfons und beugte sich etwas nach vor, senkte die Stimme und sah dabei seinem Gegenüber tief in die Augen. »Ich sage dir, wir sind etwas Ungeheuerlichem auf der Spur. Die Gier im heruntergekommenen Wintersportort ist mit beiden Händen zu greifen. Das Nachtgeschäft ist weggebrochen, das neu errichtete Thermalbad eine Totgeburt, das riesige Parkhaus ein hässliches Monument der eigenen Maßlosigkeit – der einzige Ausweg für Ischgl besteht darin, die Besitzer des alten Geldes auf ihren Paznauner Schwemmkegel zu locken. Deshalb haben sie auch in luxuriöse Hotspots, vornehme Restaurants und diese aufgebrezelten Sushihütten investiert.«

»Während der eskalierende Après-Ski wie ein Tornado diesen Ort devastiert«, lächelte Harald, »ach, Alfons, du siehst entweder Gespenster oder hast zu viele schlechte Krimis gelesen. Die Wahrheit ist viel banaler: eine aus Pleiten und Pech zusammengesetzte Wintersaison auf dem Arlberg und ein halber Glücksgriff des Ischgler Tourismusverbandes mit diesem britischen Fressjournalisten. Ich sehe nirgendwo auch nur den Ansatz zu einem Verbrechen.«

»Andrew Stayner hat vielleicht mehr herausgefunden, als wir alle miteinander glauben«, beharrte Richter Alfons auf seinen Verdacht, »die Hotels der Adlerfamilie werden von der süditalienischen Mafia am Leben gehalten, der frühere F&B-Direktor und ehemalige Sprengmeister könnte gezwungenermaßen hinter dem Drohnenangriff und dem Absacken der Flexengalerie gestanden sein, der einzige – aufgrund seiner Diversität vielleicht verhasste – Sohn wurde in einer bewusst herbeigeführten Explosion geopfert, und in den Lastwagen des Großhandelsbetriebes in Zams hat ein Unbekannter tonnenweise die für Lech bestimmten Conveniencelebensmittel mit aggressiven Salmonellen verseucht.«

»Aber die Beweise dafür? Diese paar Kinderzeichnungen? Eine unscharfe Gipfelkreuzaufnahme? Schmauchspuren an der Flexengalerie? Die mehr als fragwürdigen Fotos einer Überwachungskamera an der Autobahnraststätte Schnann? Würdest du als Staatsanwalt unter solchen fadenscheinigen Umständen Anklage erheben? Wir haben nichts als laue Luft in der Hand, mein Lieber. Nicht einmal eine Dunstwolke zwischen den Zähnen.«

»Ich finde, wir sollten dennoch hinfahren«, lächelte Richter Alfons, löffelte seufzend den restlichen Hüttenkäse leer und nahm sich vor, umgehend Jonathan anzurufen, gleich von der Lobbybar der Seniorenresidenz aus, zwischen einem ersten doppelten Scotch und dem darauffolgenden »Seelbach« in einer Champagnerflöte, mit viel Bourbon, Angostura, Peychaud-Bitter und einer langen Zitronenzeste darin. Vor ein paar Tagen hatte Alfons Barchef Norbert gefragt, nach wem dieser Drink benannt worden war.

»Nach einem Hotel in Louisville«, hatte der grauhaarige Bartender mit einem ironischen Lächeln geantwortet,

»aber es hätte auch dieser Milliardär aus den Niederlanden sein können, der inkognito hier im früheren *Interalpen-Hotel* seine Sommerfrischen verbrachte.«

*

Selbstbewusst saß die junge Frau Andrew Stayner gegenüber, spielte kokett mit ihren dunkelblonden Haarlocken herum und unterstrich ihren Auftritt mit einem reizenden Lächeln. Denise Obernosterer war 23 Jahre alt, ausgebildete Dolmetscherin für romanische und slawische Sprachen, sie hatte in Manchester, Paris und Bologna studiert, ein Erasmusjahr im Baskenland absolviert und ihren Master in Lodz und Bratislava gemacht. Alle Seminare mit Auszeichnung in der Mindestzeit abgeschlossen und daneben ausreichend Zeit gefunden, um zweifache Europameisterin im Snowboarden zu werden, außerdem beherrschte die vielseitige junge Frau auch noch Musikinstrumente wie das Alphorn oder die zwölfsaitige Akustikgitarre.

»Gibt es etwas, das du nicht kannst?«, fragte Andrew, nachdem er die Biografie der jungen Frau mit bewundernden Blicken überflogen hatte.

»Jede Menge«, antwortete Denise Obernosterer lachend, »ich bin grottenschlecht in Mathematik, kann weder zeichnen noch ordentliche Mehlspeisen backen und …«

»… du hast in einigen Spitzenlokalen gearbeitet«, unterbrach Andrew Stayner und tippte auf die erwähnten Lokale in Denises Lebenslauf vor seinen erstaunten Augen, »im *Da Vittorio*, der *L'Osteria Francescana*, bei Heston Blumenthal im *Fat Duck*, Alan Ducasse im *Dorchester*, sogar im …«

»… *Le Cinq*«, ergänzte Anna mit hochgezogenen Augenbrauen und spielte erneut an ihrer dunkelblonden

Haartolle herum, »das war doch jenes Lokal, das Sie vor ungefähr zehn Jahren in der Luft zerrissen haben, in einer Kritik, die ziemliches Aufsehen erregt hat. Sie sind heute noch unter den fünf meistgehassten Kritikern in Frankreich, wenn ich mich nicht sehr irre.«

Andrew überhörte den letzten Satz seiner Gesprächspartnerin und spielte verlegen an seinem *Montblanc*-Kugelschreiber um 850 britische Pfund herum.

»Was haben Sie in diesen Restaurants gemacht?«, wollte er von dieser bezaubernden jungen Frau wissen, in die er sich auf der Stelle verliebt hätte, wären da nicht diese schlangenartigen Tätowierungen auf dem Großteil ihrer sonst makellos glatten Haut.

»Ich habe dort die allerletzten Arbeiten verrichtet, Hunderte Töpfe gereinigt, Tausende Teller abgewaschen, den Müll entsorgt und dabei vielleicht 50 Cent in der Stunde verdient. So ein Spitzenrestaurant ist der beste Ort, um den Kapitalismus in Reinkultur zu erleben: Du hackelst wie ein Idiot beinahe rund um die Uhr, riskierst deine Gesundheit, dein Seelenheil, deine gesamte Existenz, nur damit ein arroganter Wicht in Kochjacke und ausgebeulten Hosen in den Küchenolymp aufsteigt und seine verdammten Michelin-Sterne einheimst. Jeden Abend fotografieren saturierte Gourmands die hübsch angerichteten Teller und stellen sie wie Jagdtrophäen auf *Instagram* aus, bevor sie alles mit ein paar Gabelbissen runterwürgen, ohne nachzudenken, wie viele Handgriffe, Kochschritte und Pinzettenplatzierungen notwendig waren, um ein Molekulargericht wie ein Gemälde von Mirò oder Gerhard Richter in der Spätphase zu arrangieren. In den Spitzenrestaurants gibt es mehr Todesfälle als in jedem Hospiz, die Leute bringen sich reihenweise um, werfen sich vor den Zug, hängen sich in einem abgedunkelten Pensionszimmer auf oder sterben einen langsamen Tod durch Alkohol- oder Drogenmissbrauch, gehen an gewaltigen depressiven Schüben zugrunde – okay, ein paar von ihnen werden eine Dekade später die nächsten Sterne und Hauben und Goldenen Gabeln ergattern, aber das System ist auf Drill und Attacke, auf Bombardement und Selbstzerstörung aufgebaut, hinter dem schönen Schein von lächelnden Küchenchefs, die in der Öffentlichkeit den Philosophen, den Künstler, den sensiblen Geschichtenerzähler mimen, während sie doch nur allesfressende Monster sind, die ein bisschen Karriere im Gastgewerbe gemacht haben.«

Denise hielt einen Augenblick inne, beugte sich dann etwas nach vorne und senkte dabei ihre sanfte und doch beharrlich klingende Stimme, als ob sie entschlossen wäre, ein streng gehütetes Geheimnis zu verraten.

»Wenn Sie mich fragen, Andrew, ist die ganze Sternenküche in einem schwarzen Loch angekommen, im Nirwana der ausgelutschten Ideen, der 500-Euro-Gerichte und der dekonstruierten Version von Omas ländlicher Küche. Die Kritiker sind gelangweilt, den verdammten Köchen gehen die Visionen aus – und das Publikum sehnt sich zwischen dem kunstvoll arrangierten Tand einen ordentlichen Burger, eine Fleischkäsesemmel oder ein einfaches Linsengericht zurück, etwas Authentisches aus ihrer Kindheit, als das Leben noch einfach und voller Geschmack gewesen war, nicht so monoton und leblos grau in all der verdammten Luxus- und Wohlstandsverwahrlosung. Na egal. Erzählen Sie mir lieber etwas von dieser Talkshow, die wir morgen gemeinsam in dieser traurigen Geisterbahndiskothek schupfen werden, mein Lieber.«

Andrew Stayner nickte, räusperte sich einige Male und ging mit Denise Obernosterer das Konzept von *Kitchen Madness*, die Liste der eingeladenen Teilnehmer und die Dramaturgie der vorgesehenen Fragen durch, abhängig von unberechenbaren Faktoren wie den Antworten der eingeladenen Teilnehmer, die im Wesentlichen den Diskussionsverlauf bestimmen würden.

»Ein paar werden den belanglosen Strahlemann mimen, aber der eine oder andere wird wortreich die eigene Eitelkeit wie das Tiroler Wappen hochhalten«, lächelte Denise und versprach, beim Übersetzen keine Rücksicht auf irgendwelche Befindlichkeiten zu nehmen. »Ich dolmetsche immer so direkt wie möglich, fasse nichts in hübsche Worthülsen zusammen – die abgefeuerten Schnellschüsse sollen so authentisch wie möglich auf das staunende Fernsehpublikum einprasseln. Die Leute hier behaupten immer, nichts verbergen zu wollen, aber das genaue Gegenteil ist wahr: Erst im Herumfuchteln, Niederbrüllen und Anschweigen versteckt sich die höhere Wahrheit. Das System Wintersporttourismus im Allgemeinen und dieser Flecken hier im Besonderen ist auf Gier und Ausbeutung aufgebaut, genauso …«

»… wie der übrige Teil der Gesellschaft, wie unsere sogenannte westliche Zivilisation, die den Turbokapitalismus, die Klimakatastrophe und unermesslichen Reichtum für eine Handvoll Psychopathen hervorgebracht hat«, ergänzte Andrew Stayner lächelnd, trank seinen letzten Espresso aus und war insgeheim froh, diese tätowierte Prinzessin an seiner Seite zu wissen.

Die Aufzeichnung seiner Talkshow aus Ischgl würde kein Spaziergang durch eine Spielzeugabteilung werden – das war so sicher wie draußen gerade der Neuschnee vom

Himmel herabfiel, der nächste Woche wieder vom nächsten Warmwettereinbruch aufgesogen und weggeföhnt werden würde, in dieser steten Abfolge aus dichtestem Schneefall und überraschenden Wolkenbrüchen, die Steinschläge, Vermurungen und gefährliche Lawinenabgänge hervorriefen – wie entfesselte Dämonen, die auch über diesen Ort hergefallen waren und vor denen man sich längst nicht mehr lossagen konnte.

*

Nach dem Warmwettereinbruch und einer darauffolgenden Kaltfront mit ausreichendem Niederschlag sah Lech wieder so aus, wie es auf den Wintersaisonprospekten abgebildet war: tief verschneit, jeder einzelne Lift in Betrieb und alle Pisten wunderbar präpariert. Dennoch hatten die Ereignisse der letzten Wochen tiefe Spuren auf dem Arlberg hinterlassen: Die Lecher Hauptstraße war verwaist und nur wenige Leute irrten zwischen den schwach besetzten Luxusherbergen herum. Der Shitstorm in den digitalen Kanälen hatte seine verheerende Wirkung nicht verfehlt: Diese Wintersaison konnten die Lecher Gastronomen abschreiben und mit einem resignierten Achselzucken vergessen.

Moospichler senior zupfte die Blumen in der leeren Hotellobby zurecht und dachte an die Traverse im Mezzanin, an der sich vor mehr als 30 Jahren der Kochlehrling aufgehängt hatte. Hinter den blühenden Orchideen in einer riesigen Vase sah er immer noch die zierliche Gestalt zwischen der Küche und den Lagerräumen hin und her huschen, manchmal mit einer Austernkiste, dann wieder mit Kochweinflaschen in den dünnen Armen, während hinter der Schiebetür zur Küche hin laute Flüche vom cholerischen Chefkoch zu hören waren, der gerne mit Kochpfannen um sich warf, jede Menge Kopfnüsse verteilte und dabei sämtliche Heiligen mit wildesten Schimpfwörtern bedachte, ein Psychopath, der Dutzende Angestellte auf dem Gewissen hatte, Leute, die sich Jahre von einer Felswand geworfen hatten oder sonstwie verschütt gegangen waren, irgendwo zwischen Lech und Nervenheilanstalten, Bahnhofswartehallen und zuletzt einem Armengrab auf einem der vielen Provinzfriedhöfe da draußen. Auch der unberechenbare Küchendiktator selbst war an schwerem Alkohol- und Medikamentenmissbrauch zugrunde gegangen und nach einer durchzechten Nacht in einer Blutlache vor dem Kühlraum eines Familienhotels aufgefunden worden, wie eine ausgeblutete Sau, flüsterten ehemalige Angestellte hinter vorgehaltenen Händen, die Blicke noch immer angstvoll zu Boden geworfen, als ob der Verhasste jederzeit als Wiedergänger auftauchen könnte.

Der blasse Kochlehrling, der brüllende Chefkoch, die junge Rezeptionistin, die nach einer heimlichen Stricknadel-Abtreibung im Klo des Mitarbeiterhauses verstorben war, der versoffene Nachtportier, der begabte junge Patissier, die schweigsamen Zimmermädchen, all diese verschwundenen Angestellten ohne Lebenslauf, ohne Namen, schienen wieder durch die leere Lobby zu schreiten, drehten sich nach Moospichler senior um, wächsern und bleich, wie die Toten so waren, still und kalt und unhörbar wie der Schnee, der draußen tagelang vom bedeckten Himmel gefallen war und nun die Häuser, die Pisten, die Wälder und Berge bedeckte, eine Winterlandschaft wie im Bilderbuch, seit wenigen Wochen nutzlos geworden, weil nach dem Lawinenabgang, der abgesackten Flexengalerie, dem Tankwagenunglück vor dem stillgelegten *Mooserkreuz-Hotel* und vor allem nach der bakteriellen Masseninfektion die Touristen beinahe vollständig ausblieben. So leer war es in Lech geworden, dass sogar die Toten zurückkehrten, all die verschwundenen Angestellten, die früheren Lehrlinge und ehemaligen Kellnerinnen, die eine oder andere Rezeptionistin, die Maîtres und Souschefs, die ganzen Toten des Wintertourismus, die über all die Jahrzehnte zahlreicher geworden waren als Lech selbst Einwohner hatte.

Moospichler senior ließ von den Blumen ab und stolperte, sich vorsichtig auf einen Gehstock stützend, ins Freie. Die klare Winterluft umhüllte ihn wie eine in Schnee und Eis gefangene Leiche, und für ein paar Minuten war es ihm, als lächelte ihm sein ältester Sohn Florian aus der Ewigkeit entgegen. In Moospichler seniors Wahrnehmung begannen die Verstorbenen immer lauter nach ihm zu rufen, die längst aus der Welt geschiedenen ehemaligen Mitschüler, Freunde, Verwandte und mitunter auch Konkurrenten schienen die gesamte Lecher Dorfstraße zu belagern, die einen über das Geländer an der durch den Ort fließenden Ache gebeugt, die anderen im Wartehäuschen des Postbusses kauernd, die nächsten unter den Après-Ski-Schirmen vor dem *Lecher Hof* und dem *Kronehotel* stehend, ein Stamperl, ein Bierglas, eine Sektflöte oder eine Flasche Wein mit einem längst verblichenen Etikett in den knöchernen Händen – je schwächer Moospichler senior wurde, desto häufiger kamen die Toten zurück, drehten sich um nach ihm, winkten ihm zu oder ermunterten ihn, den Gehstock wegzuwerfen und ihnen zu folgen, der Dorfstraße entlang, den Hügel zur Dorfkirche hinauf, in den verschneiten Friedhof hinein, wo die Gräber plötzlich offenstanden und nach ihren verlorenen Insassen gähnten. Zerborstene Särge, gesplitterte

Holzkreuze und überall Fußabdrücke von den herumirrenden Gespenstern.

»Lange wird es nicht mehr dauern«, flüsterte Moospichler senior zu sich selbst, »dann werde ich auch in diesem Friedhof liegen und in der Ewigkeit versinken wie in frisch gefallenem Schnee.«

Er hörte seine schwachen Schritte auf dem flach getretenen Weiß knirschen, stützte sich dabei auf den Gehstock, rieb sich die Augen und sah wieder hoch, aber die ehemaligen Mitarbeiter, die Freunde und Verwandten, die Lieferanten und Gäste aus längst vergangenen Zeiten waren wieder verschwunden und die Lecher Dorfstraße blieb menschenleer, mitten in der Hochsaison, unter einer strahlenden Wintersonne, bei großartiger Schneelage und sämtlichen in Betrieb befindlichen Liften.

Kaum ein Tourist schien sich hier mitten im tiefsten Winter aufzuhalten. Lech war nur noch ein Schatten seiner selbst geworden. Ein unbedeutender Ort im Hochgebirge, verlassen und aus der Welt geräumt wie die Schlagzeilen von gestern.

8
SECHSTER STOCK

Je länger die Fahrt Richtung Westen dauerte, desto düsterer wurden die Orte im oberen Inntal. Hinter dem Lenkrad des alten Toyota saß Jonathan, ein ehemaliger Langzeitstudent für Philosophie und Soziologie, der im Winter ein kleines Taxiunternehmen auf dem Arlberg betrieb und im Sommer gelangweilte Sommertouristen zwischen Velden und Pörtschach am Wörthersee hin und her kutschierte. Sein Patenonkel Alfons hockte auf dem Beifahrersitz und drehte sich ab und zu nach Harald Selikovsky um, der auf der Rückbank mit zusammengekniffenen Augen die Landschaft hinter dem regenverschleierten Seitenfenster verfolgte.

Dem Wetterbericht zufolge würde sich der leichte Schneefall da draußen in den nächsten Stunden verstärken. Harald hatte nur wenig Lust, Andrew Stayners Talkshow in Ischgl beizuwohnen, aber sein bester Kumpel in der Seniorenresidenz hatte so lange wie ein Kleinkind gequengelt, bis Harald jeden Widerstand aufgegeben hatte und nun gemeinsam mit Richter Alfons und diesem schweigsamen Geisteswissenschaftler ohne akademischen Abschluss dem Paradeskiort des neuen Geldes entgegenfuhr: Ischgl, im Paznauntal, auf 1.340 Metern Seehöhe gelegen.

»Stammst du nicht selbst aus dieser Gegend?«, fragte Richter Alfons neugierig nach, während Jonathans Toyota den Roppener Tunnel passierte.

»Allerdings, ich bin in Landeck geboren und aufgewachsen, aber es war alles andere als eine behütete Kindheit«, murmelte Harald und warf ein paar Blicke in den Rückspiegel des Fahrzeugs.

Auf der Stirn und den Wangen des ehemaligen Mitglieds des Verwaltungsgerichtshofes waren dunkle, asymmetrische Flecken zu sehen, aber so oft Harald die verdächtigen Hautstörungen angesprochen hatte, war Alfons auf der Stelle zickig geworden und hatte gleich darauf das Thema gewechselt. Seit mehr als zwei Wochen mied er bereits die Praxis des ärztlichen Leiters der Seniorenresidenz und zog sich immer tiefer in sich selbst zurück – für Harald ein weiterer Grund, dem Wunsch seines besten Freundes nachzukommen und zusammen mit dem Taxifahrer aus Lech zur Aufzeichnung von Andrew Stayners Talkshow zu fahren.

»Meine Mutter«, fuhr Harald mit beinahe tonloser Stimme fort, »war nur eine armselige Putzfrau und ist mit Anfang 40 an Krebs zugrunde gegangen. Wir haben in einer finsteren, feuchten Wohnung gelebt, in ihrem letzten Jahr war sie bettlägerig gewesen, und ich musste sie ganz allein pflegen, es gab keine Verwandten, keine näheren Bekannten, der ganze Ort war uns gegenüber feindselig gestimmt, ich selbst hatte kaum Freunde, außer, aber das sag ich dir lieber nicht, Alfons, …«

»… außer?«, bohrte Richter Alfons nach und versuchte Haralds kleinlauten Blick zu erhaschen.

»Außer einer zahmen Ratte«, antwortete Harald und zeichnete mit dem rechten Zeigefinger imaginäre Quadrate auf das blank polierte Kunstleder der Rückbank, »sie kam nachts aus den Löchern im Fußboden zu mir ins Bett, hatte ein spitzes Gesicht, einen langen glatten Schwanz und sah trotzdem irgendwie niedlich aus. Sie hat mich auch nie gebissen, weil sie von mir immer ein Stück Butterbrot oder manchmal auch einen trockenen Keks bekam. Wir haben uns sogar unterhalten: Ich habe ihr von meinem beschissenen Leben erzählt, und die Ratte hat dabei das Brot oder den Keks gefressen und so getan, als hörte sie zu. Meine Mutter hat sich vor ihr geekelt, wohl aus Angst, von diesem Nagetier schlimme Infektionen zu bekommen, die sie erst recht ins Grab bringen würden, aber das hat der Krebs schon von allein hingekriegt: Sie ist nur wenige Tage nach meinem 14. Geburtstag gestorben, als hätte sie es nicht über das Herz gebracht, genau an meinem Ehrentag diese Welt zu verlassen.«

»Das klingt tatsächlich sehr traurig«, seufzte Richter Alfons und drehte sich wieder um, starrte durch die vordere Windschutzscheibe in den einsetzenden Schneefall hinaus und fragte Jonathan, wie weit es noch nach Ischgl sei.

»Nicht einmal 25 Kilometer«, antwortete der verkappte Philosoph und strich sich eine weiße Haarsträhne aus dem Gesicht. »Stört es euch, wenn ich mir eine Zigarette anzünde?«

»Überhaupt nicht«, antwortete Harald, beugte sich etwas vor und fragte Alfons, ob er nicht auch aus dem oberen Inntal stammte, der Tiroler Färbung in seiner Aussprache nach zu schließen, müsste er ebenfalls aus der Gegend zwischen Telfs und Landeck stammen.

»Ich komme aus Schnann«, bestätigte sein Kumpel und deutete mit der rechten Hand zur Windschutzscheibe hinaus, »es ist der letzte Ort vor Sankt Anton, ein kleiner, unbedeutender Flecken, dessen größten Betriebe die Bäckerei Ruetz und jene Autobahnraststätte sind, an der dieser Tanklastwagen zum letzten Mal gehalten hat, bevor er wenig später vor dem stillgelegten Hotel über Sankt Anton in Flammen aufging. Sogar einen Abschiedsbrief des Lenkers hat man im Briefkasten des Gemeindeamts Schnann aufgefunden, er hat wie der Stammbucheintrag einer zehnjährigen Schülerin ausgesehen und wurde auch im *Oberinntaler Bezirksboten* als Faksimile publiziert.«

Harald überhörte Richter Alfons' immer wieder aufflammendes Interesse am vermeintlichen Kriminalfall, der wahrscheinlich überhaupt keiner war: ein Lawinenunglück, die infolge von Warmwettereinbrüchen abgesackte Bergstraßengalerie, der Selbstmord eines schrägen Lkw-Lenkers und eine bakterielle Infektion, sehr wahrscheinlich von Lebensmitteln hervorgerufen, die von den Produzenten ohnehin zur Rückholung ausgeschrieben worden waren. Der stellvertretende Filialleiter des Gastronomiesupermarkts, ein gewisser Ladinger, hatte die gefaxten Warnhinweise der Industrie ignoriert und die Lastwägen nach Lech mit dem verseuchten Schnittkäse und den infizierten Fischstücken befüllt. Diese fahrlässige Unterlassung würde ohnehin in einem Gerichtsverfahren geahndet werden. Der Rest war Richter Alfons' blumiger Fantasie zuzuschreiben, wenn er vermeintlichen Ungereimtheiten auf der Spur war – die ins Nichts zu führen schienen. Ins Reich von Verschwörungstheorien und abstrusen Gedankenspielereien.

»Warst du verheiratet, hattest du Kinder?«, fragte Harald in die Stille hinein, die manchmal von Jonathans heftigen Hustenanfällen unterbrochen wurde.

»Die verdammte Bronchitis«, röchelte der Taxifahrer und Amateurphilosoph, »diese Zigaretten bringen mich noch um, und trotzdem rauche ich weiter. Die menschliche Dummheit ist grenzenlos, da kommt nicht einmal das Universum mit, wie Einstein trefflich bemerkte.«

»Ich war verheiratet und hatte zwei Kinder, aber das ist auch eine so lange wie traurige Geschichte«, antwortete

Richter Alfons und drehte sich erneut nach dem Kriminalbeamten auf der Rückbank um, »meine Frau ist vor ein paar Jahren an Alzheimer gestorben, sie hat mich schon lange davor nicht mehr erkannt oder mich mit irgendwelchen Leuten aus ihrer Jugend verwechselt. Unsere Tochter ist kurz nach ihrem Studienabschluss bei einem Bergausflug ums Leben gekommen, und der Sohn ..., warte Harald, habe ich dir noch nie ein Foto von meiner Familie gezeigt«, unterbrach sich Alfons, kramte in seiner Brieftasche herum und überreichte Harald drei zerknitterte Aufnahmen: das Foto einer streng dreinblickenden, dunkelhaarigen Frau, die Aufnahme eines stämmigen, herzlich lachenden Mädchens und ...

Harald betrachtete die dritte Aufnahme. Ein schlaksiger, Junge, vielleicht 15 Jahre alt, dichtes, lockiges Haar, riesige Augen, perfekt proportionierte Gesichtszüge. Ein ausnehmend hübscher Junge, dessen Antlitz Harald zu Tränen rührte.

»Was ist aus ihm geworden?«, fragte der Kriminalbeamte leise und wischte sich verstohlen mit dem Handrücken über die salznass gewordenen Wangen.

»Manuel hat sich an der Traverse eines Hotels in Lech erhängt«, antwortete Richter Alfons und steckte die drei Fotos wieder in seine Brieftasche zurück, »er hat die Schläge des Chefkochs nicht ausgehalten, ist mit dem Stress in der Küche nicht zurechtgekommen, ich hätte ihn nie zu den Moospichlers ins Hotel geben dürfen. Manuel war viel zu sensibel für die Gastronomie, aber nachdem er in der Schule versagt hatte, dachte ich, eine praktische Lehre als Koch und Kellner sei das Richtige für ihn. Ich hätte es besser wissen müssen. Hätte es ahnen können, wie sehr er unter den älteren Lehrlingen, den Souschefs und dem ständig tobenden Küchenchef litt. Der alte Moospichler hat Manuel persönlich von der Traverse geschnitten. Und das Begräbnis bezahlt. Sich noch Jahre später für die Tragödie entschuldigt. Er lebt noch immer in Lech, aber sein Ältester ist bei diesem Lawinenunglück vor zehn Tagen ums Leben gekommen.«

»Das Leben genauso schrecklich wie schön«, antwortete Harald leise und begann von seinem eigenen Sohn Simon zu erzählen, der als Kind auch nicht einfach gewesen war, ein Autist mit hoher musikalischer Inselbegabung, von den Schülern verspottet, von den Lehrern kaum gelobt, ständig von Wutanfällen, Selbstzweifeln und diesem undurchdringlichen Schweigen gebeutelt. Das Klavierspielen und die Beschäftigung mit den Komponisten klassischer Musik waren seine einzige Leidenschaft gewesen.

»Simon hat sich«, fuhr Harald mit leiser Stimme fort, »aus diesen Verwirrungen herausgearbeitet, eigenständig, ohne sich dabei viel helfen zu lassen, und irgendwann hatte er sämtliche Schulen abgeschlossen, das Konservatorium mit Auszeichnung absolviert, hat im Anschluss daran sogar BWL und Jus studiert, nur um nach dem zweifachen Master alles an den Nagel zu hängen und Barpianist in einem Wiener Hotel zu werden. Nach dem gewaltsamen Tod eines jungen, musikalisch ebenso hochbegabten Freundes hat er mit dem Komponieren begonnen, bekam eine Stelle als Korrepetitor in Hamburg, wurde danach Kapellmeister in Saarbrücken und schließlich Generalmusikdirektor an der Dresdner Staatsoper, eine von außen so logisch wie fulminant wirkende musikalische Karriere, aber durchsetzt von so vielen Brüchen und Selbstzweifeln, dass es mir noch immer die Sprache verschlägt. Ich war nicht der allerbeste Vater, muss ich gestehen. Ich habe mich von meiner Frau scheiden lassen und in finsteren Bars zwielichtige Männer aufgerissen, ich schwankte selbst zwischen einem bürgerlichen Familienleben und den verantwortungslosen Auswüchsen der Subkultur hin und her.«

»Wir alle begehen jeden Tag Fehler«, nickte Richter Alfons, drehte sich um und starrte wieder zur Windschutzscheibe hinaus. Der alte Toyota seines Patenkinds bog von der Inntaler Schnellstraße ab, passierte einen engen Kreisverkehr und folgte einer Kolonne von ausländischen Fahrzeugen in ein enges Gebirgstal hinein, dem sogenannten Paznaun, wo auch Ischgl lag, der Schauplatz jener Mordserie, die Harald Selikovsky vor einigen Jahren aufgeklärt hatte.

»Du hast damals auf deinen Vorgesetzten geschossen«, murmelte Richter Alfons, »auf diesen pensionierten Hofrat.«

»Von einem Hubschrauber aus«, bestätigte der pensionierte Kriminalbeamte, »in der Nähe von Galtür, knapp vor der Silvrettahöhe. Sellner war unterwegs zur Schweizer Grenze. Auf einem Scooter. Ich habe ihn mit einer paar Schüssen aus der Glock zur Strecke gebracht. Kurz danach erfasste ihn eine gewaltige Nassschneelawine.«

»Und seine Leiche?«

»Wurde niemals gefunden. Sellners sterbliche Überreste wurden möglicherweise von vagabundierenden Bären oder Wölfen gefressen. Oder sie landeten in der Paznauntaler Ache, wurden irgendwohin gespült oder verrotteten unentdeckt im hochalpinen Gelände. Vielleicht wurde auch nur halbherzig nach dem Toten gesucht. Wie auch immer, der Fall wurde längst zu den Akten gelegt.«

»Und du befördert? Mit einem Orden ausgezeichnet? Zu einem Abendessen mit dem Innenminister geladen?«

»Ein bisschen von allem«, lächelte Harald bescheiden, »aber das ist alles lange her, Alfons, ich habe mit meinem Berufsleben abgeschlossen. Wenn ich in unserer Seniorenresidenz vor mich her kochen kann, freue ich mich wie ein Schneekönig. Und wenn noch mein Patenkind Matthias oder Simon mit seinem Sohn Brendan bei mir in der Seniorenresidenz vorbeischauen, könnte ich mir kein glücklicheres Leben als meines vorstellen.«

»Wie bist du mit diesem Andrew Stayner in Kontakt gekommen?«

»Ich habe ihn im Internet kennengelernt. Dieser britische Kochjournalist betreibt Blogs, an denen sich auch Amateurköche beteiligen können. Er hat sogar mehrere Kriminalromane verfasst. Vielleicht versucht er nur deswegen, Kontakt mit mir zu halten. Journalisten sind sehr selbstbezogene Wesen.«

»Und warum hast du dich so geziert, mit uns zusammen nach Ischgl zu fahren?«

»Wer fährt schon gerne seiner eigenen Vergangenheit entgegen«, antwortete Harald ausweichend und sah zum Seitenfenster hinaus. Der ältere Toyota passierte gerade den Fußballplatz in See. Auf der notdürftig geräumten Rasenfläche waren jugendliche Spieler zu sehen, die mit den Bällen dribbelten und mitten im Schneetreiben auf das schon ziemlich zugeschneite Tor schossen.

»Ich habe im *Arthotel* eine Kellnerlehre gemacht und danach ein paar Jahre als Getränkevertreter gearbeitet, ich kenne die Leute in Ischgl sehr gut und habe das Gefühl, dass sich dort alles nur deswegen geändert hat, damit es genauso bleiben kann, wie es immer gewesen ist: ein Mikrokosmos aus Ausbeutung, Touristennepp und Selbstbetrug, und trotzdem ein Kuchen, von dem jeder ein bisschen was abkriegt. Auch wenn es nur abgegriffene Banknoten sind, das Trinkgeld von gestern, von all diesen totgelebten Tagen und Wochen und Jahren.«

*

Binnen weniger Stunden hatte die österreichische Rundfunkgesellschaft die stillgelegte Diskothek in ein richtiges Fernsehstudio verwandelt. Die geisterbahnähnliche Einrichtung war mit Vorhängen abgedeckt und anstelle der DJ-Kanzel ein Podium mit Loungemöbeln und Beistelltischen unter dem gleißenden Licht Dutzender neuer Scheinwerfer installiert worden – Andrew Stayner kam aus dem Staunen nicht mehr heraus. Das funkelnagelneue Studio vor seinen Augen wäre auch in London gut aufgehoben gewesen, und in den Nebenräumen gab es Schminktische und einen richtigen Backstagebereich mit bereitgestellten Snacks und Erfrischungsgetränken.

»Als ob heute Abend die Rolling Stones auftreten würden«, hatte der Übertragungsleiter gelacht und sich in Andrews britischer Understatementbewunderung gesonnt. »Wir sind ziemlich erfahren darin, uns in jeder Keusche einzurichten. In den Alpen gibt es oft Probleme mit der Stromzufuhr oder den Dieselaggregaten, also haben wir immer alles dabei, als ob wir in einen Krieg ziehen müssten: Wir übertragen Hunderte Sportveranstaltungen pro Jahr, und heute ist eben deine Talkshow aus der ehemaligen *Postillion*-Disco in Ischgl dran. Meine Tochter hast du bereits kennengelernt?«

»Die Übersetzerin und zweifache Snowboardeuropameisterin, ganzkörpertätowiert und mit einem Charme, der in Hollywood erfunden worden sein könnte? Allerdings, mein Lieber, und ich bin stolz darauf, sie als Dolmetscherin in meiner Talkshow zu haben.«

Der Übertagungsleiter deutete mit beiden Daumen nach oben und projizierte seinen ganzen Vaterstolz auf das wettergegerbte Gesicht: ein breites Lächeln, das zwei Reihen makellos gebleichter Zähne zeigte, viel zu weiß für einen etwa 50-jährigen Mann. Dieses Land namens Tirol war für viele Überraschungen gut: Junge Kellner sahen wie vorzeitig vergreiste Demenzfälle aus, dafür gab es jede Menge jung gebliebener Leute im Vorruhestand, die in Skijacken und teuren Boots zu erbärmlichem Alpentechno auf den Holztischen der Après-Ski-Lokale tanzten, dabei riesige Champagnerflaschen schwenkten und sich für einen Abend so verdammt jugendlich vorkamen: bescheuerte 21 forever. Oder 19. Oder noch jünger. Ein Selbstporträt der Infantilgesellschaft zu Beginn des 21. Jahrhunderts.

Andrew Stayner klopfte dem Übertragungsleiter anerkennend auf die Schulter und warf einen Blick in den Schminkraum mit zwei professionell eingerichteten Plätzen. Beide Visagistinnen spielten an ihren Smartphones herum, die eine auf *TikTok*, die zweite auf einer Selberkochen-App. Außer den beiden war niemand in diesem Raum zu sehen, nur Andrews massiger Körper wurde von einem der Schminkspiegel erfasst.

»Wo sind meine Talkshowgäste?«, fragte der britische Kochjournalist und suchte stirnrunzelnd alle Ecken des Raumes ab.

»Nebenan saufen«, antwortete die jüngere in einem Englisch, das tote Mittelschulprofessoren aus dem ewigen Schlaf reißen konnte.

»Ungeschminkt werden sie alle wie Zombies aussehen«, prophezeite ihre ältere Kollegin in einem ebenfalls nicht ganz stubenreinen Englisch. »Diese lausigen Amateure glauben tatsächlich, nur Tunten und Nutten lassen sich schminken. Es sind halt einfach gestrickte Köche, die glauben, den totalen Durchblick zu haben.«

»Der junge Rennfahrertyp hat sich ein wenig herrichten lassen«, relativierte die knapp 20-jährige *TikTok*-Visagistin, »ein bisschen Puder, die paar Härchen in den Nasenlöchern auszupfen und einige Pickel übertünchen – das Minimalprogramm eben. Der krasse Gegensatz zu Ihnen, Mister Stayner, der weiß, wie brutal die Studioscheinwerfer Gesichter ausleuchten: jede einzelne Falte, jede Pore, jede verdammte Hautunreinheit ist in Großaufnahme zu sehen – wenn du in diesem Weißlichtmassaker ungeschminkt bist, werden sogar deine besten Freunde vor Entsetzen zu kreischen beginnen.«

»Die übrigen drei ließen sich leider nicht dazu hinreißen«, bedauerte die ältere Selberkochenkollegin, »weder der Langzeitküchenchef aus dem *TR-Hotel* noch der introvertierte Newcomer aus dem *Schtia* oder gar dieser verrückte Greis mit dem wallenden weißen Haar aus der heruntergewirtschafteten *M*-Bude.«

»Eigentlich habe ich den gar nicht eingeladen«, ereiferte sich Andrew Stayner, »ich wollte gestandene Köche in meiner Talkshow über den alpinen Küchenstil Österreichs haben, keinen polternden Hotelier mit seinem aufgesetzten Imponiergehabe.«

»Da kennen Sie Adler senior schlecht«, grinste die ältere Visagistin und legte ihr Smartphone beiseite, »wenn der eine Kamera auch nur von Weitem sieht, dreht er vor Begeisterung durch und drängt sich auf Gedeih und Verderb ins Rampenlicht. Den eingeladenen Koch wird er in den Vorratskeller gesperrt haben. Darauf können Sie Gift nehmen.«

Andrew Stayner war sich nicht sicher, jedes Wort verstanden zu haben. Verlegen lächelte er zu den Visagistinnen hinüber und verdrückte sich in den sogenannten »Erfrischungsraum«, wie auf einem an die Nebentür geklebten DIN-A4-Blatt stand.

Vorsichtig griff Andrew nach der Türschnalle und schickte sich an, den Backstagebereich zu entern. Drinnen stand die Luft vor lauter kubanischem Qualm, drei der vier geladenen Gäste hatten sich fette Zigarren angezündet, nur der Rennfahrerkoch stand in der Ecke und telefonierte mit seinem Berater einer einflussreichen PR-Agentur. Anscheinend ging es darum, wie viel Schminke gerade noch als heterosexuell durchging und was bereits eindeutig zu viel war – zu sehr non-binary, bisexual oder überhaupt gay. Tuntenhaft. Halbseiden. Zwielichtig. Der vielversprechende Nachwuchskoch war bisher kaum im Fernsehen aufgetreten, wenn man von Kurzinterviews in Gossip- oder Sportsendungen absah. Der Coach am anderen Ende der Verbindung schien minutenlang auf den jungen Küchenchef einzureden, der gleichzeitig auf der Spiele-App eines anderen Smartphones Monster aller Kategorien eliminierte.

Seine Kollegen hatten sich währenddessen um eine Magnumflasche Cognac geschart und pafften ihre fetten Zigarren, allen voran der Chefkoch vom *TR-Hotel* und der Greis mit dem wallenden Haar, der alle paar Minuten »Seilbahn, Seilbahn« rief – vor allem, seitdem er Andrew Stayners Anwesenheit bemerkt hatte – »Seilbahn, Seilbahn« – weil dieser Kampfruf das mit Abstand wichtigste Ereignis umschrieb, das sich in diesem Kuhdorf zugetragen hatte: den Bau der ersten Seilbahn zur Idalpe hinauf. Vor mehr als 60 Jahren auf Initiative von Adler Supersenior errichtet.

Die junge Dolmetscherin betrat den Erfrischungsraum und rief »Manda, s'ischt Zeit: In 30 Minuten gemmas an« in die Runde der paffenden und trinkenden Teilnehmer hinein. Der wortkarge Biokoch wankte bereits ein wenig, vom dritten doppelten Cognac, den ihm der weißhaarige Greis eingeschenkt hatte, schon etwas mürbe gemacht.

»Thirty minutes?!«

Andrew Stayner blickte erschrocken in die Runde und versuchte, das einzige Fenster des Raumes zu öffnen. Die drei rauchenden Küchenchefs röchelten bereits in der verqualmten Luft, und die Poren auf den bleichen Gesichtern hatten sich wie kleine Vulkankrater geöffnet: wenig ansehnliche Eiter- und Pickelherde, die im grellen Scheinwerferlicht ein echtes Horrorerlebnis abgeben würden.

»Ich bringe die Meute schon rechtzeitig auf die Bühne«, versuchte die junge Dolmetscherin Andrew Stayner zu beruhigen. »Auf Mädels unter 25 hören die alten Knacker ein bisschen. In der Hotellobby haben sich übrigens zwei Herrschaften nach Ihnen erkundigt, ein gewisser Selikovsky und sein Begleiter, ein noch älterer Mann, der gar nichts gesagt hat. Sahen irgendwie distinguiert aus. Wie Kriminalbeamte im Fernsehen. Oder Richter in echt. Ganz schön edel, die beiden. Geben Sie mir zehn Minuten, Andrew, dann habe ich die vier Recken auf der Bühne versammelt, genau zu den passenden Kärtchen. Nur das eine mit dem Chefkoch aus dem *M-Hotel* müssen wir gegen den Namen unseres Überraschungsgastes austauschen: Adler, Günter. Der Vorname ohne h, glaube ich. Ich sehe vorsichtshalber noch einmal im Internet nach. Lassen Sie mich einfach machen, Andrew, und begrüßen Sie lieber Ihre Freunde da draußen.«

Andrew zuckte wenig überzeugt mit den Achseln und verschwand durch die enge Tür des Erfrischungsraums in den Korridor hinaus, suchte sich den Weg in die Lobby des *Posthotels* und erblickte neben einem übertrieben geschmückten Christbaum zwei Herren in langen Wintermänteln und tief in die Stirn gezogenen Hüten: gepflegt, kultiviert, etwas unsicher in alle Richtungen blickend. Einer von ihnen musste dieser pensionierte Kriminalbeamte der Wiener Mordkommission sein – Harald Selikovsky. Wahrscheinlich von jenem Richter begleitet, den Harald öfters in seinen E-Mails erwähnt hatte: ein ebenso fester Bestandteil des kleinen Kochkreises, der in der Seniorenresidenz einmal pro Monat eine kulinarisch sträflich vernachlässigte Zutat in vielen Gängen hochleben ließ: den Blumenkohl. Den Sellerie. Den Rhabarber. Und was die hoch dekorierten Starköche sonst noch alles außen vor ließen.

Andrew Stayner stellte sich vor und lud die beiden Gäste ein, ihm nach unten in den stillgelegten *Postillion*-Klub zu folgen, der vom Österreichischen Rundfunk über Nacht in ein richtiges Studio verwandelt worden war. Der britische Journalist hielt eine vergoldete Tür auf und ließ die beiden Männer eintreten, einen ehemaligen Richter und einen früheren Ermittler der Mordkommission, die genauso aussahen, wie sich das Fernsehpublikum Schauspieler in diesen Rollen bei einem Lokalaugenschein vorstellen würde.

*

Auf den Kontrollmonitoren von BBC 2 waren erste Bilder aus Ischgl zu sehen: eine grell ausgeleuchtete Bühne, von schwarzen Vorhängen eingerahmt, in einer Umgebung, die den Übertragungstechniker Geoff an jene Geisterbahn in

Southampton erinnerte, die in den späten 90er Jahren in Flammen aufgegangen war: ein paar Teufelsfiguren hier, ein paar güldene Holzfratzen dort, es war zum Fürchten und zum Lachen zugleich.

»Eigentlich eher mitleiderregend«, wie Geoff grinsend befand, nicht einmal sein Terrierwelpe Charles III. oder der vierjährige Sohn namens Jameson (nach dem irischen Whiskey benannt) hätten sich vor solchem Nippes gefürchtet.

Auf der Bühne waren sechs Fauteuils aufgestellt, deren abgeschabtes Leder unter den Scheinwerfern wie Wurzelspeck glänzte. Geoff war fünfmal in Stanton upon Arlberg Skifahren gewesen und wusste daher, was Wurzelspeck war. Er hatte auch Après-Ski-Lokale wie die *Mooserhütte* oder das *Crazy Cangarooh*, die *Alibi-Bar* und die *Mördergrube* besucht, allesamt Saufhütten, in denen man sein Gedächtnis gegen paar 100 Euro in bar für einen Abend auslöschen konnte, umgeben von betrunkenen britischen Staatsbürgern und trinkgeldgeilen Kellnern, die einen so oft es ging über den Tisch zogen. Eine Atmosphäre wie im Schlagerspiel Newcastle gegen Manchester City, nur scheinbar auf dem Nordpol ausgetragen und von zehn Schnapsfirmen zugleich aufdringlich beworben.

»Da sieht es genauso aus wie in dieser Geisterbahn, die vor 30 Jahren in einem britischen Seebad abgebrannt ist«, grinste Geoffs Assistent zu den ersten Bildern aus dem *Postillion* zu Ischgl, »übrigens genau am Tag meiner Geburt. Und die Gestalten in den Fauteuils sollen richtige Küchenchefs sein? Der eine ganz links sieht wie ein Skirennläufer aus, der nächste scheint schon einen gewaltigen in der Krone zu haben, der dritte starrt demente Löcher in die Luft, aber das Beste ist dieser Greis mit dem wallenden weißen Haar.«

Geoff beugte sich etwas vor und murmelte ein paar Wörter in sein Headset hinein, ein Schnitt, und die Bühne war plötzlich aus einem anderen Blickwinkel zu sehen, mehr von unten, aus der Perspektive der Zuschauer heraus, die sich langsam in diesem improvisierten Studio einfanden.

»Eine ziemlich bizarre Erscheinung«, fuhr der gesprächige Assistent fort und nahm einen Schluck geschmacklosen Filterkaffee aus seinem Mug, der so groß wie eine Mülltonne war, »sieht aus wie ein Gespenst, irrt auf der Bühne herum und brabbelt schon die ganze Zeit irgendetwas, ich dachte zuerst, es wäre Deutsch, aber nach der ungefähr 50. Wiederholung habe ich diesen Rap aus einer einzigen englischen Vokabel verstanden: Cablecar, Cablecar. Was zum Teufel soll das bedeuten?«

»Seilbahn, würde ich sagen«, grinste Geoff und sah zu seinem Assistenten hinüber. Eddie Hall war ein typischer Vertreter der Generation Z (wie »sad« ausgesprochen), die sich ständig über alles und jedes in der engeren Umgebung echauffierte und dabei auf so etwas Banales wie die schnöde Arbeit vergaß. Auch wenn Eddie nur für 15 Wochenstunden angemeldet war, stand er kurz vor dem Burnout – bei veganer und alkoholfreier Ernährung, einem Body-Mass-Index von zehn und einem Ruhepuls von 35. Der britische Meister im 10.000-Meter-Lauf war ein physisches Wrack gegen Eddie Hall, der sich fortwährend über das peinliche Auftreten der Teilnehmer in Andrew Stayners beliebter Kochsendung *Kitchen Madness* mokierte: jene vier Existenzen auf den Bildschirmen der Kontrollmonitore, die Eddie Hall als Alpenzombies bezeichnete, die man am besten in einem Käfig für die Ewigkeit aufbewahren sollte.

»Da kommt Andrew«, lächelte Geoff und nickte mit dem Kinn in Richtung der Monitore, »der Einzige, der sich richtig schminken ließ, die anderen werden bei den Close-Ups wie Untote rüberkommen …«

»…Was ich gesagt habe: Alpenzombies«, unterbrach ihn der Assistent, pfiff dann durch seine makellos weißen Zähne und deutete mit seinem Mülltonnen-Mug auf eine junge Frau um die 20, langes dunkelblondes Haar, ganzkörpertätowiert, mit einem Lächeln, das noch den letzten Penner in den Belfaster Docklands aufwecken könnte. »Wer ist denn diese Prinzessin, Geoff?«

Es war die erste Frage, die Eddie in den letzten sechs Monaten gestellt hatte. Leute seiner Generation (der mit dem letzten Buchstaben im Alphabet) fragten normalerweise nie etwas, weil sie zu schlau, zu gut ausgebildet, zu blasiert oder sonst irgendwas mit »zu« waren. Vielleicht auch nur »zu« wie in zugedröhnt, zugekifft oder auf eine andere künstliche Weise vom schnöden Alltagsleben isoliert wie ein Stück elektrischer Draht.

»Die Dolmetscherin, würde ich sagen«, grinste Geoff und gab zu, dass die junge Frau auf dem Bildschirm tatsächlich wie eine Prinzessin aussah, allerdings wie eine aus der Gothicabteilung, »sie ist die Tochter eines Kollegen beim Österreichischen Rundfunk und zweifache Europameisterin im Snowboard auf der Halfpipe, dazu ausgebildete Übersetzerin. Angeblich beherrscht sie fünf Sprachen, und ihr Englisch erinnert an ein paar Punkstars aus Manchester, wenn ich mich nicht sehr irre.«

»Gerade richtig zum Anbraten, wenn ich nicht am Wochenende non-binary und von Montag bis Freitag schwul wäre«, seufzte Eddie Hall, der jedem, der es nicht wissen wollte, seinen aktuellen psychischen Status verriet.

Seit seinem sechsten Lebensjahr befand er sich durchgehend in Therapie, und die vielen Sitzungen hatten seine

Existenz in etwas Besonderes verwandelt: Worin das Besondere bestand, wusste kein Mensch. Was oder wer Eddie Hall wirklich war, wusste ebenso niemand – am wenigsten er oder sie oder es selbst. Was allen egal sein konnte, da Eddie in naher Zukunft 90 Millionen Pfund erben würde. Bis dahin blieb er Assistent beim Britischen Rundfunk, modelte für Luxusunterwäsche oder kommentierte ungefragt die Gemengelage, die im Augenblick aus dieser Fernsehsendung aus Ischgl bestand: Andrew Stayners legendäre *Kitchen Madness*-Show. Zum ersten Mal aus dem Nirgendwo Europas übertragen, direkt aus der sogenannten Union, von der sich die Briten in einem Anflug chauvinistischer Untergangslust für immer verabschiedet hatten.

Seitdem kostete ein Kilo Hackfleisch, zwei Tafeln Schokolade und drei Brisen Kokain in etwa gleich viel. Gemüse und Obst waren sowieso kaum mehr zu haben. Keine Frage, wozu Eddie Hall in dieser ökonomischen Ausnahmesituation griff. Das Sparen lernte man schließlich von den reichen Leuten, nicht von jenen traurigen Ameisen, die vollgepumpt mit Hackfleisch und Billigschokolade des Abendprogramms der BBC auf abgewetzten Diwanen harrten.

»Achtung, in einer Minute geht es los«, murmelte Geoff konzentriert und wies mit der rechten Hand auf seinen Burnoutassistenten und Millionenerben, »noch 30 Sekunden, noch 20, noch zehn, und … Action!«

Eddie Hall stellte gelangweilt seinen riesigen Mug auf die Tischplatte, beugte sich vor und drückte zwei Tasten, die einzige Handbewegung, die entfernt mit seinem Job zu tun hatte. Die Kameras aus Ischgl waren auf »On« eingestellt, die Übertragung auf BBC 2 hatte begonnen, und

auf den Kontrollmonitoren war Andrew Stayner in Großaufnahme zu sehen, der das britische Volk aus dem fernen
Ischgl begrüßte.

*

Harald Selikovsky und Richter Alfons lauschten dem
Streitgespräch auf der Bühne des *Postillions*, das zeitversetzt im britischen Fernsehen übertragen wurde. Ohne
das charmante Eingreifen der jungen Dolmetscherin wäre
die Diskussion innerhalb von zehn Minuten eskaliert, zu
unterschiedlich waren die einzelnen Positionen und Stand-
punkte, die obendrein von schwerem Alkohol und gewissen Substanzen entstellt wurden. Das Thema der Sendung
lautete »*Der neue alpine Küchenstil Österreichs*«, der nur
peripher im Palaver der eigenen Eitelkeiten auszumachen
war. Dieser »*Dolce e Salato Stil Novo*« der westösterreichischen Traditionsküche konnte von einer Rückbesinnung
auf die elementaren Teile alpiner Ernährung (das Moos,
die Farne, die Waldtiere und die letzten paar Saiblinge
im örtlichen Bach) bis zur sogenannten »Angeberküche«
reichen, die natürlich der gestylte junge Rennfahrer for-
cierte: ein Konglomerat aus alpinen Produkten, traditio-
neller österreichischer Küche und avantgardistischen Ten-
denzen (Reizwörter wie Isomalt, Mono- und Diglyceride,
Mannitol, Kohlendioxid und Dehydratoren prasselten wie
Hagelkörner auf die britischen Zuseher ein). Der aufstrebende Küchenchef sprach von Kugeln mit flüssigem Inhalt,
von aufgeblasenen Sphären aus Milchhäuten und Zucker-
watte aus Wurzelspeck, während die absolute Mehrheit
vor den Fernsehgeräten oder Tablets riesige Näpfe voller
Marshmallows oder Salzcracker leerte.

Das Menü um 300 Euro, führte der verkappte Skirennfahrer großspurig aus, wäre noch geschenkt angesichts der Tatsache, dass er 25 Praktikantensklaven in seiner gesponserten Lohbergerküche aushalten müsse – übrigens die einzige Gemeinsamkeit, die er mit dem 70-jährigen Doyen der Ischgler Kochkunst aus dem *TR-Hotel* teilte, einem immer noch schlanken und drahtig wirkenden Herrn, der sich ebenfalls über das viel zu niedrige Preisniveau in Ischgl beschwerte. Sein Kalbsjus würde drei Tage Vorbereitungszeit brauchen, ganz abgesehen vom halben Madeirafass und den Hunderten Litern Ruby Port, die sein Souschef auf wenige Milliliter einreduzierte, eine Geschmacksexplosion, die jeden schleimigen Restauranttester von *Falstaff* und *Gault Millau* noch immer betörte – aber leider schien guter Geschmack immer mehr aus der Mode zu kommen, wer habe heutzutage noch die Eier, sich ein ordentliches Paznauner Schafl von maximal einjährigen Mastlämmern zu gönnen, das Ganze um lächerliche 99 Euro, inklusive Geleeperlen aus rotem, gelben und violetten Paprika, mit vielen Pinzetten zurechtarrangiert wie auf einem Gemälde von Alfons Walde, das im Schnitt um ein paar 100.000 Euro bei *Sotheby's* oder *Christie's* verkauft wurde.

»Da ist noch Luft nach oben«, erklärte Markus Siebharter mit großer Geste, und der Greis mit dem wallenden weißen Haar an seiner Seite sprang aus dem Fauteuil hoch, fuchtelte mit den Armen herum und erklärte, dass er demnächst 200 Euro extra für das Tranchieren eines Tomahawksteaks durch den Küchenchef persönlich verlangen würde. Sein Souschef habe obendrein eine Methode entwickelt, Olivenöl aus drei Metern Höhe so auf das zerstückelte Fleisch rieseln zu lassen, dass kein einziger Tropfen die Designerkleidung der hochsolventen Gäste benetzte –

»*Cool Oil Bee*« hieße die Aktion, die entfernt an das Prozedere des türkischen Protzkochs in Dubai erinnerte, nur zehnmal geiler, exaltierter und teurer natürlich.

Günter Adler hielt, von seiner eigenen Grandiosität übermannt, einen Augenblick inne, genoss die Verlegenheit seiner Mitstreiter und labte sich an Andrew Stayners schreckgeweiteten Blicken. Die Sendung begann aus dem Ruder zu laufen und konnte jeden Augenblick vollends eskalieren.

»Seilbahn, Seilbahn!«, schrie der Greis mit dem wallenden Haar und fuchtelte mit seinen dünnen Armen herum, »Seilbahn, Seilbahn, das ist unsere DE – EN – AHHHH. SEILBAHN!«

»Scheiß auf die Seilbahn«, feixte der junge Rennfahrertyp mit der Wurzelspeckzuckerwatte in das betretene Schweigen hinein, »scheiß auf die verdammte Seilbahn, Opa! Die Lösung heißt Helikopterskiing, wir brauchen einen Alpenairport in Galtür, und wer keine Million Cash auf dem Konto hat, kommt mir nicht mehr zur Tür herein.«

Applaus, Aufschrei, Handgemenge – und Notschnitt zu einem Dokumentarfilm, der den Aufstieg Ischgls von einem armen Bergbauerndorf zum berühmt-berüchtigten High-Energy-Skiresort beschrieb. Der Vater des verrückten Greises hatte den Bau der ersten Seilbahn auf die Idalpe hinauf initiiert, danach waren die ersten Touristen gekommen, etliche Bergbauernhöfe wurden zu Hotels umgebaut, und in den frühen 90er Jahren verwandelten sich viele der verwaisten Holzhütten des Ortes in Après-Ski-Lokale und Champagnerchalets. Das neue Geld begann in immer gewaltigeren Strömen durch das Paznauntal zu fließen. Aus verschlossenen Melkbauern waren findige Hoteliers und Gastronomen geworden, die ihre alten Pritschenwägen gegen Maseratis, Lamborghinis oder McLarens getauscht hatten.

Nur ihr Dialekt verriet noch, dass sie Westtiroler Bauern waren, zu den sogenannten Walser Gemeinden gehörig, genau wie ihre Kollegen vom Arlberg, die sie einerseits hassten und dann wieder für deren unaufdringliche Geschäftstüchtigkeit bewunderten: Die Lecher Gastronomen waren genauso distinguiert wie ihre adeligen Gäste geworden. Die im Paznauntal sesshaft gewordenen Ex-Schweizer hatten sich dagegen in gierige Winterbauern verwandelt, denen die Touristen genauso egal waren wie früher das Vieh in den Ställen. Wo vor Jahrzehnten Schafe geblökt hatten, lamentierten jetzt ein paar widerspenstige Gäste gegen den Nepp – leider war der Schlachtschussapparat für renitente Touristen noch nicht erlaubt, so die nächste Vision der hiesigen Schollenverwalter, die sich in ihrem eigenen Glanz sonnten, stolze Bewohner jenes Seitentals, das im Winter praktisch ohne Sonneneinstrahlung war, was keine Rolle spielte, da die bunten Lichter der Après-Ski-Lokale die Ortschaft sowieso rund um die Uhr erhellten.

Nach der eingespielten Dokumentation hatte sich die Lage im *Postillion* einigermaßen beruhigt. Die Diskussionsteilnehmer hockten teilnahmslos in ihren Fauteuils, der Tourismusobmann hatte genug Koks eingeworfen, um sein Statement vor laufender Kamera abzugeben, und Andrew Stayner riskierte noch eine letzte Frage, bevor er sich von seinen Zusehern verabschieden würde, mit fester Stimme, routiniertem Lächeln und eingespielten Gesten wie immer.

»What kind of future is facing Ischgl? Wie wird es weitergehen, Leute?«

Betretenes Schweigen. Husten. Schnäuzgeräusche und Achselzucken. Dann fielen Vorschläge wie Preise erhöhen, Millionärsweinkarte einführen, Seilbahn vergolden oder Ischgl zum Thermalbad erheben. Am besten eine Art alpines Fürstentum ausrufen. Wir müssen Monaco werden, mindestens. Ein Formel-1-Parcours durch die Dorfstraße wäre auch super. Die Versager vom Skiweltcup brauchen wir jedenfalls nicht. Der Schnee kommt ohnehin aus den gleichnamigen Kanonen. Am besten wir produzieren alles selbst: die Energie, das Fressen, den Wein (Stichwort touristisch ungenutzte sonnenseitige Hänge und Klimaerwärmung), und am Ende drucken wir auch noch unser eigenes Geld: den Paznauner Franken, an die edelstahlharte Schweiz gekoppelt, die ja gleich hinter der Idalpe beginnt.

»And the kitchen's future?«

Ein Steckrübenconsommé um 1000 Euro wäre das Ziel, darauf konnten sich alle Diskussionsteilnehmer einigen. Egal, ob die Suppe klassisch, in einen Hohlkörper aus fermentierter Fischhaut gefüllt oder mit Blattgold überzogen daherkam. 1000 Euro für einen Teller Suppe. So ungefähr lautete die Vision des neuen alpinen Küchenstils im Paznauntal.

»*Good night to Ischgl's Street sweepers, good night to the nightlife flame keepers – and good night to tourism, too ...*«, paraphrasierte Andrew Stayner einen alten Tom-Waits-Song, wünschte seiner Zusehergemeinde im fernen Großbritannien einen schönen Abend und legte schließlich seufzend das Headset beiseite. Er schloss für ein paar Sekunden die Augen und fragte sich, wie man dieser gierigen Meute um ihn einen letzten Streich spielen konnte. Einen killing joke, der die Gier dieser sogenannten Touristiker und Gastronomen endgültig vor aller Welt bloßstellen würde.

*

Der albanische Chefkoch des *M-Hotels* lag gefesselt im Gemüsekeller, zusammengebunden wie ein Jutesack voller Kartoffeln. Harald Selikovsky hatte keine drei Minuten benötigt, um mithilfe eines Küchenlehrlings den außer Gefecht gesetzten Kerl ausfindig zu machen. Nach Vorlage eines Pensionistenausweises hatte der Junge bereitwillig den beiden Ermittlern in Rente den Weg in den Keller gezeigt und Harald sogar eine Stablampe mitgegeben, eine richtige Maglite, mit der man auch die hintersten Ecken ausleuchten konnte.

Der gefesselte Chefkoch wehrte sich heftig, während ihn Harald und Richter Alfons von den Fesseln befreiten. Anderthalb Stunden vor Andrews Talkshow hatte der alte Adler den Bedauernswerten nach unten in Keller gelockt, seinen Angestellten mit K.-o.-Tropfen betäubt, gefesselt und geknebelt und neben dem Opfer zwei 500er-Scheine und eine Magnumchampagnerflasche deponiert, den »Gold Brut« von »Armand de Brignac« mit dem fetten Pikass und dem protzigen Pseudogoldbarren darauf.

»Außerdem«, fuhr der etwas unfreiwillig außer Dienst gesetzte Küchenchef fort, »hat mir Günter Adler 20.000 Euro in bar am Ende der Wintersaison versprochen und mir sogar den gebrauchten Maserati seines Schwiegersohns Jens in Aussicht gestellt, eine mehr als fürstliche Kompensation für die paar Minuten Einzelhaft im Gemüsekeller.«

»Du glaubst doch nicht im Ernst, dass der alte Adler damit herausrücken wird«, nahm Harald Selikovsky den albanischen Chefkoch in die Mangel, wie er es früher mit Verdächtigen in besonders schrägen Mordfällen getan hatte. Diese bizarren Verbrechen waren allesamt lange her, die meisten Bluttaten ereigneten sich heutzutage nur noch im engsten Familienkreis, der absolut tödlichsten Form des Zusammenlebens.

»Der Chef ist gut«, widersprach der albanische Küchenchef kleinlaut, stand unbeholfen auf und klopfte sich den Lurch von der Kleidung.

»Er hat dich aber gefesselt, geknebelt und um einen Fernsehauftritt betrogen. Mit einem Schlag hättest du selbst berühmt werden können«, versuchte Harald Selikovsky die Eitelkeit seines Gegenübers anzustacheln, aber es half nichts, der albanische Koch war zufrieden, die Küchenbrigade des *M-Hotels* zu leiten und in ein paar Jahren vielleicht noch eine zweite von fünf möglichen Hauben zu ergattern.

»Ich habe hier als Tellerwäscher angefangen, wie viele andere Albaner auch,« erklärte der füllige Küchenchef, »meine Papiere waren nicht in Ordnung, ich hatte Vorstrafen wegen Raubes und Urkundenfälschung. Adler senior hat mir einen Job gegeben, und dann ist es immer weiter nach oben gegangen. Seit zwei Wintersaisonen bin ich Küchenchef im *M-Hotel*, verdiene 6000 Euro netto im Monat und kann mir aussuchen, ob ich meine Ferien auf den Seychellen, in Dubai oder auf Antigua verbringe. So schaut es aus«, grinste der Koch, der noch vor zwei Minuten ein gefesselter Sack unter anderen Kartoffelsäcken gewesen war, mehlig oder festkochend, das war vielleicht noch die Frage.

»Sie können jederzeit eine Anzeige erstatten«, schlug Richter Alfons stirnrunzelnd vor, »Freiheitsberaubung ist kein Kavaliersdelikt, ich könnte mir vorstellen, dass ihr Peiniger ...«

»Es gibt keinen Peiniger«, rief der albanische Chefkoch, raffte die beiden 500-Euro-Scheine und die vergoldete Bling-Bling-Flasche zusammen, rückte seine Baseball-kappe tief in die Stirn und sah wieder aus wie einer jener Gorillas, die seit Jahrzehnten vor dem Eingang zum haus-eigenen Nachtklub *Pasha* standen und die Gästeschar nach Aussehen, Einkommen und allgemeiner Geilheit selek-tierten, »nie im Leben werde ich eine verdammte Anzeige erstatten. Wenn einer schräg daherkommt, ramme ich ihm ein Küchenmesser in die Hüfte oder reiße ihm die Hoden heraus, so funktioniert das in meiner Heimat, wo es nur das Faustrecht des Stärkeren gibt, nach dem Grundsatz: ich Chef, und du nix.«

Harald sah Richter Alfons mit hochgezogenen Augen-brauen an und seufzte – *wo kein Ermittler, da kein Rich-ter*. Ein paar Sekunden Stille, dann brachen beide in lautes Gelächter aus, ein befreiendes Lachen, das ihnen endgül-tig die Gewissheit verschaffte, im wohlverdienten Ruhe-stand am Rand der Gesellschaft zu leben, in der privilegier-ten Position zweier Seniorenresidenzbewohner, denen es an nichts fehlte.

Der schlaksige Lehrling war inzwischen ebenfalls in den Keller gekommen, um einige Zweige Estragon, Ore-gano und Majoran aus den Topfpflanzen zu schneiden. Er hielt eine orange Fiskars-Schere in der rechten Hand und hatte ein anzügliches Lächeln aufgesetzt, das Harald Seli-kovsky schon zuvor in der Küche aufgefallen war. Die hellen Augen funkelten in die Richtung des pensionierten Ermittlers, der breite Mund öffnete sich einen Spalt, und eine gepiercte Zunge benetzte die üppigen Lippen.

Ein paar Sekunden lang knisterten mehrere 1.000 Volt Hochspannung zwischen den beiden, bevor Harald die Augen zu Boden schlug, dem davoneilenden albanischen Chefkoch Platz machte und daran dachte, wie kurz das Leben doch war – und wie vehement das Begehren stets von Neuem zurückkam, sogar in den verrücktesten Augenblicken, an den unmöglichsten Orten wie diesem hier, wo Harald vor einem halben Jahrhundert genau derselbe schlaksige Lehrling gewesen war, der von der Küchenbrigade Schläge kassierte, im Mitarbeiterhaus von schmierigen Oberkellnern durchgenommen wurde und im Sommer am Bahnhof von Landeck darauf wartete, von älteren Herren ohne Gesicht und Moral angesprochen zu werden. All diese verdammten Erlebnisse waren wie ein Erinnerungstornado wiedergekehrt und hatten Harald beinahe dazu gebracht, gemeinsam mit dem Lehrling in der Kräuterkammer zu verschwinden, um zwischen klappernden Scherenschnitten auf einen straffen, runden Hintern zu starren.

»Wir hätten Anzeige erstatten müssen«, murmelte Richter Alfons und betupfte mit dem Stofftaschentuch ein wucherndes Ekzem an der Stirn, »wir sind Augenzeugen eines mutmaßlichen Verbrechens geworden, haben den gefesselten Chefkoch gesehen und hätten Aufnahmen mit unseren Smartphones machen sollen ...«

»Wenn das sogenannte Opfer nicht mitspielt, können wir gar nichts machen«, murmelte Harald und stellte den Mantelkragen hoch, während die beiden pensionierten Beamten durch ausgehobene Schneewälle schritten, vom *M-Hotel* über die Dorfkirche und die Volksschule zum *Posthotel* zurück, wo Andrew Stayner vor dem Hotel eine Zigarre paffte und zufrieden mit sich und der Welt ein riesiges Cognacglas schwenkte. Die ersten Medienanalysen hatten großartige Einschaltquoten ergeben, die höchsten seit Gordon Ramsay vor einigen Jahren ein walisisches Lamm vor laufender Kamera erwürgt hatte, unter heftigem Protestgeschrei von Hélène Darroze und den hooliganhaften Anfeuerungsrufen von Heston Blumenthal, der damals noch gehofft hatte, mit ordinären Salzpralinen aus der Bretagne den Küchenolymp zu erobern.

»Wir sind knapp an einem Eklat vorbeigeschrammt, aber mithilfe der bezaubernden Dolmetscherin, gutem Alkohol und der schlechten Luft in dieser stillgelegten Geisterbahn haben wir gerade noch die Kurve gekratzt«, lächelte Andrew Stayner zufrieden. »Wo wart ihr beiden so lange? Ich wollte mit diesem besonderen Cognac auf euren Kochkreis anstoßen, der vielleicht auch ein tolles Thema für eine der nächsten Sendungen abgeben könnte: ›Senior Cooking Experience‹ oder so ähnlich.«

»Wir haben im *M-Hotel* Nachschau gehalten«, antwortete Harald Selikovsky, »es war genauso, wie wir es uns ausgemalt hatten: Adler senior hatte den eingeladenen Chefkoch im Gemüsekeller des Hotels mit irgendwelchen Tropfen betäubt und den Bedauernswerten gefesselt, um an seiner statt in deiner Talkshow auftreten zu können.«

»Seine ›Cablecar, Cablecar‹-Rufe gehen in allen sozialen Medien gerade durch die Decke«, grinste Andrew Stayner, stellte seinen Schwenker auf einem runden Beistelltisch ab und befüllte zwei weitere Gläser mit dem bernsteinfarbenen Weinbrand aus der Charente. »Meine Herren, vielen Dank für das geschätzte Erscheinen, es ist mir eine Ehre, mit Ihnen beiden anzustoßen: auf den neuen alpinen Küchenstil, auf Ihren Kochkreis, und auf diesen unglaublichen Miniplaneten hier, voller Gier nach der Kohle anderer Leute – Cheers!«

Die drei Männer tranken ein paar tiefe Schlucke französischen Branntwein, ließen den weichen Geschmack in der Mundhöhle zergehen und in der Speiseröhre nachklingen, bevor Andrew Stayner nach ein paar Zügen an seiner Winston-Churchill-Zigarre mit verschwörerischer Miene seinen nächsten Vorschlag zu unterbreiten begann.

»Man müsste diesen Leuten einen Spiegel vorhalten. In der Londoner Innenstadt beispielsweise wimmelt es vor Hedgefonds-Managern und Kryptowährungen-Glücksrittern, ohne all die Broker, Makler, Manager, Windbeutel und gemeinen Kapitalverbrecher würde die Spitzengastronomie der britischen Hauptstadt ihre wirtschaftliche Grundlage verlieren. Erst hier in Ischgl habe ich verstanden, wie Kapitalismus und Küchenavantgarde aufs Innigste miteinander harmonieren, es geht nur vordergründig um Genussvielfalt, Gaumenfreude und Spaß an den unterschiedlichsten Geschmackskombinationen, in Wirklichkeit ist alles nur auf dem kindischen Ehrgeiz aufgebaut, der Beste, der Schönste und Größte aller Zeiten zu sein, the Greatest of All Time zu werden, eine richtige G.O.A.T., das Wappentier vieler Tiroler Gemeinden: eine Ziege. Genau das verbindet Ischgl mit London, Paris, New York, Tokio, Sao Paolo, Buenos Aires und allen anderen Metropolen: globale Küche, globales Dorf, globaler Wahnsinn. Im Grunde wollen alle nur eines …«

»Geld«, pflichtete Richter Alfons bei und leerte sein Cognacglas.

»Kohle«, paraphrasierte Harald Selikovsky, »als ob man die verdammten Banknoten in sich hineinschlingen und mit größtem Genuss verdauen könnte. Obwohl man Geld gar nicht fressen kann.«

»Genau das wäre meine Idee«, lächelte Andrew Stayner, »ich denke an das teuerste Menü der Welt. An etwas, das nicht 1.000 Euro, nicht 5.000 oder 100.000 kostet, sondern Millionen. Dutzende Millionen von Euro. Ein Menü, das aus sieben Gängen besteht und nicht einmal konsumiert werden kann.«

»Und das wäre?«, fragte Harald Selikovsky und starrte den britischen Kochjournalisten neugierig an.

»Ich brauche ein Penthouse mit mehreren Räumen dafür. Dazu einige klärende Telefonate und etwa fünf Tage Zeit«, erwiderte Andrew Stayner und klopfte den beiden älteren Herrschaften an seiner Seite anerkennend auf die Schultern, »ohne euch beide hätte ich niemals die Idee zu diesem letzten Kapitel eines ungeschriebenen Krimis gehabt: einen Showdown wider die Hoffärtigkeit, diese größte Geißel der Menschheit. Ich bitte euch, mich jetzt zu entschuldigen. Wenn eine großartige Idee in meinem Kopf rumort, muss ich sie auf der Stelle umsetzen. Vielen Dank, dass ihr nach Ischgl gekommen seid! Dieser Intellektuelle dort drüben wartet schon auf euch, er sieht wie ein Philosoph oder Soziologe aus und ist doch nur mit einem Taxi hier, wie auch immer, das Leben spielt uns allen jeden Tag einen anderen Streich. Leben Sie wohl, Richter Alfons, machen Sie es gut, Harald Selikovsky. Ich wünsche euch nur das Beste – und verliert nicht eure Leidenschaft zu riechen, zu schmecken, zu kochen.«

Andrew Stayner lachte breit über das ganze Gesicht, legte die Zigarre im riesigen Aschenbecher ab und eilte mit offenem Mantel in den dichten Schneefall hinaus. Die Techniker des österreichischen Fernsehens verstauten Scheinwerfer und Lautsprecherboxen in ihren Übertragungsfahrzeugen, und Harald Selikovsky beeilte sich, seinem besten Freund Alfons in das Taxi des langmähnigen Geisteswissenschaftlers ohne Abschluss und Titel zu folgen.

*

»Sie wollen uns das Wasser abgraben«, sagte Moospichler senior in die Stille hinein, nachdem die Küchentalkshow auf BBC 2 über den riesigen Flatscreen im *Alpenpost-Hotel* geflimmert war, »es hat mit dem Lawinenunglück begonnen, bei dem mein ältester Sohn und einer unserer allerbesten Gäste ums Leben gekommen sind.«

»Die abgesackte Flexengalerie und die Tankwagenexplosion vor dem stillgelegten *Mooserkreuz-Hotel* in Sankt Anton haben uns obendrein von der Außenwelt abgeschnitten«, bekräftigte sein Nachbar Scholz und schlug wütend mit der Faust auf den Holztisch, dass die halb geleerten Schnapsgläser nur so klirrten.

»Gefolgt von einer bakteriellen Infektion, die unsere Gäste erst recht zu einer überstürzten Abreise bewogen«, sekundierte der Hotelier Pfefferkron, während der vierte im Bunde, ein gewisser Scheider, nur noch Löcher in die Luft starrte, um dort die verlorenen Millionen zu zählen.

»Die verdammten Listerien im Schnittkäse, die unterbrochene Kühlkette bei den Hühnerkeulen und Ostseeaustern – hinter diesen heimtückischen Anschlägen müssen die dort drüben stecken«, empörte sich der frühere Bürgermeister von Lech namens Mutzl, der von einer investorengestützten Bürgerliste namens »Neue Zukunft« aus dem Amt gejagt worden war. »Diese Emporkömmlinge und Neureichenverehrer, die mit der riesigen Therme und dem überdimensionierten Parkhaus schon den eigenen Ort ruiniert haben, fangen jetzt an, auch noch unsere Geschäfte zu stören.«

»Was ich gesagt habe«, nickte Moospichler senior und starrte in die Runde in Würde gealterter Gastronomen und Hoteliers, »sie wollen uns das Wasser abgraben. Das steckt eine perfide Strategie dahinter. Oder zumindest ein sehr böser Plan.«

»Sie waren schon immer kriminell veranlagt«, bekräftigte Kollege Pfefferkron und schenkte sich vom Vogelkirschenbrand nach, die Flasche um 300 Euro, ungefähr das Doppelte von einem Cognac XO, »zuerst kamen sie mit riesigen Champagnerflaschen daher, dann folgten zwielichtige Tabledance-Lokale, flächendeckender Nepp und zuletzt der alles überwuchernde Après-Ski, in dem es nur ums billige Absaufen geht, um vieles erbärmlicher als die Masttierhaltung von früher.«

»Wir werden ein gewaltiges Minus einfahren«, murmelte Scheider, der aus seinem komatösen Schlummern hochgeschreckt war, »so schlimm war es nicht einmal während der Pandemie, als wir die Zimmer zum halben Preis herschenken mussten.«

»Der beste Schnee und die fürchterlichsten Zahlen seit Menschengedenken«, murmelte Moospichler senior und dachte an Florian, seinen ältesten Sohn, der vor ein paar Wochen von dieser mysteriösen Lawine am Langen Zug erfasst worden war, angeblich nachdem er sie selbst abgesprengt hatte. Alle Ermittlungen waren eingestellt worden und Florians Grab blieb unter dichten Schneehäufen begraben, als ob es von einer nächsten Lawine erfasst worden wäre.

»Und dann gehen sie auch noch ins britische Fernsehen mit ihrem Tamtam«, ereiferte sich Pfefferkron, der in seinem Nachtklub nur noch das eigene Personal unterhielt. Einmal geflohen, würden die Gäste nicht mehr so schnell nach Lech zurückkehren, die auf Millionen Accounts vervielfachten Videos von Brechdurchfällen infizierter Touristen in Hotellobbys, auf der Dorfstraße und an der Talstation der Rüfikopfbahn hatten europaweit die Lust, nach Lech zu kommen, auf null reduziert – zumindest bis ans

Ende dieser kläglich verlaufenden Wintersaison. Und womöglich auch noch weit darüber hinaus.

»Die ›Cablecar‹-Schreie vom alten Adler waren mitleiderregend«, befand Scheider und sah auf die Uhr, eine teure *A. Lange & Söhne* mit Hunderten Komplikationen, »aber sie werden sich unter den bescheidenen Gemütern auf *Facebook, Instagram* und *TikTok* wie ein Lauffeuer verbreiten. ›Cablecar, Cablecar‹ – das könnte sogar ein neuer Schlachtruf für unterbelichtete Säufer werden, na ja, mir kann es egal sein, hier oben in Lech sind wir an reife Bordeaux, teure Burgunder und edle Champagner gewöhnt.«

»Fragt sich nur, wie lange noch«, seufzte Pfefferkron und überlegte, ob er nicht bald die ersten Vintagecabrios in der Tiefgarage unter seinem Fünf-Sterne-Hotel verscherbeln müsste. Die neue Armut, so schien es ihm, war bereits wie der Tod mit beiden Händen zu greifen: kühl, modrig, verwesend. Als ob die ersten Würmer mit dem Verzehr seiner innersten Organe begännen.

»Wir haben den Zweiten Weltkrieg überlebt und die anstrengenden Jahre der Nachkriegszeit, die Erdölkrise in den 70er Jahren und den Lehman-Finanzskandal, der unsere besten Kunden vor allem in Großbritannien betraf. Danach kamen Pandemiewellen und dieser Krieg in der Ukraine. Ich bin mir sicher, wir werden auch diese vergeigte Wintersaison hinkriegen«, resümierte der abgewählte Bürgermeister von Lech, leerte seinen Rocheltschnaps und verabschiedete sich in den dichten Schneefall hinaus.

Dieser Winter war seltsam, der seltsamste von allen, die diese illustre Runde erfahrener Lecher Gastronomen je erlebt hatten. Zunächst absolute Trockenheit und milder Sonnenschein bis in den Jänner hinein, dann heftigste Schneefälle, die zu gesperrten Straßen, Verwehungen und diesem rätselhaften Lawinenunglück geführt hatten, danach erneute Wärmeeinbrüche mit heftigen Regenfällen und Vermurungen rund um das Arlberggebiet, gefolgt von kurzem, strengem Frost und wiederum starken Schneefällen. Nicht nur die Menschen, auch das Wetter spielte verrückt, drehte durch, schlug Kapriolen und Salti wie ein durchgeknallter Weißclown, der einmal zu oft durch die Zirkuskanone geschossen worden war.

Vielleicht war viel eher das Wetter als die vermutete Ischgler Verschwörung der tatsächliche Feind für das ständig riskanter werdende Tourismusgeschäft. Der Permafrost brach auf, die Felsen begannen zu bröckeln, und die steilen Berghänge kamen ins Rutschen. Alles war buchstäblich in Bewegung geraten, und vielleicht würde dereinst das ganze Lecher Hochtal Richtung Steeg absacken und alle Hotels, Pensionen, Gastwirtschaften und Privathäuser mit sich reißen, mit Geröll und Schlamm überhäufen und für immer begraben. In 30 Jahren vielleicht, oder in 100. Oder vielleicht auch schon übermorgen. Niemand konnte es ganz genau wissen und schon gar nicht vorhersagen.

Scholz, Pfefferkron, Scheider und Moospichler sahen einander an, hoben das nochmals gefüllte Schnapsglas und murmelten »Prost«. Sie hatten allesamt nichts zu feiern. Saßen freudlos im kleinen Salon des *Alpenpost-Hotels* herum, direkt unter jener Traverse, an der sich vor Jahrzehnte ein Kochlehrling das Leben genommen hatte. Wenn man genauer hinsah, war der gesamte Ort von Leichen übersät. Die eine Rezeptionistin war in die Lech gegangen, zwei weitere Kommis mit einem Kleinwagen gegen einen Betonpfeiler vis-à-vis von der Dorfkirche geprallt, andere Lehrmädchen waren auf ungeklärte Weise in den Bergen verschwunden, und viele junge Angestellte hatten sich einfach versoffen oder mit schweren Drogen um die Ecke gebracht.

Die Gastronomie war auch hier in Lech eine Art Kriegsgebiet, ein Schlachtfeld aus Berufssoldaten, Söldnern, Feldherren und Spähern. Jedes einzelne Hotel, jeder Gastbetrieb, jede Skihütte eine Galeere, in denen ein einheimischer Käpt'n den Kurs angab, der Erste Maat für die richtige Marschgeschwindigkeit sorgte und die übrigen Sklaven wie verrückt mit den Ruderblättern um sich schlugen, tief drinnen im Bauch dieses Sklavenschiffs: in der Hotelküche, der Wäscherei, der Backstube, dem Weinkeller oder in den Restauranträumen, in einer Lobbybar oder dem Spa- und Wellnessbereich.

Jeder strampelte sich ab, um den verdammten alten Kahn namens *Alpenpost-Hotel, Almgasthof Scheider, Designhotel Scholz* oder *Pfefferkrons Gourmetwelt* nach vorne zu treiben, der vagen Aussicht nach etwas Lohn und noch mehr Trinkgeld hinterher – so war eben die Gastronomie: ein Schlachtfeld, ein Kriegsgebiet und doch irgendwie auch der schönste, gefährlichste und auf jeden Fall unterhaltsamste Bereich aller Wirtschaftssektoren: *If you can make it there, you can make it everywhere.* Sogar im Himmel. Und erst recht in der Hölle. Und überall dazwischen, wo das Leben sein musste – auch wenn es sich viel zu oft alles andere als lebendig anfühlte.

9
PENTHOUSE

Andrew Stayner hatte seinen Aufenthalt in Ischgl nochmals um einige Tage verlängert. Seine Arbeitgeber, der *Guardian*-Chefredakteur und eine hohe Produktionsleiterin der BBC, hatten nichts dagegen gehabt, vor allem, nachdem Andrews letzte Talkshow alle Rekorde gebrochen hatte: Mehr als drei Millionen Zuseher hatte sein elitäres Minderheitenprogramm für Foodies und andere Kochverrückte noch nie zuvor erreicht, außerdem war der »Cablecar, Cablecar«-Spruch von Adler senior auf allen Social-Media-Kanälen viral gegangen, halb Großbritannien hatte diesen Schlachtruf als neuen Gassenhauer inhaliert – »Cablecar, Cablecar!« hallte es durch die meisten Innenstadtstraßen zwischen Plymouth und Ullapool.

Da Andrew auf eigene Kosten seinen Aufenthalt verlängert hatte, war er von der geräumigen Juniorsuite in ein bescheideneres Superiorzimmer gewechselt, nur noch halb so groß, und trotzdem mit einer Zimmerrate versehen, die es mit jeder *Waldorf-Astoria*-Suite zwischen London und Miami aufnehmen konnte. Für Andrew war dieser exzentrisch hohe Zimmerpreis sogar jeden Cent wert. Ischgl hatte er in seinen zynischen Herzbeutel geschlossen, dieser Ort war ihm längst nicht mehr egal. Was zunächst als halbherzige PR-Geschichte auch in eigener Sache gedacht gewesen war, hatte sich in etwas Großes, Intensives verwandelt. Dieses unscheinbare Bergbauerndorf, das vor etwa 30 Jahren den gehobenen Massentourismus entdeckt hatte, war einfach unglaublich: auf der einen Seite bieder von den rustikal gestrickten Einwohnern her, und dann wieder um Lichtjahre durchgeknallter als die ganze Londoner Investment- und Hedgefondsszene zusammen. Ein alchimistisches High-Energy-Resort, das gelernt hatte, Scheiße zwar nicht in Gold, dafür in Geld zu verwandeln. Irgendwie hatten die Winterbauern sogar recht: Ihre Tresore waren prall gefüllt, in den Garagen standen hochgetunte Luxuskarossen herum, und ihre Ehefrauen gingen mit teuren Colliers von *Dior, Chopard* oder *Tiffany* über den prallen Silikonbrüsten spazieren, mitten auf der Dorfstraße, als ob eine Perlenkette um 50.000 Euro so selbstverständlich wie ein Paar ausgetretener Bergschuhe wäre.

Allem Oberflächen-Bling-Bling zum Trotz war das Prinzip Ischgl mehr als gefährdet. Die vulgären Après-Ski-Lokale mit den saufenden Low-Class-Touristen vertrieben mit ihrem böllerartigen Volkstanztechno die distinguierteren Gäste und feierten praktisch die ganze Nacht hindurch mit deutschem Bier, dünnen Weißweinspritzern und Glasminiaturen, die »Ficken«, »Kleiner Feigling«, »Klopfer« oder »Scheißdrauf« hießen – und genauso süß wie infantil schmeckten. Auch die Alkoholindustrie hatte herausgefunden, wie man mit billigstem Material die schamlosesten Höchstpreise erzielte: Rechnete man die Preise eines 2cl-Fläschchens mit zehn Prozent Alkohol und 500 Gramm Zucker auf den Liter hoch, war man bei einer Flasche Dom Perignon Rosé auf der Weinkarte des Londoner *Dorchester Hotels* angelangt. Die tschechischen-deutschen-niederländischen-britischen-Fuckyou-Touristen soffen sich trotzdem um den Verstand, zahlten unglaubliche Preise dafür und wälzten sich an den darauffolgenden Tagen mit üblen Kopfschmerzen und flauesten Mägen in einer Zwei-Sterne-Pension irgendwo im Tiroler Abseits um die Wette.

Andererseits gab es auch das Ischgl mit völlig neuen Ambitionen: Innerhalb von 200 Metern gab es mehrere Luxusrestaurants. Wie in London waren diese Outlets hier ebenfalls in Hotels untergebracht, manchmal fremdverpachtet, manchmal von den Hoteliers selbst hart an der Konkursgrenze geführt: Der Wareneinsatz war hoch, die wenigen Tische brachten trotz horrender Preise wenig Umsatz ein – aber das zweifelhafte Image des Ortes schien durch solche Restaurants tatsächlich überwunden zu werden. Ischgl versuchte, gediegen zu sein. Dass es dafür andere Gäste als durchgeschwitzte Alkoholiker mit einem Body-Mass-Index von 40 plus brauchte, lag auf der Hand. Das Ischgl von morgen schielte nach den solventen Connaisseurs, die sich seit Jahrzehnten am Arlberg langweilten, in Sankt Christoph, Zürs oder in Lech. Das alte Geld musste nicht protzen, die Großunternehmer, Industriekapitäne, die Vertreter des europäischen Hochadels und der wichtigsten börsennotierten Konzerne Europas bevorzugten ruhige Wintertage auf autobahnbreiten Skipisten und in gemütlich eingerichteten Stuben, bei alten Bordeauxweinen, großen Burgundern und noblen Champagnermarken, vollkommen unaufgeregt, mit einem Ruhepuls, wie ihn nicht einmal jeder Spitzensportler vorweisen konnte.

Nicht nur Ischgl wollte diese Gäste unbedingt haben, der ganze Kontinent beneidete die Walserbauern auf dem Arlberg um ihre Klientel, Sylt genauso wie Marbella, die Algarve ebenso wie Cornwall oder ein paar norwegische Fjorde. War die Gier der Paznauner Gastronomie bereits so aufgeladen, dass sie zum Äußersten bereit war: zu mutwillig abgesprengten Lawinen, zu zerstörten Bergstraßen, der tödlichen Lastwagenexplosion und einer bewusst her-beigeführten bakteriellen Infektion auf dem Arlberg?

Andrew hatte längst von diesen Spekulationen erfahren, aber es schienen nur Gerüchte und Halbwahrheiten zu sein, nicht mehr. Tiroler und Vorarlberger Staatsanwälte waren bereits dabei, die Ermittlungsergebnisse ad acta zu legen, etwaige Verfahrensvorberichte abzubrechen und die ganze dubiose Story unter den berühmten Teppich zu kehren, der in diesem Fall wohl ein Bettvorleger aus Montafoner Kuhhaut sein musste.

Diesem niederträchtigen Vergessen wollte Andrew etwas entgegensetzen. Nicht, dass er selbst Ermittlungen anstellen würde, nein, das hatten schon intimere Kenner des Geschehens wie die beiden Pensionisten aus der Senio-renresidenz *Hoher Ausblick* versucht – mit dem Ergebnis, dass es kein Ergebnis gab. Allenfalls Verdachtsmomente, die sowieso kein Schwein interessierten. Weder in Lech, das auf die Wiederherstellung seines ramponierten Rufes erpicht war, und erst recht nicht in Ischgl, wo die Wie-ner Presse, eine aggressive deutsche Boulevardzeitung und einige 100 Influencer die Brutstätte des Verbrechens aus-gemacht hatten: Die vielen aufgebrachten Artikel, Beiträge und Postings bewirkten nur eines – dass einerseits noch mehr Glücksritter, Säufer und Nachwuchsmodels Kurs auf das Paznauntal nahmen, auf der anderen Seite auch die ers-ten adeligen Gäste, ein paar unternehmungslustige Bonzen des europäischen Hochkapitals oder die Abteilungsleiter einiger Fernsehstationen nach Ischgl zu reisen begannen. Wo es diesen durchgeknallten »Cablecar, Cablecar«-Greis gab, mussten noch mehr potenzielle Testimonials herum-geistern: entrückte Apokalyptiker, die von den sozialen Medien entdeckt werden wollten.

Falls Ischgl eine Strategie gehabt hatte, schien sie gerade aufzugehen – wie Winterweizen, der nach der Schneeschmelze auf den Feldern zu keimen begann. Dieser inzestuösen Scheißdrauf-Gesellschaft wollte Andrew einen kleinen, smarten Streich spielen, ihr einen Zerrspiegel des eigenen Grauens vorhalten. Wenn Scheiße, so seine Überlegung, permanent in Geld verwandelt wurde, musste es auch möglich sein, Geld in Gülle zu transformieren, mit anderen Worten: etwas sehr Teures von einer Gruppe Ahnungsloser zerstören zu lassen. Etwas, das nicht Tausende Euros kostete, sondern Millionen. Dutzende Millionen von Euros. Etwas, dessen Wert auf den ersten Blick gar nicht hoch genug eingeschätzt werden konnte. *Das teuerste Menü der Welt* – dieser Claim würde die Ischgler Gastronomen wie Bienenvölker ein riesiges Fass voller Honig anziehen.

Wer, wenn nicht er, Andrew Stayner, konnte dieses Projekt auf die Beine stellen, der britische Starjournalist, dessen Artikel, Romane, Sachbücher und Fernsehserien seit Jahren in der englischsprachigen Welt abgefeiert wurden? Seit ein paar Tagen hatte er mit seiner *Kitchen Madness*-Folge »*The new Alpine Cuisine Style of Ischgl – a View from There*« den sogenannten Vogel abgeschossen: unglaublich hohe Einschaltquoten, beste Umfragewerte mit enormem Widerhall in den sozialen Medien – auch wenn es nur dieser irre »Cablecar, Cablecar«-Schlachtruf gewesen war. Trotzdem. Andrews Marktwert war um ein paar Millionen Pfund höhergeschossen, er konnte sich Dinge herausnehmen, für die andere auf der Stelle fristlos entlassen werden würden, denn die Welt im Allgemeinen und die Londoner Medienszene im Besonderen waren ungleich, unfair und unbarmherzig, einfach alles, was mit diesem deutschen Präfix »un-« wiederzugeben war.

»*The most expensive menu of the world*« würde alle schlagzeilengeilen Menschen dieses Planeten hinter den Öfen hervorholen und von den Schreibtischen loseisen – es musste nur in einem hippen Penthouse stattfinden, in möglichst Show-Off-affiner Umgebung: mindestens 200 Quadratmeter groß, so pompös wie geschmacklos eingerichtet, jedenfalls groß genug, um in der einen Hälfte das Menü hinter verschlossenen Türen vorzubereiten und in der anderen Hälfte die versammelte Sensationsgeilheit warten zu lassen.

»Die beiden Penthousesuiten im *Double-Zero-Hotel*«, hatte Harald Selikovsky in einem nächtlichen Telefonat vorgeschlagen.

Weder Andrew noch der ehemalige Kriminalbeamte hatte letzte Nacht mehr als eine Stunde geschlafen. Andrew, weil er sich mit seiner Familie überworfen hatte, die ohne ihren Ernährer den Winterurlaub im südlichen Portugal antreten musste, und Harald, weil sein bester Freund Alfons mit einem neuerlichen Schlaganfall in das Telfser Krankenhaus eingeliefert worden war.

»Es sieht gar nicht gut aus«, hatte Harald geseufzt und während des Telefonates eine halbe Flasche *Chivas Regal* geleert, jenen 18-jährigen, den Andrew Stayner für seine berüchtigten Kensington Sours bei gewissen Privateinladungen verwendete.

»Ich würde mir die Penthousesuiten im *Double-Zero* anschauen«, hatte Harald seinen Vorschlag noch einmal wiederholt und grußlos gegen 3 Uhr früh aufgelegt.

Andrew Stayner hatte sich an seinen Laptop gesetzt und in immer besserer Stimmung Onlinerecherche betrieben: Die beiden Penthousesuiten im *Double-Zero-Hotel* schienen die richtige Location für sein Vorhaben zu sein. Und sie waren sogar verfügbar, weil das Hotel aus unerfindlichen Gründen seit einem Monat geschlossen war. Mitten in der Hochsaison. Im tiefsten und noch dazu schneereichen Winter. Eine Logik, die sich jeder Vernunft entzog – außer, eine milliardenschwere Investorengruppe hatte mit dieser Luxusruine etwas anderes, Größeres vor. Das *Double-Zero* gehörte zum *M-Hotel*. Und das *M-Hotel* gehörte niemandem mehr – zumindest niemandem, der seinen Namen dafür hergeben wollte. Dieser Niemand konnte ein Hedgefonds sein, eine geheime pseudorussische Oligarchenkette oder die kalabresische Mafia. Mit Sicherheit dubiose Gestalten, die aus guten Gründen nicht in der Öffentlichkeit genannt werden wollten.

Im Impressum der Webseite wurde wenigstens ein gewisser Jens Vau erwähnt, der hedonistische Schwiegersohn des alten »Cablecar«-Schreiers. Ein ehemaliger Fliesenleger, der in den meisten seiner 50 Lebensjahre jeder Arbeit elegant ausgewichen war und offiziell eng taillierte weiße Hemden mit einem goldenen »Vau«-Aufdruck verkaufte.

Andrew Stayner beschloss, am nächsten Vormittag den Tourismusobmann mit dem wallenden blonden Haar, den blutunterlaufenen Augen und verätzten Nasenschleimhäuten anzurufen – jenen Kerl, der ihn, Andrew Stayner, offiziell nach Ischgl eingeladen hatte. Dieser Typ war einer der besten Freunde dieses Jens Vau. Und beide waren ideale Opfer für den letzten großen Hoax, den Andrew ausspielen wollte: »*The most expensive menu of the world – for G.O.A.T.s only*«. Den »*Greatest of All Times*« gewidmet. Den Armand de Brignac-Säufern. Den Diamantencollierträgerinnen auf der Dorfstraße – und allen triefenden Kunstschneenasen von Ischgls Umgebung.

*

Bereits am nächsten Vormittag war die beiden Penthouse-suiten im *Double-Zero-Hotel* binnen Minuten geritzt. »*The world's most expensive menu*« hatte wie ein Millionenlos gezogen, der zugedröhnte Tourismusobmann war restlos begeistert, und Jens Vau witterte ein riesen Kompensations-geschäft für sein unter Kuratel gestelltes Vier-Sterne-Supe-rior-Hotel. Wie auch immer, der Ort war perfekt, wie ein Lokalaugenschein am frühen Nachmittag ergeben hatte: riesige, spärlich eingerichtete Räume mit unberührt wei-ßen Wänden, wie in einer Galerie mit vielen Spots ausge-leuchtet – ein Gemälde in der Alfons-Walde-Nachfolge hier, Radierungen von Warhol und Lichtenstein dort, dazu ein paar Miniskulpturen von Gironcoli, Moore und Giaco-metti als Replicas – sonst wären diese paar Exponate in den beiden Suiten teurer als das gesamte Hotelgebäude gewe-sen. Obendrein konnte das Penthouse bei einem gesetzten Dinner locker an die 100 Personen aufnehmen.

»Achter- oder Sechsertische?«, hatte der blonde Touris-musobmann mit bebender Stimme gefragt, aber Andrew Stayner hatte darauf keine Antwort gegeben, nur ein »Las-sen-Sie-mich-das-machen« auf Englisch hingehaucht, und der Chef des Tourismusverbandes verabschiedete sich für die nächsten fünf Minuten auf die Toilette, um vor lauter Begeisterung jene Sperrlinien aus weißem Pulver zu inha-lieren, die er seit letzter Nacht versäumt hatte.

Andrew Stayner hatte daher Zeit genug, sich in den Räu-men umzusehen, die eine oder andere Schublade zu öff-nen, die Betten zu begutachten und das Designermobiliar zu taxieren. Das meiste würde er sowieso entfernen las-sen – die »Greatest-of-All-Time«-Ignoranten sollten bei Champagner aus Großflaschen des Überraschungsereig-nisses hinter den Türen der noch versperrten Schwesternsuite harren. Einander die Gier aus den Augen stehlen. Und dabei so tun, als hätten sie das alles schon Dutzende Male erlebt, bei Heston Blumenthal im *Fat Duck* zum Beispiel, bei Virgilio Martinez Véliz im *Central* mitten in der peruanischen Hauptstadt, im Grant-Achatz-Restaurant *Alinea* in Chicago oder an einem anderen mythischen Ort höherer Kulinarik zwischen Patagonien und Grönland.

Man war schließlich nicht irgendwer, sondern ein aufgeschlossener Gastronom aus einem europaweit bekannten Winterhotspot, dem High-Energy-Resort Ischgl. Dem Ort mit den 23 Hauben innerhalb von 200 Metern Dorfstraße, seit vorgestern Abend eine echte Berühmtheit in der britischen Öffentlichkeit. »Cablecar, Cablecar!« war sogar in den hiesigen Après-Ski-Lokalen zum Schlachtruf geworden, und ein ausrangierter Alpen-DJ hatte bereits angekündigt, diesen Claim in einem seiner nächsten Songs unterzubringen.

Das Penthouse auf dem Dach des *Double-Zero-Hotels* in Kappl, etwa acht Kilometer vor Ischgl direkt an der Bundesstraße gelegen, war schön abgeschirmt und dezentral, ein Ort, der nach Geheimtipp und Next-Best-Thing stank – die ideale Show-Off-Bühne für den geplanten größten kulinarischen Hoax aller Zeiten.

Andrew musste nur noch ein paar Verbündete anrufen, und zwar jene guten, alten Freunde aus der Kunstszene, die Kontakt zu diesem mythischen Streetartist unterhielten, der weder Wohnsitz noch Werkstatt noch Studio noch irgendetwas anderes Greifbares besaß – wenn man von einem Internetanschluss und zehn Wertkartenhandys absah. Unsichtbar wie ein Killer. Unangreifbar wie ein Hollywoodstar. Ein Künstler ohne Gesicht und Gestalt, ohne richtigen Namen oder sonst etwas Handfestes. Vielleicht gab es ihn nicht einmal, oder Dutzende andere Leute verbargen sich hinter diesem einen Pseudonym.

Allerdings waren ein Avantgardegalerist aus Brighton, der Frontman der britischen Trip-Hop-Band *Massive Attack* und einige andere in die Jahre gekommene Andrew-Stayner-Freunde mit dem Gesuchten auf dieselbe High School gegangen, und auch Andrew selbst hatte das Phantom in einer nebligen Novembernacht an der Themse unweit der Albert-Bridge kennengelernt, bei ein paar Joints, einer Flasche Tesco-Chablis und einigen vegetarischen Burgern, die ein vermummter Fahrradbote vorbeigebracht hatte.

Das alles war mindestens 15 Jahre her: Andrew Stayners Frau war damals jung und begehrenswert gewesen, der Nachwuchs hatte noch nicht einmal die Grundschule besucht und die ersten beiden der bisher 20 veröffentlichten Bücher begannen sich gut zu verkaufen, mindere Krimis, die im Gastronomiemilieu spielten, beeindruckende Auflagen erreichten und sogar für irgendeinen Debüt-Literatur-Preis nominiert waren. Damals hatte sich Andrew halb als Literat, und halb als Apokalyptiker gefühlt, der literweise Absinth inhalierte, alle paar Stunden heftige Trips einwarf und in den lichteren Augenblicken dazwischen eine alte, mechanische Schreibmaschine mit seinen krausen Geschichten traktierte – eine gar nicht so üble Zeit in den damals noch ziemlich heruntergekommenen Docklands.

Die Welt stand zu Beginn des dritten Jahrtausends gefährlich still, *The Cure* hatten gerade ihr zwölftes Studioalbum herausgebracht, und ein paar Diktatoren versuchten, wieder einmal den ganzen Planeten untergehen zu lassen. Um in letzter Sekunde doch nachzugeben. Zu den Verhandlungstischen zurückzukehren. Die Friedenstaube zu spielen. Nur um Jahre später noch vehementer zuschlagen zu können. Mit der Besetzung der Krim. Dem Angriff auf die Ukraine. Und all dem anderen Wahnsinn, der immer gegen- und widerwärtiger wurde.

»That's fucking politics«, fluchte Andrew Stayner, während er in der Lobbybar des *TR-Hotels* die Rückrufe seiner alten Freunde und Verbündeten abwartete. Kurz nachdem er seinen dritten Kensington Sour bestellte, vibrierte sein Smartphone tatsächlich am Bartresen. »Anonymous« stand auf dem Display zu lesen, und Andrew wusste gleich, dass der Gesuchte anrufen würde, das Phantom oder der »Fassadenreiniger«, wie dessen Spitzname lautete: jener Mann, den Andrew brauchte, um den größten kulinarischen Hoax in Szene zu setzen: das teuerste Menü der Welt, für die größten Ignoranten aller Zeiten: jene in Hedonismus und Wohlstand schwelgenden Winterbauern, die ihre Vergangenheit verleugneten, die Gegenwart verachteten und auf die Zukunft – gelinde ausgedrückt – schissen.

*

Andrew Stayners Vorhaben verbreitete sich wie ein Lauffeuer im gesamten Wintersportort. Ganz Ischgl rätselte, woraus das »teuerste Menü der Welt« bestehen könnte, und sofort wurden die wildesten Möglichkeiten erörtert. Zunächst mussten die Ingredienzen von besonderer Erlesenheit sein, befanden die Teilnehmer an Andrews *Kitchen Madness* in einem Teams-Call, vielleicht Edelmetalle, wie sie bisher noch nie in der Küche eingesetzt worden waren, die Vermutungen reichten von Weißgold über Platin bis hin zu Seltenen Erden. Ausdrücke wie Scandium,

Lanthan, Neodym oder Termium fielen, dagegen nahmen sich die harmlosen Anleihen Ferran Adriás aus der Weltraumforschung geradezu lächerlich aus.

»Vielleicht«, vermutete der junge Rennfahrerkoch, der ein halbes Fernstudium der Physik zugunsten des heimischen Luxusrestaurants aufgegeben hatte, »vielleicht würde es zu einem kulinarisch angehauchten ›verbotenen Übergang‹ in einem oder mehreren Gerichten kommen, zu einem wie auch immer gestalteten Kochprozess, der auf eine Verletzung der Naturgesetze abzielte und damit mit Sicherheit die nächste Küchenrevolution auslösen würde. In einem Soufflé beispielsweise könnte es zu einem solchen Übergang, einem sogenannten Betazerfall, kommen – der dem Energieerhaltungssatz diametral widersprechen würde.«

»Was zum Teufel bedeutet das für ein konkretes Gericht?«, fragte Markus Siebharter irritiert, der von all den Vermutungen nicht einmal die verbindenden deutschen Wörter verstand.

»Dass sich das Soufflé vor den Augen der Gäste auflösen, einen anderen Aggregatzustand einnehmen und sich dann wieder verfestigen würde«, ließ sich der junge Angeberkoch zu einer Erklärung hinreißen, »der luftige Auflauf könnte also am Teller erscheinen, dann wieder verschwinden, um anschließend in anderer Gestalt wiederzukehren, der Gast müsste jedenfalls ziemlich reaktionsschnell sein, wollte er irgendetwas von diesem Luftgemisch mit seiner Dessertgabel erfassen.«

»Was für ein Hokuspokus«, seufzte Markus Siebharter und wünschte sich die Zeiten zurück, als er noch frische Forellen direkt aus dem Bach in einem Bierteig frittierte, ein Gericht so urwüchsig und ehrlich wie ein Handschlag unter 100 Prozent heterosexuellen Männern.

»Vielleicht kommt auch nur Salt Bee«, vermutete der Sklave aus dem *M-Hotel*, der vom greisen Adler für die Dauer der Talkshow in den Gemüsekeller gesperrt worden war, »dieser türkische Koch, der 600 Dollar für das Tranchieren eines Tomahawk-Steaks verlangt, oder sonst ein angesagter Clown aus der Drei-Sterne-Show-Off-Küche, der die Pferdeäpfel hochgezüchteter Hengste mit Blattgold umhüllt und das Ganze als fermentiertes Schokoladengateau vertickt.«

Was auch immer die vier Chefköche an Vermutungen anstellten, kam Andrew Stayners Konzept von einem »teuersten Menü der Welt« nicht einmal ansatzweise nahe.

»Wahrscheinlich lässt er einfach 30 Michelin-Star-Kollegen einfliegen«, murmelte der bioenergetische Koch aus dem *Schtia*, »Gordon Ramsay, Heston Blumenthal, René Redzepi, Massimo Bottura, Alain Ducasse, Hélène Darroze, Anne-Sophie Pic und ein paar Dutzend andere hochkarätige Namen aus dem Olymp der französischen Reifenfirma. Andrew Stayner muss ja beste Verbindungen zu diesen blasierten Stars haben, auf jeden Fall werden die elementaren Bestandteile regionaler Küche, die Farne, die Wurzeln, das Moos, die Pilze und Beeren, die Baumrinden und Eichkätzcheninnereien mit größter Wahrscheinlichkeit gar nicht vorkommen. Typische Großmannssucht und ein mieselsüchtiger Anbiederungsversuch an unseren entwickelten Hochleistungstourismus.«

Wie es die vier Ischgler Chefköche drehten und wendeten, sie kamen einfach auf keinen grünen Zweig. Andrew Stayners Vorhaben schien ihn viel zu wahnsinnig zu sein, um tatsächlich ernst genommen werden zu können.

»Und wenn es gar nichts zu essen gibt?«, wagte Markus Siebharter einzuwerfen und erntete damit grölendes Gelächter und heftiges Schenkelklopfen.

»Sieben Gänge sind angekündigt«, antwortete der Rennfahrerkoch, der entfernt an einen österreichischen Weltmeister im Abfahrtslauf erinnerte, »eigentlich eine ziemlich mickrige Anzahl für so ein Show-Off-Menü.«

»Wir gehen auf jeden Fall hin«, nickte der albanische Chefkoch aus dem *M-Hotel*, »und wenn nicht alles picobello ist, telefoniere ich meine albanischen Jungs mit ihren Macheten und Maschinenpistolen herbei. Dann gibt es Geschnetzeltes vom Großmaulopfer, schön blutig und mit grobem Meersalz auf den offenen Wunden.«

Die vier Chefköche waren nicht die einzigen Gastronomen, die sich mit Andrew Stayners maßloser Ankündigung befassten. Die örtliche Sommeliervereinigung hatte ein mehrköpfiges Expertenkomitee nominiert, das sich mit den Vorerhebungen zu einer möglichst exklusiven Weinbegleitung befasste. Die aufgebotenen Kreszenzen reichten von seltenen Champagnerjahrgängen über schamlos teure Burgunder und Hitparaden-Bordeauxweine bis zu einzelnen Sine-Qua-Non-Exemplaren und weiteren biodynamischen Wahnsinnigkeiten. Die einzige Maxime lautete: alt, selten und teuer. Ob die Auswahl zum Menü passen würde, war vollkommen egal – Hauptsache, die Bezeichnungen der einzelnen Weine und Jahrgänge lösten wohlige Erregung unter der illustren Gästeschar aus.

Der Obmann des Tourismusverbandes hatte all seine Medienkontakte aktiviert und eine beachtliche Anzahl an Influencern, Pressevertretern, Rundfunk- und Fernsehjournalisten bis hin zu Bloggern mit riesiger Reichweite zusammengetrommelt. Erste Gästelisten (oder eigentlich Antigästelisten mit Leuten, die man bei diesem Megaevent unter keinen Umständen dabeihaben wollte) wurden erstellt, verlängert, gekürzt und schließlich wieder verworfen.

Eine Dutzendschaft erfahrener Securityleute wurde beauftragt, das stillgelegte Hotel rund um die Uhr zu überwachen – »das teuerste Menü der Welt« warf seine Schatten voraus: Die wichtigsten Leute waren eingeladen und die einflussreichsten Medienkanäle in Alarmbereitschaft versetzt: Das selbstbewusst hinausposaunte Event würde live übertragen, gestreamt und daher doppelt und dreifach vermarktet werden.

Endlich hatte Ischgl wieder zu seiner alten Größe gefunden. Keine alpine Weltmeisterschaft, kein internationales Skirennen und erst recht kein dubioser Weltrekordversuch im Massen-Helikopter-Skiing (eine Idee des seit wenigen Tagen endgültig legendär gewordenen »Cablecar«-Schreiers Günter Adler) hätte ein derartiges Medienecho zustande gebracht. »*The World's Most Expensive Dinner*« war auf allen Fernsehkanälen und Radiostationen des In- und des nahen Auslands angekündigt, Dutzende Pressevertreter hatten sich bereits akkreditiert und würden gemeinsam mit 50 auserwählten G.O.A.Ts (den lokalen »Greatest Of All Times«) des Megaereignisses im *Double-Zero-Hotel* harren.

Andrew Stayners Smartphone lief jedenfalls heiß. Der entnervt klingende Küchenchef des stillgelegten Hotels (die noch vor Ort befindlichen Systemerhalter mussten schließlich bekocht werden) erkundigte sich nach Einkaufslisten und Zubereitungsangaben, nach Zeitplänen und ersten Skizzen zur Menüabfolge, und Andrew hörte sich so schamlos ins Smartphone hineinlügen, wie er es noch nie zuvor in seinem Leben getan hatte. Er erfand Kühlketten, geheime Zentraldepots, mysteriöse Lieferdienste, legte schließlich nach mehreren Stunden Dauerpalaver das Handy beiseite und starrte lächelnd die riesigen Schneehaufen vor dem *TR-Hotel* an. Der von ihm ersonnene Hoax hatte wie eine Rakete gezündet. Das Interesse der lokalen Gastronomie, der regionalen Politik und der internationalen Presse war mehr als entfacht worden.

Über eine Agentur aus Guernsey wurden in aller Eile drei Flugtickets gebucht, zwei Oneways aus London und ein weiteres von einem Ort, der Andrew vollkommen unbekannt war. Der dritte Flug betraf den mysteriösen Fassadenreiniger, der sich bereit erklärt hatte, das teuerste Menü der Welt zu kreieren, ein Menü, das aus sieben Gängen bestehen würde: Superbia – Avaritia – Luxuria – Ira – Gula – Invidia und – zum Dessert – Acedia. Den lateinischen Bezeichnungen der sieben Todsünden.

*

Die weitläufige Lobby der Seniorenresidenz lag in tiefer Dunkelheit, und hinter den riesigen Fenstern zur Terrasse hinaus waren dichte Regenfäden zu sehen, die eine dunkler werdende Nacht schraffierten. Harald saß in einem Ohrensessel und starrte Löcher ins Nichts, an seiner Seite, durch einen langen ovalen Tisch getrennt, saß DDr. Hinterholzer, der medizinische Leiter der Residenz, und auf der polierten Holzfläche lagen eine abgewetzte Lederbrieftasche, ein Wasserglas mit künstlichen Zähnen und ein goldener Ehering – das war alles, was an Richter Alfons erinnerte, der letzte Nacht an den Folgen seines dritten Schlaganfalls verstorben war.

»Wenigstens ist er ruhig gegangen«, sagte DDr. Hinterholzer in die drückende Stille hinein, »Sektionschef Alfons Mooser hat diese Welt mit einem Lächeln auf den Lippen verlassen.«

Das mit dem Lächeln stimmte. Das wächserne Gesicht der Leiche im riesigen Kühlraum der Seniorenresidenz hatte tatsächlich eine Art Lächeln angedeutet. Der gelblich angelaufene Schädel war von einem Wickeltuch zusammengehalten worden, die Leichenstarre hatte noch nicht eingesetzt, aber das Leben war für Richter Alfons endgültig vorbei.

Auf dem riesigen ovalen Tisch lagen die allerletzten Dinge, die niemandem mehr gehörten, nicht einmal zu irgendeiner Verlassenschaft, weil Richter Alfons keine Verwandten mehr hinterließ: Seine Frau war vor Jahren an Demenz gestorben, die ältere Tochter in den späten 90er Jahren bei einem Bergunfall ums Leben gekommen, und der jüngere Sohn hatte sich bereits als Lehrling an der Traverse des *Alpenpost-Hotels* in Lech erhängt, weil er die ständigen Beschimpfungen, Schläge und Vorhaltungen des Küchenpersonals nicht mehr ertragen hatte.

»Nach Burgi ist jetzt auch Alfons verstorben«, murmelte Harald und fühlte dumpfe Stiche in seiner Brust, »ich werde die nächste Zeit allein die Mahlzeiten zu mir nehmen, werde die Nachmittage und Abende in dieser riesigen Lobby ohne inspirierende Gesellschaft bei einem Seelbach oder einem Winternegroni zubringen und mich dabei wortlos an meine frühere Frau, deren Ehepartnerin, unseren Sohn Simon und an diesen Fußballer dort oben am Flatscreen erinnern.«

»An Josua Silbermayr?«, fragte DDr. Hinterholzer erstaunt und deutete mit dem Kinn zur Übertragung eines Fußball-Länderspiels hinüber: »Er hat für Österreich soeben das Führungstor erzielt und spielt in der spanischen ersten Liga, fragen Sie mich nicht, bei welchem Verein – aber warum kennen Sie ihn, lieber Harald Selikovsky?«

»Es ist eine lange Geschichte«, seufzte der pensionierte Kriminalbeamte und sah der Wiederholung des Freistoßtors durch den jungen Nachwuchsstürmer Silbermayr mit der Nummer 14 zu, »es hat mit einem Friedhof zu tun, mit einem äußerst begabten jungen Komponisten und späteren Opfer eines Täters, der mein Halbbruder war.«

»Klingt wie der Inhalt eines Kriminalromans«, lächelte der ärztliche Leiter der Seniorenresidenz *Hoher Ausblick*, und Harald pflichtete ihm bei, dass aus einem gewissen zeitlichen Abstand heraus das ganze Leben wie ein Roman erschien, von einem Unbekannten erzählt, mit einem noch ungewissen Ende, weil wir als Leser noch nicht ganz am Ende des Romans angelangt waren, »in meinem Fall beim vielleicht vorletzten Kapitel.«

»Hoffen wir, dass es wenigstens lange Kapitel sind«, lächelte DDr. Hinterholzer, stand seufzend auf und schüttelte Harald die Hand, wünschte ihm viel Kraft und die innere Sicherheit, auch diesen neuerlichen Todesfall zu überstehen, durchquerte danach die riesige Lobby und nahm den Lift in eines der Stockwerke hinauf, wo der ärztliche Leiter vorübergehend ein kleines Appartement bewohnte: eine gerade vollzogene Scheidung, das gemeinsame Haus in der Axamer Lizum an die Gattin überschrieben, die beiden halbwüchsigen Kinder besuchten teure Sportinternate – das Leben war für niemanden leicht. Es fing mit einem Schrei an und ging mit einem stummen Lächeln zu Ende, falls man das Glück hatte, in einem Krankenhausbett zu sterben, umgeben von surrenden medizinisch-technischen Apparaten und dem sich aufopfernden Pflegepersonal.

Harald warf einen Blick auf den ovalen Tisch neben ihm. Alfons künstlicher Zahnersatz machte ihm etwas Angst, dafür berührte ihn der Ehering aus abgenutztem Gelbgold kaum, aber die Brieftasche seines verstorbenen besten Freundes würde sicher ein paar letzte Erinnerungen an Alfons' Familie enthalten.

Mit ausgestrecktem Arm griff Harald nach dem abgetragenen Leder, öffnete die Geldbörse, die einen Führerschein der Klassen A und B, zwei 50-Euro-Geldscheine und tatsächlich ein paar zerknitterte Fotos enthielt: das Hochzeitsfoto von Alfons und – wie auf der Rückseite geschrieben stand – von Teresa (ohne »h« und mit »a« wiedergegeben, weil Alfons' hübsche Gattin mit dem langen, schwarzen Haar aus einem kampanischen Dorf nahe Neapel stammte), dann ein zerknittertes Foto von Sabine, der ältesten Tochter, die Aufnahme eines Irish Setters und eines Einfamilienhauses, aber – und Harald sah noch einmal ganz genau nach – das Foto von Alfons' Sohn befand sich nicht mehr in dieser Brieftasche, die Aufnahme des hübschen, schlaksigen Jungen war aus den Fächern der Geldbörse verschwunden. Jemand, vielleicht sogar Alfons selbst, hatte das Foto aus dieser Lederbrieftasche entnommen und es möglicherweise vernichtet, aus welchen Gründen auch immer.

Harald legte die Brieftasche auf die Tischplatte zurück, warf einen Blick über die ausgebreiteten Fotos, Geldscheine und den aufgeklappten Führerschein, der Richter Alfons in einem Alter von 18 Jahren zeigte, damals fast noch ein Kind, ein scheu in die Kamera lächelnder Junge, der sich sein Leben als Erwachsener noch gar nicht richtig vorstellen konnte.

»Du hast es gut gemacht«, flüsterte Harald mit Tränen in den Augen dem Foto entgegen, »du hast Jus studiert und bist Richter bis hinauf in den Verwaltungsgerichtshof geworden, du hast gutes Essen und teure Rotweine geliebt, und nicht zuletzt warst du auch ein sehr guter Freund, ganz unaufgeregt, wie selbstverständlich, Burgi nicht unähnlich, die dir nur einige Wochen zuvor vorausgegangen ist. Ein erfülltes, reiches und auch erfolgreiches Leben, und was davon übrig bleibt, ist nichts als der unvollständige Inhalt dieser Brieftasche, der abgeschabte Ehering und der Zahnersatz in diesem Bleikristallglas. Dazu einige Erinnerungen, die Leute wie ich von dir mitnehmen, und die längst verstaubten Akten und Einführungen in die Rechtswissenschaft im Speicher der Nationalbibliothek – aber kein Grab. Weil ich dir versprochen habe, deine Asche – wenn es so weit ist – in Oberlech zu verstreuen, mit Blick auf das *Alpenpost-Hotel*, und den Grund glaube ich jetzt zu erkennen. Er hat mit diesem verlorenen Foto zu tun, von diesem Jungen, den du geliebt hast wie vielleicht niemand anderen in deinem Leben.«

Das Handy vibrierte in Haralds Hosentasche, und als er nach dem schokoladentafelgroßen Gegenstand griff, mit verweinten Augen den Namen von Alfons' Patensohn auf dem blinkenden Display las, wusste er, dass die Zeit gekommen war, das gegebene Versprechen einzulösen, mithilfe des langmähnigen Taxifahrers aus Lech.

※

Andrew Stayner sah sich noch einmal in der linken Penthousesuite des *Double-Zero-Hotels* um. Der geheimnisvolle Fassadenreiniger, ein international gefeierter Street-Artist ohne festen Wohnsitz, aber berühmt für seine unvermutet auftauchenden Gemälde an Abbruchhäusern, Feuerwänden, lädierten Brücken, Grenzmauern und anderen Barrikaden staatlicher Kontrolle, hatte ganze Arbeit geleistet: ein riesiges Fresko auf allen vier Seiten der weiß getünchten Wände im Penthouse des temporär geschlossenen Double-Zero-Hotels, die bekannten Figuren und Topoi des Meisters waren allesamt den sieben Todsünden ausgeliefert: Hochmut / Habgier / Wollust / Zorn / Völlerei / Neid / Trägheit. Nach der bekannten Liste von Papst Gregor I. aus dem 6. Jahrhundert, mehr als frei interpretiert: als Street-Art-Comic mit riesigen Ratten, die über fragile Kinderfiguren herfielen, je nach dargestellter Todsünde. Ein Meisterwerk, das in nicht einmal 48 Stunden auf die Wände gesprayt worden war, in leuchtenden Farben noch nass auf dem grundierten Mauerwerk glänzte und bis zum Abend hoffentlich eintrocknen würde.

»Wenn etwas Farbe in dünnen Bahnen zu Boden rinnen sollte, erhöht das noch die Aussagekraft des Gemalten«, lächelte der Fassadenreiniger und folgte Andrew Stayner in die geräumige Küche des Vier-Sterne-Superior-Hotels hinunter. »So wie du die Leute hier beschrieben hast, werden sie mit Messern, Gabeln oder Kreissägen über meine sieben Gänge herfallen und vor lauter Gier nach dem bisschen Geld, das sie sich von der einen oder anderen Figur erhoffen, zerstören. Das ist auch der Sinn des Gemäldes: dass es durch die konzentrierte Macht der versammelten Todsünden zerstört werden wird, das bisher teuerste meiner verdammten Kunstwerke – oder wie du richtig angemerkt hast, lieber Andrew – das kostspieligste Menü der Welt: ungenießbar an die Wände geklatscht, aber gratis den maßlosen Blicken einiger Apokalyptiker ausgeliefert. Jede Galerie dieser Welt würde sich prostituieren dafür, aber wir beide werfen das Fresko lieber randalierenden Bauern zum Fraß vor, ein mehr als interessantes Projekt, mein Lieber, das natürlich dokumentiert werden wird.«

»Deswegen hast du den Elektriker und einen IT-Inge-
nieur aus London einfliegen lassen«, lächelte Andrew Stayner und schmierte ein paar Marmeladenbrote, die sie beide
rasch verzehren würden, bevor sie in wenigen Minuten das
Weite suchen müssten: von einem Taxi abgeholt, würden
sie in einer Stunde in einer Chartermaschine nach Lon-
don-Luton sitzen, eingekeilt zwischen heimkehrenden Skitouristen mit rotgesoffenen Nasen und einer mächtigen
Alkoholfahne, die wie ein unsichtbarer Banner krankhaf-
ter Abhängigkeit über der Economyclass schweben würde.

»Wir haben ein paar 360-Grad-Kameras in der Decke
installiert, die alle bereits auf ›on‹ geschaltet sind und über
Monitore aus einem Studio in Auckland, New Zealand,
angesteuert werden – das alles wird ab 20 Uhr, dem ange-
setzten Beginn dieses teuersten Essens der Welt, auf dem
ARTE-Kunstkanal übertragen und von internationalen
Kuratoren kommentiert werden – ein Fest der zeitgenössischen Street-Art, ihren Höhepunkt und ihre Vernichtung
mit eingeschlossen.«

Der Fassadenreiniger biss in das Marmeladenbrot und
kaute andächtig am süßen Weißbrot herum. Andrew
Stayner erinnerte sich an eine PR-Aktion, die ein gewisser Jean-Christophe Novelli vor mehr als zwei Jahrzehnten in London inszeniert hatte – die Kunst, ein ordinä-
res Marmeladebrot im Rahmen einer Charityaktion für
300 Pfund zu verkaufen, von ihm selbst entworfen, geba-
cken, mit Schlehenmarmelade und gesalzener Butter aus
der Bretagne bestrichen, eine Aktion, die damals einen der
ersten kulinarischen Shitstorms hervorgerufen hatte. *Das
teuerste Marmeladenbrot der Welt*. Lustig, zu Beginn des
neuen Jahrtausends. Kurz vor dem Social-Media-Wahn-
sinn, den Finanzskandalen, der Klimakatastrophe und den

zahllosen Kriegsschauplätzen auf dem ruinierten Planeten. Jede Hemmung, jedes Schamgefühl, jeder letzte Rest Unschuld war unwiederbringlich verlorengegangen, und zurück blieben ausschließlich Trümmer. Aus Gebäude- und Körperteilen, aus Kryptowährungen, aus dem Festgeld und den digitalen Summen, die rund um den Globus verschoben, geschleust, verbucht und verprasst wurden. Am Ende klaffte das Nichts – die Kompensation für jene kapitalen Sünden, die niemals vergeben werden konnten: der Tod, die Auslöschung, die totale Zerstörung.

»Das Taxi ist da«, lächelte Andrew Stayner, klopfte dem Fassadenreiniger ermunternd auf die Schulter, und beide schlichen wie Diebe durch schmale, nach verfaultem Gemüse und verwesendem Tierfleisch stinkende Gänge der Lieferantenzufahrt entgegen, wo bereits eine schwarze Limousine mit abgedunkelten Scheiben auf die beiden Flüchtenden wartete.

»Zum Flughafen Innsbruck, bitte«, flüsterte Andrew Stayner, nachdem der Fassadenreiniger ebenfalls eingestiegen und das Gepäck der beiden im Kofferraum verstaut worden war.

»Z-m Fl-g-h-f-n«, radebrechte der ältere Fahrer, dem anscheinend die Zunge entfernt worden war, und als er den Rückwärtsgang einlegte, bemerkte Andrew, dass dem Bedauernswerten auch die beiden mittleren Finger der rechten Hand fehlten.

*

Die Lecher Hoteliersgemeinschaft hatte sich zu einem Gipfeltreffen im Konferenzraum des *Almgasthofs Scheider* eingefunden, um der kurzfristig angekündigten Übertragung des »Teuersten Menüs der Welt« auf dem Kunstkanal ARTE beizuwohnen. Der Raum war wie das gesamte Hotel in einem reduziert alpinen Stil eingerichtet, sehr durchdacht und geschmackvoll – wenn auch etwas kopflastig, wie Pfefferkron wenig diplomatisch bemerkte, aber so waren die Scheiders, er Architekt, sie ein ehemaliger Kinder- und Jugendstar im Schweizer Fernsehen, beide sehr reflektiert, zurückhaltend und viel zu intellektuell für die übrigen Bewohner von Lech.

In groben Zügen war der Seminarraum namens »Klausur« der *Osteria Francescana* von Massimo Bottura nachempfunden, dem großen kulinarischen Vorbild der Familie Scheider, die selbst in der Toskana biologisches Olivenöl produzierte, in der Gegend von Sam Gimignano, wo man die wärmere Hälfte des Jahres verbrachte, während der *Almgasthof* geschlossen war und die Gewerke aus der näheren Umgebung dem Lecher Bilderbuchhotel den nächsten Feinschliff verpassten. Da die Hoteleigentümer Architekt beziehungsweise Designerin und Schauspielerin waren, konnten sie jedes Bauvorhaben im Almgasthof eigenhändig planen und ihren Vorstellungen gemäß auch gestalten. Nach dem plötzlichen und viel zu frühen Verlust der Eltern des noch studierenden Sohns hatte das junge Paar Mitte der 90er Jahre die Leitung des *Almgasthofs* innerhalb kürzester Zeit übernehmen müssen.

Von einem Tag auf den anderen waren die beiden Gastronomen geworden und darin nicht nur erfolgreich gewesen, sondern hatten nebenher den gesamten Lecher Tourismus wiederbelebt: mit einer architektonisch hoch interessanten Skihütte gleich nebenan und dem urig gebliebenen Sennhof weit draußen in Zug, dem letzten Gebäude im Lecher Hochtal, wo einst herzhafter Bergkäse produziert worden war und nun deftige Vorarlberger Almküche auf höchstem Niveau kredenzt wurde.

Der junge Sommelier schenkte den befreundeten Hoteliers den Hauschampagner ein, einmal Brut, dann wieder Rosé und hin und wieder auch einen Blanc de Blancs.

»Ihr bietet diese Marke schon mehr als anderthalb Jahrzehnte glasweise an«, bemerkte Moospichler senior und hob das Glas, prüfte das sanfte Glasperlenspiel im hauchdünnen Zalto-Glas und genehmigte sich mit geschlossenen Augen den nächsten schäumenden Schluck.

»Genauso lange, wie wir uns überlegt haben, auf Billecart-Salmon umzusteigen«, lächelte Architekt Scheider und schürzte die Lippen, »aber die enge Zusammenarbeit mit einem fähigen Außendienstmitarbeiter hat diesen Wechsel bisher verhindert. Warum sollten wir umsteigen, wenn wir das Gefühl haben, umsorgt und gepflegt zu werden? Die Preise für Champagner steigen ja überall, aber ...«

Er beendete diesen Satz nicht, sondern griff zur Fernbedienung und stellte den riesigen Flatscreen auf den richtigen Kanal ein. Ein Bericht von der *Art Basel* in Miami Beach lief gerade, und in ein paar Einstellungen war dieselbe Champagnermarke in Großaufnahme zu sehen.

»Solange wir in solcher Gesellschaft sind, bleiben wir bei unserem Perrier-Jouët«, lächelte Katia und nippte vom Rosé, erkundigte sich bei der jungen Kellnerin in Bregenzerwälder Tracht, wo die Kanapees blieben – freie dekonstruktivistische Varianten der bekannten französischen Snacks, wofür der *Almgasthof* weit über den Arlberg hinaus bekannt war.

»Im Grunde«, führte Scholz mit weit ausholender Armbewegung aus, »hat jede Lecher Familie ihren eigenen Hauschampagner, ihr Moospichlers als Relais-&-Chateaux-

Hotel seid verpflichtet, ein Produkt des LVMH-Konzerns im glasweisen Ausschank zu haben, unser Freund Pfefferkron liebt Roederer oder in letzter Zeit immer mehr Deutz über alles, der heutige Gastgeber unseres regelmäßig stattfindenden Gipfeltreffens, die liebe Familie Scheider, setzt auf japanische Seerosen, und wir bieten Laurent-Perrier seit gefühlten 100 Jahren als Standardchampagner an – stimmt es oder habe ich einfach nur recht?«

Die übrigen Lecher Hoteliers nickten beifällig, und Moospichler senior klopfte sogar mit seinen krumm gewordenen Fingern auf die Tischplatte eines Antonio-Citterio-Unikats. In diesem illustren Kreis widersprach man einander nicht, man trug Meinungsverschiedenheiten lieber hinter vorgehaltener Hand oder – wenn es richtig ans Eingemachte ging – über teure Rechtsanwälte aus. An einem geselligen Abend wie diesem gab man einander nur recht, ganz besonders wenn die Sprache auf die neureiche Konkurrenz aus Ischgl kam, die alles unternahm, um die solvente Gästeschar der Lecher Hoteliers mit schamlos attraktiven Angeboten zu ködern, sofern sie nicht gleich über Leichen ging: das mysteriöse Lawinenunglück, die über Nacht abgesackte Flexengalerie, der explodierte Tankwagenzug vor dem stillgelegten *Mooserkreuz-Hotel* und ganz zuletzt die grassierende Bakterieninfektion – alles nur Zufall? Ein Würfelspiel Gottes? Oder steckte doch eine Portion krimineller Energie dahinter?

Kurz vor 20 Uhr kündigte der ARTE-Moderator mit sonorer Stimme die Übertragung eines ganz besonderen Events an, den ersten Live-Einstieg in eine gastronomische Sensation, die sich in wenigen Minuten im Penthouse eines Tiroler Hotels ereignen würde: das sogenannte »Teuerste Menü der Welt«, von einem der bedeutendsten britischen

Restaurantkritiker, Krimiautoren und Fernsehmoderatoren arrangiert, Andrew Stayner, einem Multimediatalent und Hans Dampf in allen prestigereichen Gassen der Welt, der obendrein auch noch ein Jazzquintett unterhielt. Eine absolut integre Person also, die nur selten für veritable Skandale wie diesen launigen Verriss eines berühmten Pariser Drei-Michelin-Stern-Lokals gesorgt hatte – der Moderator zählte alles auf, was in Zusammenhang mit Andrew Stayner aufgezählt werden konnte. Dann wünschte er genussreiche und spannende Unterhaltung, verabschiedete sich mit einem breiten Grinsen von den Zusehern vor den Flatscreens und übergab an seinen Kollegen im Tiroler Skiort Kappl, der zusammen mit anderen akkreditierten Journalisten und Dutzenden Tiroler Gastronomen den Ereignissen hinter der noch immer versperrten Tür zur anderen Penthousehälfte harrte.

»Noch eine Minute«, begann der Reporter mit dem Mediencountdown, und die Champagnergläser der versammelten Paznauntaler Gastronomie begannen zu klirren, »noch 40 Sekunden«, und erste »Hunger, Hunger«-Rufe waren zu hören, noch 25 Sekunden, »Cablecar, Cablecar«, schrie der alte Adler sensationsheischend in die nächstgelegene Kamera, »nur noch 15 Sekunden«, und die versammelte Meute begann, die letzten Momente vor dem großen Ereignis klatschend einzuzählen, als ob man in diesem Jahr ein zweites Mal Silvester feiern wollte, »noch fünf, noch drei, zwei, eins …«

Die Penthousetür ging plötzlich wie von Geisterhand auf, und dahinter waren nur bemalte Wände zu sehen, keine Einrichtung, weder Stühle noch Tische, nichts außer diesen vier Wänden, die ein gewaltiges Fresko offenbarten, mit den bekannten Ratten und Kinderfiguren versehen, diesem berühmten Blumen werfenden Demonstranten oder mit Soldaten, die Kinder malträtierten und wenige Meter weiter selbst von riesigen Nagetieren gefressen wurden – PRIDE 7 ENVY 7 GLUTTONY 7 LUST 7 WRATH 7 GREED 7 SLOTH waren wie ein Ticker unter die verstörenden Bildmotive geschrieben. Ein paar Sekunden lang geschah nichts. Die versammelte Gästeschar blickte ungläubig drein, die Messer und Gabeln wie Kampfgeräte in der Hand. Ganz langsam brach die Enttäuschung durch, die Ohnmacht und die Scham, vor den Augen Hunderttausender Zuseher bloßgestellt worden zu sein.

»Sie werden alles zerstören«, murmelte Architekt Scheider in die Stille des Konferenzraumes hinein, wandte den Kopf ab und hörte noch den ausgerufenen Namen, der wie ein Schlachtruf anstürmender Soldaten aus den Lautsprechern neben dem riesigen Flatscreen drang, einen Namen, den absolut jeder kannte, der auch nur ein einziges Mal ein Museum für Gegenwartskunst oder eine trendige Galerie betreten hatte. Auf die Wände des Double-Zero-Penthouses war das mit Abstand größte Werk des gefeierten zeitgenössischen Künstlers gesprayt worden, und jeder von den entfesselten Gastronomen und Amateurkunstsammlern wollte sein ganz persönliches Stück ergattern, koste was es wollte: seine paar Quadratzentimeter BAN ...

10
... SKY OVER ROOFTOPS
(EPILOG)

Harald Selikovsky warf einen Blick auf die präparierte Piste hinter der Seilbahnstation nach Oberlech hinauf, bevor er an der Kassa eine Fahrkarte löste und mit einigen anderen Personen in einem kleinen Wartesaal der nächsten Bergfahrt harrte. Direkt hinter ihm betrat der langmähnige Lecher Taxifahrer Jonathan die geräumige Gondel, in der rechten Hand einen verwittert wirkenden Skipokal, der mit einem schwarzen Plastikdeckel verschlossen war. Richter Alfons hatte den Wunsch geäußert, dass nach seinem Ableben die Asche über Lech verstreut werden möge, egal bei welchem Wetter und zu welcher Jahreszeit, mit Blick auf das *Alpenpost-Hotel*, jenen Ort, an dem sich sein Sohn im Alter von 16 Jahren an einer Traverse erhängt hatte.

Vor wenigen Tagen hatte Jonathan in einem kurzen Telefonat davon erzählt, und Harald hatte den Taxifahrer gebeten, zu dieser Verabschiedung auf dem Arlberg kommen zu dürfen. Jonathan hatte nichts dagegen gehabt, und nun stand Harald mit dem Neffen des Verstorbenen in der Gondel nach Oberlech und riskierte ein paar Blicke auf den zerkratzten Skipokal, der die Asche seines besten Freundes in der Seniorenresidenz enthielt: *»Manuel Mooser – Schülerbezirksmeister Tirol-Oberland 31.1.1993«*, der erste Preis für den damals 14-jährigen Sohn des späteren Spitzenbeamten im Verwaltungsgerichtshof. Als Alfons' Welt noch in Ordnung gewesen war, die Ehe intakt, die beiden Kinder vielversprechend, der Weg zu höheren juristischen Weihen bereits vorgezeichnet.

»Alfons' Leben hat so glücklich begonnen«, bestätigte dessen Neffe Jonathan, nachdem die Gondel Oberlech erreicht hatte, »aber es schien, als hätte er für dieses frühe Glück in den darauffolgenden Jahrzehnten teuer bezahlen müssen: mit dem frühen und tragischen Tod seiner Kinder und der langwierigen Alzheimererkrankung seiner Frau – samt dem darauffolgenden Schwenk in eine ganz andere Existenz hinein.«

»Was meinst du damit?«, fragte Harald und stellte den Kragen seiner Daunenjacke hoch, weil der Wind am Rande der Skipiste stärker zu wüten begann.

»Mit über 50 Jahren hat Alfons seine sexuellen Präferenzen gewechselt, er begann, Schwulensaunen zu besuchen, ließ sich mit nicht immer ganz stubenreinen jungen Männern ein, infizierte sich mehrmals mit Syphilis und verheimlichte jahrelang eine HIV-Infektion.«

»Du meinst, er ist im Alter ...«, Harald schluckte ein paarmal, bevor er jene Vokabel herausbrachte, die auch ein Passwort zu seinem Erwachsenenleben darstellte, »... homosexuell geworden?«

Jonathan zuckte die Achseln und meinte, das alles sei doch nur eine gewisse sexuelle Vorliebe, weder ein Persönlichkeitsmerkmal noch irgendeine Form von Identität.

»Die einen«, führte er achselzuckend aus, »lieben halt Frauen und ein paar andere fühlen sich zu Männern hingezogen und wieder welche bevorzugen beides zusammen und vielleicht noch ganz andere Sachen. Wie auch immer, Alfons hat einige Jahre seines Lebens als alternder Homosexueller verbracht, ist nächtelang im *Kaiserbründl* gewesen, im *Adlerhorst*, im *Sling*, in diesen Wiener Szenelokalen, wo es in den Darkrooms und Saunabereichen zur Sache geht. Ich meine, was hatte er schon zu verlieren, der seine Frau und die beiden geliebten Kinder verloren hatte, die ältere Tochter und den hübschen jüngeren Sohn.«

»Dann hast also du dessen Foto aus Alfons' Brieftasche genommen«, lächelte Harald und warf einen Blick auf den Taxifahrer, der erfolglos Soziologie und Jus studiert hatte und dennoch weiser schien als viele emeritierte Universitätsprofessoren zusammen.

»Ich bin nur dem letzten Wunsch meines Onkels nachgekommen. Er wollte nach seinem Ableben mit der Aufnahme seines Sohnes verbrannt und aus Manuels einzigem Preis auf einer Skipiste in Oberlech verstreut werden. In Pulverform sind die beiden noch einmal miteinander verbunden, und auch wenn es vielleicht eine kitschige Vorstellung sein mag, sie hat dennoch etwas Erhabenes, Schönes. Vor allem, wenn man bedenkt, dass auch Manuel ...«

»... schwul gewesen ist«, setzte Harald den begonnenen Satz des Lecher Taxifahrers fort, »was der tatsächliche Grund sein könnte, weswegen sich der Junge umgebracht hatte. Weil er tagsüber gehänselt, malträtiert und verhöhnt worden ist und in der Nacht für alle möglichen Spiele herhalten musste, die meisten davon sicher sadistisch.«

»Wovon du ausgehen kannst«, nickte Jonathan und öffnete den schwarzen Deckel des Skipokals, warf einen Blick auf die gehäufte Asche darin und konnte sich kaum die Tränen verkneifen.

»Eigentlich sollten wir jetzt ein paar Worte über Alfons verlieren«, meinte Harald kopfschüttelnd, »aber ich fürchte, ich bringe gar nichts heraus, nur eines vielleicht: Mir ist

Alfons in der Seniorenresidenz vom ersten Augenblick an bekannt vorgekommen.«

»Und jetzt weißt du warum«, lächelte Jonathan und begann die Asche über die Skipiste zu streuen.

»Wir haben uns ganz sicher in diesen Lokalen getroffen. Vielleicht haben wir sogar einmal miteinander gebumst oder auch nur einige Krüge Bier an der Bar getrunken und über knackige, haarlose Hintern palavert.«

»Du hast meinen Patenonkel an solchen Orten kennengelernt«, nickte Jonathan und hielt Harald den zerkratzten Pokal von Alfons' tragisch aus dem Leben geschiedenen Sohn entgegen, »also verstreue du ebenfalls etwas davon. Auch wenn es nur Aschenkrümel sind, stellen wir uns in der Trauer vor, dass die beiden irgendwo jenseits des Wintersturms wieder zusammen sind, genau wie am Anfang, zu Beginn ihres Lebens: ein Vater, ein Sohn, eine Familie, ein Glauben, eine Hoffnung, eine unendliche Sehnsucht.«

Harald hob den rechten Arm und kippte den letzten Ascherest auf die Piste, sah, wie der heftige Wind die schwarzen Krümel erfasste und sie hinunter gegen Lech wehte, dessen Lichter in der Ferne wie eine Verheißung zu sehen waren: ein winziger Ort, in dem sich so viele Geschichten ereignet hatten. Ob wahr. Oder erfunden.

In diesem Augenblick waren sie alle zu Ende erzählt.

ENDE

DANK

FÜR
PETER PFEIFFER

Vielen Dank an:
Claudia Senghaas, Gmeiner-Verlag
Peter Hanak, Christof Habres, Andrea Nagele

Gert Weihsmann
im Gmeiner-Verlag:

**Kommissar Selikovsky
ermittelt:**

1. Fall: Ischgler Schnee
ISBN 978-3-8392-0034-6

2. Fall: Wiener Lied
ISBN 978-3-8392-0314-9

3. Fall: Pistentod in Lech
ISBN 978-3-8392-0722-2

GMEINER SPANNUNG

WWW.GMEINER-VERLAG.DE
Wir machen's spannend